Franz Liszt, La Mara, Lina Ramann

Gesammelte Schriften

Franz Liszt, La Mara, Lina Ramann

Gesammelte Schriften

ISBN/EAN: 9783337217136

Hergestellt in Europa, USA, Kanada, Australien, Japan

Cover: Foto ©Andreas Hilbeck / pixelio.de

Weitere Bücher finden Sie auf **www.hansebooks.com**

Gesammelte Schriften

von

Franz Liszt.

Erster Band.

Friedrich Chopin.

Leipzig,

Druck und Verlag von Breitkopf und Härtel.

1880.

Friedrich Chopin

von

Franz Liszt.

Frei in's Deutsche übertragen

von

La Mara.

Leipzig,

Druck und Verlag von Breitkopf und Härtel.

1880.

Wer das französische Originalwerk kennt, dessen Über=
tragung ich auf Wunsch des Autors übernommen, wird zu
beurtheilen vermögen, daß es sich hierbei nicht um eine Über=
setzung im gewöhnlichen Sinne des Wortes handeln konnte.
Die bilderreiche, poetisch gesteigerte Ausdrucksweise, der eigen=
artige Satzbau forderten, dem Wesen unserer Sprache ange=
messen, eine den Geist des Ganzen vielmehr als den Wortsinn
im Einzelnen wiedergebende Behandlung, machten häufig eine
Vereinfachung und Umgestaltung, eine knappere Darstellung
nothwendig. Wie das Buch selbst aus einem dichterischen Geiste
hervorgegangen, schien es mir auch die Aufgabe des Übersetzers,
dasselbe mehr nachzudichten, frei nachzuschaffen, als sklavisch
nachzuahmen. Den Versuch einer solchen Nachdichtung übergebe
ich der Gunst des Publikums.

Februar 1880.

La Mara.

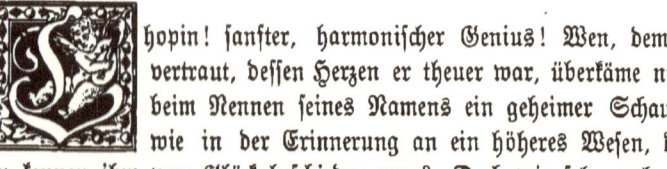

I.

Chopin! sanfter, harmonischer Genius! Wen, dem er vertraut, dessen Herzen er theuer war, überkäme nicht beim Nennen seines Namens ein geheimer Schauer, wie in der Erinnerung an ein höheres Wesen, das zu kennen ihm vom Glück beschieden war? Doch wie sehr auch all' seine Kunstgenossen, all' seine zahlreichen Freunde seinen vorzeitigen Hingang beklagen, wir gestatten uns dennoch den Zweifel zu äußern, ob bereits jetzt der Augenblick gekommen sei, wo man ihn, dessen Verlust wir als einen ganz besonders schmerzlichen empfinden, nach seinem vollen Werthe würdige und er in der allgemeinen Schätzung den hohen Rang einnehme, den ihm die Zukunft vorbehalten.

Wenn die Erfahrung lehrt, daß Keiner seinem Vaterlande als Prophet gilt, bestätigt sie es nicht gleicherweise, daß die seherischen Genien, denen es gegeben, die Zukunft vorauszuempfinden und ihr in ihren Werken voranzuschreiten, von ihrer Zeit nicht als Propheten erkannt werden? . . . Und in Wahrheit, könnte es anders sein? Ohne uns in jene Gebiete zu verlieren, wo Verstandesgründe der Erfahrung bis zu einem gewissen Punkte als Bürgschaft dienen dürften, wagen wir zu behaupten, daß im Reiche der Kunst jedes neuschöpferische Genie, jeder Meister, der die Ideale, Typen und Formen, an denen sich die Geister seiner Zeit nährten und ent= zückten, verläßt, um ein neues Ideal anzurufen und neue unbekannte Typen und Formen zu schaffen, die mitlebende Generation verletzen wird. Erst das kommende Geschlecht wird seinem Denken und Empfinden das rechte Verständnis entgegentragen. Mögen die jungen Künstler, die sich um einen solchen Neuerer scharen, sich so viel sie wollen gegen die Zaubernden verwahren, deren unverbesser- liche Gewohnheit es ist, die Lebenden mit den Todten umzubringen, gerade in der Musik mehr noch als in jeder anderen Kunst bleibt es oftmals der Zeit allein vorbehalten, die ganze Schönheit und Be- deutung schöpferischer Eingebungen und neuer Formen zu offenbaren.

Die mannigfaltigen Formen der Kunst gleichen nur einer Art Beschwörung, deren äußerst verschiedenartige Formeln dazu bestimmt sind, die Empfindungen und Leidenschaften in seinem magischen Kreise erscheinen zu lassen, welche der Künstler fühlbar, sichtbar, hörbar, ja in gewisser Beziehung, um die innere Bewegung mitzu- theilen, greifbar machen will. So bezeugt sich das Genie durch die Erfindung neuer Formen, die zuweilen in Empfindungen ihren Ur- sprung haben, die bis dahin noch niemals in jenem Zauberkreise auftauchten. In der Musik wie in der Architektur vollziehen sich Eindruck und Gemüthserregung ohne Vermittelung des Gedankens und der Vernunft, wie sie Beredtsamkeit, Poesie, Skulptur, Malerei, dramatische Kunst bedingen, welche mit der Forderung an uns heran- treten, daß wir uns mit ihrem Gegenstand vorerst auf vertrauten Fuß gesetzt haben; ihn muß der Verstand zuvörderst begriffen haben, ehe er das Herz zu ergreifen vermag. Wie müßte demnach nicht schon die bloße Einführung ungewöhnlicher Formen und Arten in dieser Kunst ein Hindernis für das unmittelbare Verständnis eines Werkes sein? . . . Die neue Weise des Gedanken- und Gefühlsausdruckes, des Fortschreitens, deren Wesen, Reiz und Geheimnis man noch nicht versteht, ruft fremdartige, unbekannte Eindrücke hervor, welche über- raschend und ermüdend wirken und die unter so unvermutheten Be- dingungen geschaffenen Werke der großen Menge in einer Sprache geschrieben erscheinen lassen, die man, eben weil man sie nicht kennt, für eine barbarische hält.

Schon die Mühe, das Ohr daran zu gewöhnen, sich Rechen- schaft über das a + b der Beweggründe abzulegen, aus denen die alten Regeln anders angewandt und gedeutet, allmählich umgebildet wurden, um Bedürfnissen zu entsprechen, die als jene ins Leben traten eben noch nicht vorhanden waren, genügt, um Viele abzu= stoßen. Sie wehren sich hartnäckig dagegen, die neuen Werke zu studiren und somit zu begreifen, was diese sagen wollten und gleich= wohl nicht zu sagen im Stande waren, ohne die künstlerischen Tra= ditionen umzugestalten; sie weigern sich in dem frommen Glauben, aus dem reinen Bereich der geweihten Kunst solchergestalt eine der erhabenen Meister, welche diese verherrlichten, unwürdige Sprach= weise ausgewiesen zu haben. Lebhafter wird diese Abwehr bei den gewissenhaften Naturen, die, nachdem sie ihr Wissen mit schweren Mühen erkauft, sich starr an die Dogmen anklammern, „außerhalb deren es kein Heil" für sie giebt; und sie äußert sich stärker, gebie= terischer noch, wenn ein schöpferischer Genius unter neuen Formen Gefühle und Gedanken in die Kunst einführt, die bisher noch nie= mals durch sie ausgesprochen wurden. Dann beschuldigt man ihn der Unwissenheit, nicht allein bezüglich dessen, was die Kunst zum Ausdruck zu bringen vermag, sondern auch bezüglich der Weise, in der es zum Ausdruck kommen soll.

Die Musiker dürfen nicht einmal jene vorübergehende Steige= rung des Werthes ihrer Arbeiten nach ihrem Tode hoffen, wie sie den Werken der Maler zu Theil wird. Keiner von ihnen könnte daher zum Besten seiner Manuskripte die List eines der großen niederländischen Meister anwenden, der bei seinen Lebzeiten schon seinen zukünftigen Ruhm ausbeuten wollte und durch seine Frau das Gerücht seines Todes verbreiten ließ, um den Preis der Bilder zu steigern, mit denen er sein Atelier sorglich geschmückt hatte. Die Streitfragen der Schule können auch in den bildenden Künsten die richtige Würdigung gewisser Meister bei ihren Lebzeiten verzögern. Wer weiß es nicht, daß die leidenschaftlichen Bewunderer Raphael's einst gegen Michel Angelo eiferten, daß man in unsern Tagen in Frankreich lange Zeit die Verdienste Ingres' mißkannte, dessen Parteigänger hierauf wieder diejenigen Delacroix' herabsetzten, wäh= rend in Deutschland die Anhänger von Cornelius und Kaulbach sich gegenseitig in den Bann thaten. Aber in der Malerei kommen derartige Schulstreitigkeiten rascher zum Abschluß. Ist ein Gemälde,

eine Statue einmal ausgestellt, so können ja Alle sie sehen; die
Menge gewöhnt ihre Augen daran, indeß der Denker, der unpar=
teiische Kritiker (dafern es einen solchen giebt) im Stande ist, sie
gewissenhaft zu prüfen und den wirklichen Werth der Idee und der
noch ungebräuchlichen Formen in ihnen zu entdecken. Es ist ihm
ermöglicht, sie wieder und wieder zu betrachten und, sobald er den
guten Willen hat, in gerechter Weise zu entscheiden, ob sich Über=
einstimmung zwischen Inhalt und Form darin vorfindet oder nicht.

Anders ist es in der Musik. Die exklusiven Fahnenträger der
alten Meister und ihrer Schreibweise gestatten es Andern, Unpartei=
ischen nicht, sich mit den Erzeugnissen einer erst erstehenden Schule
vertraut zu machen. Sie lassen es sich vielmehr angelegen sein,
diese der Kenntnis des Publikums gänzlich zu entziehen. Soll aus
Versehen ein neues, in einem neuen Stil geschriebenes Werk zur
Aufführung kommen, so geben sie sich nicht damit zufrieden, das=
selbe durch alle ihnen zu Gebote stehenden Organe der Presse be=
kämpfen zu lassen, sie verhindern auch, daß man es aufführt,
namentlich aber wiederholt. Sie nehmen die Orchester und Konser=
vatorien, die Koncertsäle und Salons in Beschlag, indem sie gegen
jedweden Autor, der kein bloßer Nachahmer ist, ein Verbotssystem
einführen, das sich von den Schulen, in denen Virtuosen und
Kapellmeister ihre Geschmacksbildung empfangen, auf den Unterricht,
den Lehrgang, die öffentlichen und privaten, ja die im engsten
Kreise stattfindenden Aufführungen erstreckt, in denen der Geschmack
der Zuhörer sich bildet.

Maler und Bildhauer dürfen billigerweise hoffen, diejenigen
ihrer Zeitgenossen, welche Neid, Groll, Voreingenommenheit nicht
dauernd einer besseren Einsicht unzugänglich machen, allmählich zum
Glauben an sie zu bekehren, da sie durch das Bekanntwerden ihres
Werkes selbst des Beifalls aller Aufrichtigen, wie aller derer gewiß
sind, die über die kleinen Gehässigkeiten von Atelier zu Atelier er=
haben sind. Der Tonkünstler, sobald er neue Bahnen betritt, ist
dagegen verurtheilt, erst eine kommende Generation abzuwarten, um
überhaupt gehört und darnach verstanden zu werden. Außerhalb
des Theaters, das seine eigenen Bedingungen, Gesetze und Regeln

hat, mit denen wir uns hier nicht beschäftigen, bleibt ihm wenig Hoffnung, das Publikum bei seinen Lebzeiten zu gewinnen; das heißt, das Gefühl, das ihn begeisterte, die Absicht, die er verlebendigte, den Gedanken, der ihn leitete, allgemein verstanden und von Jedem richtig erfaßt zu sehen, der seine Werke liest oder aufführt. Er muß im Voraus muthig darauf verzichten, vor Verlauf eines Vierteljahrhunderts, oder besser gesagt, vor seinem Tode die Bedeutung und Schönheit der Form, in die er sein Denken und Empfinden kleidete, allgemein gewürdigt und von seinen Kunstgenossen erkannt zu sehen. Der Tod bringt zwar eine bemerkenswerthe Wandlung des Urtheils hervor; sei es auch nur in so fern er all' den niederen kleinlichen Empfindlichkeiten lokaler Nebenbuhlerschaft Gelegenheit giebt, den Ruf des Künstlers zu bemängeln, anzugreifen und zu untergraben, indem man den Werken dessen, der nicht mehr ist, die eigenen seichten Erzeugnisse gegenüber stellt. Aber wie weit entfernt ist jene nachträgliche Beachtung, die der Neid von der Gerechtigkeit borgt, von dem sympathischen, wohlwollenden, lievollen und bewundernden Verständnis, das wir dem wahren Genius oder dem Talente schulden!

Nichtsdestoweniger sind gerade die auf musikalischem Gebiet Zurückbleibenden vielleicht minder schuldig als Jene meinen, deren Anstrengungen sie ihrer Erfolge berauben, deren Ruhmesernte sie vertagen. Muß man nicht in der That die Schwierigkeit in Anschlag bringen, die es kostet, das von ihnen mißkannte Schöne zu verstehen, die von ihnen mit solcher Hartnäckigkeit verneinten Verdienste zu schätzen? Das Gehör ist ein viel empfindlicherer, nervöserer, feinerer Sinn als das Gesicht. In dem Augenblick, wo es aufhört, den einfachen Bedürfnissen des Lebens zu dienen, und die an die sinnliche Wahrnehmung gebundene Erregung, den durch Melodie, Rhythmus und Harmonie (vermittels Aufeinanderfolge, Gruppirung und Zusammenklang der Töne) formulirten Gedanken dem Gehirn zuführt, ist es unvergleichlich schwieriger, sich an seine neuen Formen zu gewöhnen, als an die, welche das Auge aufnimmt. Dies Letztere gewöhnt sich ziemlich rasch an magere oder üppige Umrisse, an eckige oder runde Linien, an eine grelle oder

dürftige Farbengebung und erfaßt darin ungeachtet der „Manier“
eines Meisters, den Ernst und das Pathos seiner Intentionen;
wohingegen das Ohr sich schwieriger mit Dissonanzen befreundet,
die ihm um so abscheulicher erscheinen, als es ihre Motivirung nicht
versteht, mit Modulationen, deren Kühnheit ihm um so schwindel-
erregender dünkt, als es das geheime Band nicht herausfühlt, das
nicht minder logisch und ästhetisch ist als die Übergänge eines Stils
in der Architektur, die in diesem einen bestimmten Stil gesetzmäßig,
in einem andern aber unmöglich sind. Überdem bedürfen die Musiker, die sich nicht an den herkömmlichen Schlendrian binden, mehr
als andere Künstler der Hilfe der Zeit; denn da ihre Kunst sich
an die zartesten Fibern des Menschenherzens wendet, verletzt sie
dasselbe und schafft ihm Leiden, wenn sie es nicht mit Entzücken füllt.

Jn erster Linie sind es die jüngsten und lebhaftesten Naturen,
die, durch den Reiz der Gewohnheit — einen gewiß achtens-
werthen Reiz, selbst wenn er zum Tyrannen wird — am wenigsten
gefesselt, sich zunächst aus Neugier, in der Folge aber mit leidenschaftlicher Verehrung der neuen Sprachweise zuwenden, die naturgemäß durch Das, was sie sagt, wie durch die Weise, wie sie es
sagt, dem neuen Ideal einer neuen Epoche, den neu aufkeimenden
Typen einer Periode entspricht, welche einer andern eben entschwin-
denden folgt. Dank dieser jungen Phalanx, die sich für Das begeistert, was ihre eigenen Eindrücke schildert, ihren Ahnungen Leben
verleiht, durchdringt die neue Sprache die widerstrebenden Kreise
des Publikums; Dank ihr erfaßt dieses letztere endlich Sinn, Tragweite und Konstruktion derselben und entschließt sich, ihrem Wesen
und Gehalt Gerechtigkeit angedeihen zu lassen.

So populär auch bereits ein Theil der Schöpfungen des Meisters
sein mag, von dem wir sprechen wollen, und dessen Kraft schwere
Leiden schon lange Zeit vor seinem Ende gebrochen hatten, wir
dürfen voraussetzen, daß man in fünfundzwanzig oder dreißig Jahren
seinen Arbeiten eine minder oberflächliche und leichtwiegende Würdigung schenken wird als gegenwärtig. Wer sich in Zukunft mit der
Geschichte der Musik beschäftigt, wird ihm darin den Platz anweisen,

der dem gebührt, der sich durch ein so seltenes melodisches Genie,
durch so wundersame rhythmische Inspirationen, durch so glückliche
und wesentliche Erweiterungen des harmonischen Gewebes hervor-
that, und dessen Schöpfungen man mit Recht manchem Werk größeren Umfangs voranstellen wird, das die großen Orchester spielen
und wieder spielen, das zahllose Primadonnen singen und wieder
singen.

Chopin's Genie war tief und erhaben, war vor Allem reich
genug, um von dem weiten Gebiet orchestraler Kunst Besitz ergreifen
zu können. Seine musikalischen Gedanken waren groß, bestimmt,
fruchtbar genug, um sich über die volle Breite des instrumentalen
Rahmens zu erstrecken. Hätten ihm die Pedanten den Mangel an
Polyphonie zum Vorwurf gemacht, so hätte er, billig ihrer spottend,
ihnen beweisen können, daß die Polyphonie, obwohl eines der über-
raschendsten, mächtigsten, ausdrucksvollsten Hilfsmittel des musikalischen Genies, doch eben nichts weiter als ein Hilfsmittel ist, eine
Ausdrucks- und Stilform, deren sich dieser Autor, diese Epoche,
dieses Land je in dem Maße bedient, als sie dem Empfinden eben
dieses Autors, dieser Epoche, dieses Landes bedürfnisgemäß ist oder
war. Da aber die Kunst nicht dazu da ist, um ihre Mittel nur
um der Mittel selber willen, ihre Formen um der Formen selber
willen zur Geltung zu bringen, liegt es auf der Hand, daß der
Künstler sie nur anzuwenden braucht, wenn diese Formen und
Mittel dem Ausdruck seiner Idee oder seines Gefühls förderlich oder
nothwendig sind. Fordert die Natur seines Genies, so wie die des
von ihm erwählten Gegenstandes dieselben jedoch nicht, so läßt er
sie bei Seite, wie er die Pfeife oder Baßklarinette, die große Trom-
mel oder die Viola d'amour bei Seite läßt, wenn er mit ihnen
nichts zu thun hat.

Sicherlich nicht durch Anwendung bestimmter, besonders schwieriger Effekte bezeugt sich der künstlerische Genius. Er offenbart sich
durch das Gefühl, das er singen und erklingen läßt, durch die
Noblesse der Gestaltung, durch eine so völlige Einheit von Idee
und Form, daß man die eine nicht ohne die andre zu denken vermag, da die eine eben als das natürliche Gewand, die freiwillige

Ausstrahlung der andern erscheint. Der beste Beweis dafür, daß Chopin seine Gedanken sehr wohl dem Orchester hätte anvertrauen können, ist die Leichtigkeit, mit der sich die schönsten und bedeutend= sten für dasselbe übertragen lassen. Gebrauchte er also zur Kund= gebung seines Innern niemals die symphonische Form, so geschah dies weil ihn nicht darnach verlangte. Weder falsche Bescheidenheit noch übel angebrachte Geringschätzung leiteten ihn hierbei, sondern das klare und sichere Bewußtsein, daß die von ihm gewählten For= men seinem Empfinden am eigentlichsten entsprachen. Dieses Be= wußtsein aber ist eins der wesentlichsten Attribute des Genies in allen Künsten und zumal in der Musik.

Indem Chopin sich ausschließlich auf das Bereich des Klaviers beschränkte, bethätigte er eine der werthvollsten Eigenschaften des Komponisten: die richtige Erkenntnis der Form, in der er berufen ist, Hervorragendes zu leisten. Gleichwohl schädigte das, was wir ihm als Verdienst anrechnen, die Bedeutung seines Rufs. Wohl schwerlich hätte ein Anderer, im Besitz gleich hoher melodischer und harmonischer Fähigkeiten, der Versuchung widerstanden, alle Kräfte des Orchesters zu entfesseln, vom Gesang des Bogens, dem schmach= tenden Laut der Flöte bis zum Schmettern der Trompete, in der wir beharrlich das Attribut der alten Gottheit erblicken, deren rasch gewährte Gunst wir anrufen. Welcher Gereiftheit der Erkenntnis bedurfte er nicht, um sich auf einen dem Anschein nach unfrucht= bareren Kreis zu begrenzen, den er gleichwohl durch sein Genie und seine Kraft mit Erzeugnissen schmückte, die, oberflächlich betrachtet, einen anderen Boden zu fordern schienen, um daselbst ihre ganze Blüthenpracht zu entfalten! Welchen Scharfblick verräth er nicht in dieser Ausschließlichkeit, indem er gewisse Orchestereffekte ihrer eigent= lichen Domäne entriß und sie in eine eng umgrenztere aber idealere Sphäre hinübertrug! Welch' zuversichtliches Bewußtsein der künf= tigen Gewalt seines Instrumentes mußte nicht dem freiwilligen Verzicht auf eine Behandlungsweise vorausgegangen sein, die der= gestalt verbreitet ist, daß Andere es wahrscheinlich als Widersinn betrachtet hätten, so bedeutende Gedanken ihren gewohnten Inter= preten zu entziehen! Wir müssen in Wahrheit diese seltene Hingabe

an das Schöne um seiner selbst willen an Chopin bewundern, die
ihn der herkömmlichen Neigung, jedes Körnchen Melodie zwischen
hundert Orchesterpulte zu vertheilen, entsagen ließ und ihm gestattete,
die Mittel seiner Kunst zu bereichern, indem er lehrte, dieselben auf
den geringsten Raum zu koncentriren.

Weit entfernt, den geräuschvollen Lärm des Orchesters anzu=
streben, begnügte sich Chopin, seine Gedanken voll und ganz durch
die Tasten des Klaviers wiederzugeben. Und er erreichte seinen
Zweck. Der Gedanke verlor nichts an Energie, ohne doch die Massen=
wirkungen und den Pinsel des Dekorateurs zu beanspruchen. Nicht
ernst und nachdrücklich genug hat man bisher noch den Werth der
Zeichnung dieses äußerst feinen Griffels anerkannt. Hat man sich
doch in unseren Tagen gewöhnt, nur diejenigen als große Kompo=
nisten zu betrachten, die mindestens ein halb Dutzend Opern, eben
so viel Oratorien und einige Symphonien hinterlassen haben; ver=
langt man doch von jedem Musiker nicht weniger als Alles, ja
womöglich noch etwas mehr! Mag die Manier, das Genie, das
seinem Wesen nach eigentlich eine unmeßbare Größe ist, nach der
Zahl und Ausdehnung seiner Werke abzuschätzen, noch so verbreitet
sein, sie ist nichtsdestoweniger von sehr zweifelhafter Berechtigung!

Niemand wird den Epikern, deren schöpferische Thätigkeit weitere
Kreise umschreibt, den schwerer zu erlangenden Ruhm und ihre that=
sächliche Übermacht bestreiten wollen. Wir wünschten jedoch, daß
man den äußeren Proportionen in der Musik die gleiche Bedeutung
beimäße, wie in allen andern Zweigen der schönen Künste. Wer
z. B. stellte in der Malerei eine Leinwand von zwanzig Quadrat=
zoll, wie die „Vision Ezechiel's", oder den „Kirchhof" von Ruysdael,
die zu den geschätztesten Meisterwerken zählen, nicht höher als dieses
oder jenes Gemälde weit größeren Umfangs, habe es selbst einen
Rubens oder Tintoretto zum Urheber? Gilt in der Litteratur
Larochefoucauld etwa darum nicht als Schriftsteller ersten Ranges,
weil er seine „Gedanken" in solch kleinen Rahmen einschloß? Raubt
es Uhland und Petöfi etwas von ihrer Bedeutung als Volksdichter,
daß sie über die lyrische Poesie und die Ballade nicht hinausge=
kommen? Verdankt Petrarca seinen Ruhm nicht seinen Sonetten,

und wie Viele von denen, die ihre süßen Reime immer von Neuem
lasen, wissen von der Existenz seiner Dichtung „Afrika"?

Wir sind überzeugt, daß die Vorurtheile bald schwinden wer=
den, welche dem Künstler, der, wie Franz Schubert oder Robert
Franz, nur in Liedern zu uns gesprochen, seinen Vorrang vor An=
deren streitig machen, die die seichten Melodien zahlreicher Opern,
die wir hier nicht aufzählen wollen, in Partitur setzten. Auch in
der Musik wird man endlich dahin gelangen, bei Beurtheilung der
verschiedenen Kompositionen vor Allem die Beredtsamkeit und das
Talent in Anschlag zu bringen, mit denen die Gedanken und Em=
pfindungen des Tondichters zum Ausdruck kamen, welchen Raum und
welche Mittel er im Übrigen auch zu ihrer Kundgebung wählte.

Man kann die Arbeiten Chopin's nicht mit Aufmerksamkeit stu=
diren und analysiren, ohne Schönheiten sehr erhabener Art, Em=
pfindungen von vollständig neuem Charakter, Formen von eben so
originellem als tiefsinnigem harmonischen Gewebe darin zu gewah=
ren. Die Kühnheit ist bei ihm stets eine gerechtfertigte, der Reich=
thum, ja Überfluß schließt die Klarheit nicht aus, die Eigenthüm=
lichkeit artet nicht aus in Bizarrerie, die Feinheit der Ausarbeitung
ist allenthalben eine wohlgeordnete, nirgend überwuchert der Luxus
der Ornamentation die Eleganz der Hauptlinien. Seine besten
Werke enthalten zahlreiche Kombinationen, die man in der Behand=
lung des musikalischen Stils geradezu als epochemachend bezeichnen
darf. Kühn, glänzend, berückend, verbergen sie ihre Tiefe hinter
so viel Anmuth, ihre Gelehrsamkeit hinter so viel Reiz, daß man
sich nur mit Mühe ihrem hinreißenden Zauber zu entziehen vermag,
um sie kalten Blutes nach dem Maß ihres theoretischen Werthes zu
beurtheilen. Dies ward von maßgebender Seite schon mannigfach
empfunden; aber es wird zu immer allgemeinerer Erkenntnis kom=
men, wenn man den künstlerischen Errungenschaften der von Chopin
durchlebten Periode eine eingehende Betrachtung schenken wird.

Ihm danken wir die Erweiterung der voll angeschlagenen sowohl
als der gebrochenen und figurirten Accorde, die chromatischen
und enharmonischen Wendungen, von denen seine Werke so über=
raschende Beispiele bieten; die kleinen Gruppen von Zwischennoten,

die wie bunt schimmernde Thautröpfchen über die melodische Figur
fallen. Er verlieh dieser Art Schmuck, deren Vorbild man bisher
nur in den Fiorituren der großen alten italiänischen Gesangschule
gefunden, das Unerwartete und Wechselreiche, das außerhalb des
Vermögens der menschlichen Stimme liegt, während die letztere bis
dahin in den stereotyp und monoton gewordenen Verzierungen durch
das Pianoforte nur sklavisch kopirt worden war. Er erfand jene
bewundernswürdigen harmonischen Fortschreitungen, mittels deren
er selbst den Musikstücken einen ernsten Charakter aufprägte, deren
minder gewichtiges Sujet irgend welche tiefere Bedeutung nicht beanspruchen zu dürfen schien.

Aber was bedeutet das Sujet? Ist es nicht vielmehr die aus
ihm hervorgehende Idee, die dasselbe durchzitternde Empfindung,
die jenes in eine höhere Sphäre erhebt, es adelt und ihm Größe
verleiht? Welche Melancholie, welche Feinheit, welcher Scharfsinn und
vor Allem, welche Kunst herrscht in den Meisterwerken Lafontaine's,
und doch wie alltäglich sind die darin behandelten Gegenstände, wie
bescheiden ihre Titel! Die Namen: Etüden und Präludien sind
es gleicherweise. Dessenungeachtet bleiben die also bezeichneten Stücke
Chopin's nicht minder Typen der Vollkommenheit in einem Genre,
das er erst geschaffen und das er, wie alle seine Werke, mit seinem
poetischen Geist beseelte. Seinen fast der ersten Zeit seines Schaffens
entstammenden Etüden ist ein jugendlicher Schwung eigen, der in
einigen seiner späteren kunstreicheren, mehr kombinirten Arbeiten zu-
rücktritt, um sich in seinen letzten Erzeugnissen zu verlieren, deren
verfeinerte Empfindsamkeit man lange Zeit der Überreiztheit und
dadurch Gesuchtheit beschuldigte. Man kommt indeß zu der Überzeugung, daß diese Zartheit in Behandlung der Nüancen, diese
unendliche Feinheit in Anwendung der leisesten Tinten und flüchtigsten Kontraste nur eine scheinbare Ähnlichkeit mit den Gesucht-
heiten ermattender Schaffenskraft hat. Bei näherer Prüfung gewahrt
man darin die ihm wie durch Offenbarung gegebene Erkenntnis der
Übergänge, die zwischen Gefühlen und Gedanken bestehen, die aber
die große Menge eben so wenig bemerkt, als ihr beschränkter Blick
all' die Farbenübergänge, all' die Abstufungen der Tinten erfaßt,

welche die unaussprechliche Schönheit und Harmonie der Natur ausmachen.

Hätten wir hier in Schulausdrücken über die Entwickelung der Klaviermusik zu reden, wir würden die wunderbaren Werke, die der Beobachtung ein so reiches Feld darbieten, im Einzelnen zergliedern. Wir würden in erster Linie die Nocturnes, Balladen, Impromptus, Scherzos untersuchen, die sämmtlich eine Fülle eben so unerhörter als ungehörter harmonischer Raffinements enthalten. Wir würden gleicherweise in seinen Polonaisen, Mazurken, Walzern, Boleros Umschau halten. Doch ist hier weder Zeit noch Ort für ein solches Unternehmen, das nur den Adepten des Kontrapunktes und bezifferten Basses Interesse gewähren würde. Es ist das allen seinen Werken innewohnende überquellende Gefühl, das diesen ihre Ausbreitung und Popularität gewann; ein Gefühl, das, seiner Natur nach romantisch, eminent individuell, dem Autor specifisch eigen ist und gleichwohl nicht nur dem Land, das ihm eine Berühmtheit mehr verdankt, sondern allen Denen tief sympathisch erscheint, welche das Unglück der Verbannung und das Leid der Liebe jemals zu rühren vermögen.

Chopin begnügte sich indeß nicht allein mit den Rahmen, innerhalb deren er seine Umrisse mit voller Freiheit entwerfen konnte; es gefiel ihm zuweilen auch, seine Gedanken in klassische Formen zu bannen. Er schrieb schöne Koncerte und Sonaten; doch fühlen wir aus denselben leicht mehr Absicht als Inspiration heraus. Seine Eingebungen waren mächtig, phantastisch, impulsiv; seine Formen konnten keine andern als freie sein. Er mußte, so glauben wir, seinem Genie Gewalt anthun, so oft er versuchte, es Regeln und Anordnungen zu unterwerfen, die nicht die seinigen waren und mit den Anforderungen seines Geistes nicht übereinstimmten. Gehörte er doch zu jenen, deren Anmuth sich vornehmlich dann entfaltet, wenn sie von den gewohnten Wegen abweichen.

Solch doppelten Erfolg zu erstreben mag Chopin durch das Beispiel seines Freundes Mickiewicz veranlaßt worden sein. Nachdem dieser zuerst seiner Heimatsprache eine romantische Dichtung geschenkt hatte und seit 1818 durch „Dziady" und seine phantastischen

Balladen in der polnischen Litteratur Schule bildete, bewies er in der Folge durch seine Werke „Grazyna" und „Wallenrod", daß er auch über die Schwierigkeiten triumphire, welche die Schranken der klassischen Form der Inspiration entgegenstellen, und er sich auch auf der Lyra der Alten als Meister behaupte. Chopin's ana= loge Versuche gelangen nach unserer Meinung nicht eben so voll= kommen. Er konnte der engen, starren Form das Schwebende, Unbestimmte der Umrisse nicht anpassen, was den Reiz seiner Weise ausmacht. Er vermochte nicht jene gewisse nebelhafte Verschwom= menheit in dieselbe einzuschließen, die, alle Grenzen fester Gestaltung zerstörend, sie mit langem Faltenwurf umhüllt, den Flocken gleich, wie sie Ossian's Schönheiten umgaben, wenn sie den Sterblichen inmitten wechselnden Gewölks ein holdes Antlitz erscheinen ließen.

Dessenungeachtet glänzen die klassischen Versuche Chopin's durch eine seltene Vornehmheit des Stils; sie umschließen Passagen von hohem Interesse, Theile von überraschender Größe. Wir erinnern nur an das Adagio des zweiten Koncertes, für das er selbst eine sichtliche Vorliebe bezeigte und das er häufig zu spielen pflegte. Das figurative Nebenwerk vergegenwärtigt aufs schönste die Weise des Meisters. Die Hauptphrase ist von bewundernswerther Gesanges= fülle. Sie wechselt mit einem Recitativ in Moll ab, das gewisser= maßen als Gegenstrophe auftritt. Das ganze Stück ist von idealer Vollendung. Sein bald strahlender, bald rührender Inhalt versetzt uns in eine herrliche, lichtgetränkte Landschaft, in irgend ein glück= liches Tempe=Thal, das zum Schauplatz einer traurigen Erzählung, einer betrübenden Scene auserwählt ist. Wir sehen Angesichts einer unvergleichlichen Natur das menschliche Herz von einem schweren Unglück betroffen. Dieser Kontrast ist durch eine Verschmelzung der Töne, ein Verschwimmen der zartesten Tinten getragen, welches verhütet, daß irgend etwas Verletzendes oder Rauhes den rührenden Eindruck störe, den er hervorruft und der gleichzeitig die Freude melancholisch, den Schmerz heiterer stimmt.

Wie könnten wir ferner unterlassen, auch von dem seiner ersten Sonate eingefügten Trauermarsch zu sprechen, der gelegentlich seiner eigenen Todtenfeier orchestrirt und aufgeführt wurde? Man

hätte fürwahr keine herzergreifenderen Accente finden können, um der
Trauer und den Thränen Ausdruck zu geben, die Den zu seiner
letzten Ruhe geleiteten, der große Verluste in so erhabener Weise zu
beklagen verstand!

„Das konnte nur ein Pole schreiben!" hörten wir einmal einen
seiner jungen Landsleute sagen. In der That, Alles, was der
Leichenzug eines seinen eigenen Tod beweinenden Volkes Feierliches
und Herzzerreißendes haben kann, klingt aus dem dumpfen Glocken-
klang heraus, der ihm hier das letzte Geleite zu geben scheint. Das
ganze Gefühl mystischer Hoffnung, frommen Anrufs einer himmlischen Barmherzigkeit, eines unendlichen Friedens, einer Gerechtigkeit, die von jedem Grab und jeder Wiege Rechenschaft giebt; das
ganze verzückte Leid, das aus dem Glorienschein so vieler Schmerzen,
so vielen mit märtyrergleichem Heroismus getragenen Mißgeschicks
hervorleuchtet, hallt wieder in diesem Gesange, dessen Flehen Trostlosigkeit athmet. Was es nur Reinstes und Entsagungsvollstes,
Gläubigstes und Hoffnungsreichstes im Herzen der Frauen, der
Kinder und Priester giebt, das ertönt und erzittert darin mit un-
aussprechlicher Erregung. Man empfindet, daß man hier nicht den
Tod eines einzelnen Helden beweint, den zu rächen noch andere
Helden zurückblieben, sondern vielmehr den Untergang einer ganzen
Generation, die nur noch Frauen, Kinder und Priester überleben.

Die antike Auffassung des Schmerzes ist dabei gänzlich ausgeschlossen. Hier erinnert nichts an Kassandra's Zorn, an die
Demüthigung des Priamus, an das Rasen Hecuba's, die Verzweiflung der gefangenen Trojanerinnen. Kein greller Schmerzensschrei,
kein heiseres Schluchzen, keine Gotteslästerung, noch wüthende Ver-
wünschung stört einen Augenblick die Todtenklage, die man für
seraphische Seufzer zu halten versucht wäre. Ein stolzer Glaube
tilgt in den Überlebenden dieses christlichen Ilium die Bitterkeit des
Leidens, wie die Zaghaftigkeit des Kleinmuths; keine irdische
Schwäche haftet mehr an ihrem Schmerz. Er reißt sich los von
dieser mit Blut und Thränen begossenen Erde, er schwingt sich
himmelan und wendet sich dem höchsten Richter zu, um ihn in so
inbrünstigem Gebete anzuflehen, daß das Herz dessen, der es vernimmt,

in erhabenem Mitgefühl bricht. Dieser Trauergesang ist, ob auch
klagend, von so hehrer Sanftmuth, daß er nicht von dieser Erde
zu stammen scheint. Klänge, wie aus verklärter Ferne kommend,
flößen heilige Andacht ein, wie wenn sie, von den Engeln selber
gesungen, schon droben in den Regionen des göttlichen Thrones
schwebten.

Man würde indessen mit Unrecht glauben, daß alle Komposi=
tionen Chopin's der Aufgeregtheit entbehren, deren er sich hier ent=
äußerte. Ist doch der Mensch nicht wohl fähig, einen so erhabenen
Aufschwung mit so energischer Selbstverleugnung und entschlossener
Sanftmuth dauernd festzuhalten. Heimlicher Wuth, unterdrückter
Leidenschaft begegnen wir in manchen Stellen seiner Werke. Einige
seiner Etüden sowohl als seiner Scherzos athmen eine bald ironische,
bald stolze Verzweiflung. Diese düsteren Auslassungen seiner Muse
sind ungekannter und unverstandner geblieben als seine Dichtungen
von ruhigerem Kolorit. In den Gefühlskreis, dem sie entsprungen,
sind eben Wenige eingedrungen. Wenige nur kennen die Gestalten
von tadelloser Schönheit, denen er das Dasein gab. Der persön=
liche Charakter Chopin's trug hierzu das seine bei. Wohlwollend,
freundlich, anmuthig im persönlichen Verkehr, von gleichmäßiger
und heiterer Stimmung, ließ er die geheimen Zuckungen, die sein
Inneres erregten, wenig ahnen.

Nicht leicht war dieser Charakter zu ergründen. Er war aus
tausend Nüancen zusammengesetzt, die, indem sie sich kreuzten, sich
gegenseitig verhüllten auf eine für den ersten Blick unentzifferbare
Weise. Man konnte sich leicht über seine eigentlichen Gedanken
täuschen, wie im Allgemeinen bei den Slawen, bei denen die Offen=
heit und Mittheilsamkeit, die Zutraulichkeit und bestechende Unge=
zwungenheit der Manieren keineswegs doch wahres Vertrauen und
Hingebung bedingen. Ihre Empfindungen offenbaren und verber=
gen sich gleich den Windungen einer sich um sich selbst zusammen=
ringelnden Schlange. Nur bei sehr aufmerksamer Betrachtung er=
kennen wir die Verschlingung ihrer Ringe. Es wäre Naivetät, die
höflichen Komplimente der Slawen, ihre vermeintliche Bescheidenheit
beim Wort zu nehmen. Die äußeren Formen dieser Höflichkeit und

Bescheidenheit gehören zu ihren Sitten, die sich eigenthümlicherweise auf ihre alten Beziehungen zum Orient zurückführen. Ohne von der Schweigsamkeit des Muselmannes das Geringste anzunehmen, lernten die Slawen von ihm die mißtrauische Zurückhaltung über Alles, was die zarteren und innersten Saiten des Gemüths berührt. Man kann ziemlich sicher sein, daß, sprechen sie von sich selbst, sie sich dem Fragenden gegenüber stets in absichtliches Schweigen hüllen, das ihnen über diesen nach Seiten des Verstandes wie des Gefühls ein Übergewicht einräumt. Sie lassen ihn über dieses oder jenes Geheimnis, diesen oder jenen Umstand, mag ihnen derselbe nun Bewunderung oder Geringschätzung eintragen, in Unwissenheit; es gefällt ihnen, unter einem feinen Lächeln einen unmerklichen Spott zu verstecken. Unter allen Umständen an Mystifikationen, seien es die geistreichsten oder die komischsten, die bittersten oder traurigsten, Geschmack findend, sehen sie — so möchte man behaupten — in einer derartigen Überlistung den verächtlichen Ausdruck einer Überlegenheit, welche sie sich im Innern zuerkennen, aber mit der Sorgfalt und Schlauheit der Unterdrückten verbergen.

Da die zarte und schwächliche Organisation Chopin's ihm nicht den energischen Ausdruck seiner Leidenschaft gestattete, gab er seinen Freunden nur das preis, was von Sanftmuth und Wohlwollen in ihm war. In der schnell-lebenden, vielbeschäftigten Welt unserer großen Städte, wo Keiner Muße hat, über das Räthsel des Daseins Anderer nachzudenken, wo Jeder nur nach seiner äußeren Stellung beurtheilt wird, nehmen sich gar Wenige die Mühe, auf Andere einen Blick zu werfen, der mehr als die bloße Oberfläche des Charakters streift. Diejenigen aber, die ein inniger und häufiger Verkehr dem polnischen Tonkünstler nahe brachte, hatten des öfteren Gelegenheit, seine Ungeduld und Langeweile zu bemerken, wenn man ihn allzu genau beim Worte nahm. Der Künstler, ach leider! konnte den Menschen nicht rächen! Von zu schwacher Gesundheit, um diese Ungeduld durch das Ungestüm seines Spiels zu verrathen, suchte er sich dadurch zu entschädigen, daß er Anderen zuhörte, wenn sie mit der Kraft, die ihm selbst gebrach, diejenigen seiner Kompositionen spielten, in denen der leidenschaftliche Groll des Mannes, ben gewiſſe Wunden tiefer getroffen als er es eingeſtehen möchte, immer von Neuem auftaucht, wie bei einer im Untergang begriffenen Fregatte die Fetzen ihrer Flagge noch aus den Fluten auftauchen, die ihr die Wogen entriſſen.

Eines Nachmittags waren wir nur zu Dreien beiſammen. Chopin hatte lange geſpielt. Eine der vornehmſten Frauen von Paris fühlte ſich mehr und mehr von einer frommen Andacht überwältigt, wie ſie uns etwa beim Anblick der Leichenſteine ergreift, welche jene Fluren in der Türkei bedecken, deren ſchattige Bäume und Blumenbeete dem erſtaunten Wanderer von fern einen lachenden Garten verheißen. Sie fragte ihn, von dieſem Gefühl bewegt, warum ſich ſein Herz wohl mit ſo unwillkürlicher Verehrung vor Denkmälern neige, die dem Blick nur liebliche und anmuthige Gegenſtände zeigen? Mit welchem Namen er die außergewöhnliche Empfindung benenne, die er in ſeinen Kompoſitionen, gleich unbekannter Aſche in koſtbarer AlabaſterUrne, verſchließe? . . . Die ſchönen Thränen, die ſo ſchöne Augen benetzten, beſiegten Chopin, und er, der ſonſt Alles, was zu den Reliquien ſeines Innern zählte, mißtrauiſch in den glänzenden Schrein ſeiner Werke verſchloß, erwiederte mit ſeltener Aufrichtigkeit, daß ihr Herz ſich nicht über ſeine Schwermuth täuſche; denn ob er auch vorübergehend heiter erſcheine, er ſei doch nie von einem Gefühl befreit, das gewiſſermaßen den Grund ſeines Empfindens bilde und für welches er nur in ſeiner eigenen Sprache Ausdruck finde, da keine andere ein analoges Wort beſitze für das polniſche »Żal!« Er wiederholte es in der That häufig, wie wenn ſein Ohr gierig dieſem Klange lauſche, der für ihn die ganze von einer herben Wehklage erzeugte Skala der Gefühle von der Reue bis zum Haß — geſegnete oder giftige Früchte derſelben bitteren Wurzel — umſchloß.

Żal! Seltſames Wort von ſeltſamer Vieldeutigkeit und noch ſeltſamerer Philoſophie! Verſchiedenen Beziehungen unterworfen, umfaßt es alle Rührung und demüthige Ergebung eines reſignirten und klagloſen Schmerzes, wenn es direkt auf Thatſachen und Dinge angewandt wird. Sich ſo zu ſagen mit Sanftmuth dem Geſetz einer göttlichen Schickung beugend, läßt es ſich in dieſem Sinn als

Liſzt, Chopin.

2

„untröstlicher Schmerz nach einem unwiderruflichen Verlust" über-
setzen. Sobald es jedoch auf den Menschen angewandt und seine
Beziehung indirekt wird, es zugleich auch die Bedeutung einer
Präposition annimmt, die sich gegen diesen oder diese richtet, ändert
sich alsbald seine Physiognomie und weder in den romanischen noch
in den germanischen Sprachen findet sich ein Synonym für dasselbe.
Von erhabenerem, edlerem, umfassenderem Sinn als das Wort »grief«
bedeutet es das Gähren des Hasses, den Aufruhr der Vorwürfe,
den Vorsatz der Rache, die Drohung, die unversöhnlich im Innern
grollt, sei es auf Wiedervergeltung lauernd, oder sich von unfruchtbarer Bitterkeit nährend. In Wahrheit, dies Żal färbt alle Arbeiten
Chopin's mit einem bald milden, bald glühenden Wiederschein. Es
spricht selbst aus seinen süßesten Träumereien.

Diese Eindrücke waren für Chopin's Leben von um so größerer
Wichtigkeit, als sie sich deutlich in seinen letzten Werken kundgeben.
Sie haben allmählich eine Art krankhaften Jähzorns erreicht, sind
auf dem Punkt einer fieberhaften Unruhe angekommen. Dieselbe
verräth sich in einigen seiner letzten Schöpfungen durch Gedanken-
wendungen, die uns zuweilen mehr peinlich als überraschend berühren. Unter dem Druck beständig zurückgedrängter Leidenschaft
nahezu erstickend, sich der Kunst nur noch bedienend, um das Trauer-
spiel seines eigenen Lebens in ihr wiederzugeben, zeigte er, der bisher
seine ganze Empfindung im Gesang ausgeströmt hatte, uns nun
seine ganze Zerrissenheit. Man findet in seinen unter diesen Ein-
flüssen veröffentlichten Kompositionen Etwas von den künstlichen
Aufregungen Jean Paul's, der der ungewöhnlichsten Überraschungen
und sinnlichen Erregungen eines krankhaft überreizten Gehirns bedurfte, um ein von Leidenschaften verzehrtes, durch Leiden entnervtes
Herz zu bewegen.

Die Melodie erscheint bei Chopin fortan gequält; eine nervöse
und unruhvolle Empfindsamkeit führt einen erbitterten Eigensinn in
Durchführung der Motive herbei, der peinlich wirkt, wie der Anblick
der durch Krankheiten des Leibes oder der Seele verursachten Qualen,
für die es kein anderes Heilmittel giebt als den Tod. Chopin war
einem Leiden zur Beute geworden, das, sich von Jahr zu Jahr

verschlimmernd, ihn jung dahin raffte. In den Produktionen, von
denen wir sprechen, finden wir die Spuren der brennenden Qualen,
die ihn verzehrten, gleich wie wir in einem schönen Körper die
Spuren der Klauen eines Raubvogels finden würden. Hören diese
Werke darum auf, schön zu sein? Gehören die Stimmung, die sie
inspirirte, die Formen, in die sie sich kleiden, nicht ins Bereich der
göttlichen Kunst? O nein! Diese Stimmung, die trotz all' ihres
herzzerreißenden Jammers und ihrer unheilbaren Verzweiflung voll
reinen, keuschen Adels ist, gehört zu den erhabensten Motiven des
menschlichen Herzens; nirgend überschreitet der Ausbruck derselben
die Grenzen der Kunst, keine gemeine Anwandlung, kein gewalt=
samer oder theatralischer Aufschrei, keine häßliche Wendung drängen
sich ein. Vom technischen Standpunkt aus kann man nicht leug=
nen, daß die harmonische Behandlung an sich, weit entfernt hier
schwächer zu werden, vielmehr von gesteigertem Interesse für das
Studium ist.

olchen Gemüthsstimmungen, welche die Leiden und Kümmernisse einer ungewöhnlich verfeinerten Natur verrathen, begegnen wir übrigens nicht in den bekannteren und beliebteren Werken des Künstlers, mit dem wir uns beschäftigen. Seine Polonaisen, die, in Folge der durch ihre Wiedergabe bedingten Schwierigkeiten, seltner als sie verdienen gespielt werden, zählen zu seinen schönsten Eingebungen. Sie erinnern keineswegs an die verschnörkelten und geschminkten Polonaisen à la Pompadour, wie sie durch die Ballorchester, die Koncertvirtuosen, das abgedroschene Repertoire der manierirten und abgeschmackten Salonmusik verbreitet wurden.

Die energischen Rhythmen der Polonaisen Chopin's dringen in die Nerven und üben selbst auf den Gleichgültigsten eine elektrisirende Wirkung aus. Die edelsten traditionellen Empfindungen des alten Polens kommen darin zur Darstellung. Der Mehrzahl nach ritterlichen Charakters, geben sie Bravour und Tapferkeit mit der Einfachheit des Accentes wieder, die bei diesem kriegerischen Volke jene Eigenschaften versinnlichte. Sie athmen eine ruhige, überlegte Kraft, eine mit feierlicher Würde gepaarte feste Entschlossenheit, wie sie, so sagt man, das Erbtheil seiner großen Männer der Vorzeit war. Man glaubt die alten Polen darin vor sich zu sehen, so wie sie uns ihre Chroniken schildern: von kraftvoller Organisation, hellem Geist, tiefer und rührender, obgleich aufgeklärter Frömmigkeit;

von unbezähmbarem Muth und einer Galanterie, die Polens Söhne auch nicht auf dem Schlachtfeld, weder am Vorabend, noch am Morgen des Kampfes verläßt. Diese Galanterie haftete ihrer Natur so unzertrennlich an, daß ungeachtet des Druckes, den sie in Folge ihrer durch ihre Nachbarn und Feinde, die Ungläubigen Stambuls, beeinflußten Sitten vormals auf die Frauen ausübten, in so fern sie dieselben auf die Grenzen des Hauses verwiesen und sie im Bann einer gesetzlichen Vormundschaft hielten, sie diese nichtsdestoweniger glorificirte und in ihren Annalen unsterblich machte. Heilig gesprochenen Königinnen, zu Fürstinnen erhobenen Vasallinnen, schönen Unterthaninnen, für die man den Thron wagte und verlor, bewahrten sie — wie es für eine furchtbare Sforza, eine intrigante d'Arquien, eine kokette Gonzaga geschehen — hier einen unvergänglichen Ruhm.

Einer männlichen Entschlossenheit vereint sich bei den Polen der vergangenen Zeit jene glühende Hingabe an den Gegenstand ihrer Liebe, wie sie Sobieski erfüllte, der, Angesichts der Standarten des Halbmondes, die ihn so zahlreich wie die Ähren eines Feldes umringten, allmorgendlich die zärtlichsten Briefe an sein Weib schrieb. Ihr Auftreten hatte einen eigenthümlich imposanten Anstrich, ihre Haltung war nobel bis zu einer leichten Emphase. Die gewisse Feierlichkeit der Manieren nahmen sie von den Anhängern des Islam an, die ihnen hierin als Vorbild dienten und deren Eigenschaften sie schätzen und sich aneignen lernten, während sie ihre kriegerischen Einfälle bekämpften. Gleich diesen pflegten sie ihren Thaten eine reifliche Überlegung voranzuschicken. Der Wahlspruch des Fürsten Boleslav von Pommern: „Erst wäg's, dann wag's!" schien einem Jeden von ihnen geläufig. Gern verliehen sie ihren Bewegungen eine gewisse anmuthige Würde, einen gewissen pomphaften Stolz, der sie doch keineswegs der Leichtigkeit der Formen und Freiheit des Geistes beraubte, welche den leisesten Sorgen ihrer Zärtlichkeit, den flüchtigsten Bekümmernissen ihres Herzens, den geringfügigsten Interessen ihres Lebens zugänglich blieb. Wie sie ihre Ehre darein setzten, ihr Leben theuer zu verkaufen, so liebten sie auch dasselbe zu verschönern; ja mehr noch, sie verstanden zu

lieben, was dies Leben verschönte, und zu verehren, was es werthvoll machte.

Ihr ritterlicher Heldengeist wurde durch ihre stolze Würde und
ein überlegtes Wesen sanktionirt. Vielseitiger Verstandesthätigkeit
die Energie der Tugend verbindend, sahen sie sich von Jung und
Alt, von allen Geistern, ja von ihren Gegnern sogar bewundert.
Eine Art tollkühner Klugheit, verwegner Vorsicht, fanatischer Prah-
lerei war ihnen eigen, als deren berühmteste historische Manifestation
Sobieski's Heereszug erscheint, der, Wien errettend, der ottomanischen
Herrschaft den Todesstoß versetzte und somit diesem langen, mit so
viel Tapferkeit, Glanz und gegenseitiger Achtung geführten Kampf
zwischen zwei im Streite eben so unversöhnlichen als im Waffenstillstand großmüthigen Feinden ein Ende machte.

Lange Jahrhunderte hindurch bildete Polen einen Staat, dessen
hohe autonome Civilisation keiner andern glich und einzig in ihrer
Art bleiben sollte. Gleicherweise verschieden von der feudalen Organisation des ihm im Westen benachbarten Deutschlands als von dem
despotischen, eroberungssüchtigen Sinn der Türken, die ohne Unterlaß seine östlichen Grenzen bedrohten, näherte es sich einestheils
Europa durch sein ritterliches Christenthum, seinen Eifer in Be-
kämpfung der Ungläubigen, während es anderntheils von den neuen
Herren von Byzanz bezüglich ihrer schlauen Politik, ihrer kriegerischen Taktik und sentenziösen Redeweise Belehrung schöpfte. Diese
verschiedenartigen Elemente führte es einer Gesellschaft zu, die, indem
sie sich die heroischen Eigenschaften muselmännischen Fanatismus'
und die erhabenen Tugenden christlicher Frömmigkeit assimilirte, den
Keim zu ihrem Niedergange legte[1]. Die allgemein verbreitete Pflege
der lateinischen Sprache, die Kenntnis und Vorliebe für italiänische

---

1) Es ist bekannt, mit wie vielen ruhmreichen Namen Polen den Kalender
und die Märtyrergeschichte der Kirche bereicherte. Dem Orden der Trinitarier
(Redemptoristen-Brüder), welcher die Christen aus der Sklaverei der Ungläubigen
loszukaufen bestimmt war, ertheilte Rom das ausschließliche Vorrecht für dieses
Land, über dem weißen Gewand einen rothen Gürtel zu tragen, in Erinnerung
an die zahlreichen Märtyrer, die namentlich in den den Grenzen nächstgelegenen
Orten, wie Kamieniec-Podolski, aus ihr hervorgegangen.

und französische Litteratur überdeckten diese wunderlichen Kontraste mit einem glänzenden klassischen Firnis. Eine solche Civilisation mußte nothwendig auch der geringsten ihrer Kundgebungen ein unterscheidendes Gepräge aufdrücken. Den Romanen der irrenden Ritterschaft, Tournieren und Waffenspielen wenig günstig, wie es bei einem fortwährend in Kriege verwickelten Volke, das seine Helden= thaten für den Feind aufsparte, natürlich erscheint, ersetzte sie die prunkhaften Freuden derartiger Lanzenspiele vielmehr durch Feste, deren hauptsächlichste Zier in prächtigen Aufzügen bestand.

Es ist eine bekannte Thatsache, daß in den Nationaltänzen eine wesentliche Seite des Volkscharakters sich abspiegelt. Doch meinen wir, daß es wenige solcher Tänze giebt, in denen, wie bei der Polonaise, bei solcher Einfachheit der Umrisse, die Impulse, die sie ins Leben riefen, in ihrer Gesammtheit so vollständig zum Ausbruck kommen und sich zugleich so mannigfaltig in den einzelnen Episoden ver= rathen, welche innerhalb des allgemeinen Rahmens der Improvisa= tion eines Jeden vorbehalten sind. Seit diese Episoden verschwanden, seit der Sinn dafür abhanden gekommen und man nicht mehr die Phantasie bei Gestaltung dieser kurzen Intermezzo's walten läßt, sondern sich damit begnügt, die übliche Promenade durch den Salon maschinenmäßig auszuführen, blieb nur noch das Skelett des ehe= maligen Pompes übrig.

Der ursprüngliche Charakter dieses specifisch polnischen Tanzes ist heutzutage schwer genug zu errathen, so völlig entartete er nach dem Zeugnis derer, die ihn noch zu Anfang dieses Jahrhunderts aufführen sahen. Man begreift, wie abgeblaßt er ihnen erscheinen muß, wenn man bedenkt, daß die Mehrzahl der Nationaltänze ihre ursprüngliche Originalität kaum zu behaupten vermag, nachdem die ihnen angepaßte Tracht außer Brauch gekommen. Zumal die Polonaise, die der raschen Bewegungen, der eigentlichen Pas im choreographischen Sinne, der schwierigen und gleichförmigen Stellun= gen gänzlich entbehrt, der ein mehr ostentativer als verführerischer Charakter inne wohnt, und die als bezeichnende Ausnahme vorzugs= weise bestimmt war, die Männer in den Vordergrund treten zu lassen, ihre Schönheit, ihr edles Ansehen, ihre zugleich kriegerische

und galante Haltung ins rechte Licht zu setzen. (Sind die letzteren
beiden Eigenschaftswörter nicht bezeichnend für den polnischen Charakter?) Selbst der Name des Tanzes ist in der Ursprache männlichen Geschlechts. (Polski.) Nur durch ein offenbares Mißverständnis
hat man ihn ins weibliche übertragen. Nothwendiger Weise mußte
die Polonaise von ihrer stolzen Selbstgefälligkeit ein gut Theil
einbüßen, um sich in eine wenig interessante Kreispromenade umzugestalten, sobald die Tänzer sich des erforderlichen Zubehörs beraubt
sahen, vermittelst dessen ihr Gebärdenspiel die an sich so einfache,
heutigen Tages entschieden monoton gewordene Form zu beleben
vermochte.

Hören wir einige der Polonaisen Chopin's, so glauben wir
den mehr als festen, gewichtigen Schritt von Männern zu vernehmen,
die mit der Kühnheit der Tapferkeit Allem gegenübertreten, was
das Schicksal an Ruhm oder Unheil in seinem Schoße trägt. Zuweilen meint man prächtige Gruppen, wie Paul Veronese sie gemalt, vorüberschreiten zu sehen. Die Einbildungskraft bekleidet
sie mit der reichen Tracht vergangener Jahrhunderte: schwerem
Goldbrokat, venetianischem Sammt, Atlasdamast, weichen Zobel-
pelzen, die Ärmel gefällig über die Schulter zurückgeworfen, dama-
scirten Säbeln, blendenden Juwelen, arabeskenverzierten Türkisen,
blutrothen oder goldgelben Fußbekleidungen — oder mit züchtigen
Busenschleiern, flandrischen Spitzen, rauschenden Schleppen, wallen-
den Federn, edelsteingeschmückten Coiffuren, kleinen mit Bernstein
gestickten Schuhen, Handschuhen, die nach den Wohlgerüchen des
Serails duften. Diese Gruppen lösen sich los vom farblosen
Hintergrund entschwundener Zeiten, umgeben von köstlichen persischen
Teppichen, von Smyrnaer Perlmutter-Möbeln, von konstantinopo-
litanischen Goldschmied-Arbeiten, von all' der prunkvollen Verschwen-
dung jener Magnaten, die mit kostbaren Silberbechern den Tokayer
aus künstlichen Fontainen schöpften, die beim Einzug in fremde
Städte ihre arabischen Renner mit Silber beschlugen, damit, wenn
sie die Hufeisen längs des Weges verloren, sie ihre fürstliche Freigebigkeit den erstaunten Völkern bezeugten. Ihre Wappenschilder
zierten sie mit der gleichen Krone, die, traf sie die Wahl, zu einer

königlichen werden konnte, und voll Verachtung blickten die Stolzesten
unter ihnen auf die Andern herab. Sie führten nur sie als Zeichen
ihrer glorreichen Gleichberechtigung über ihrem Wappen, das sie
das „Familienjuwel" nannten; denn die Ehre jedes einzelnen Gliedes
war für die Unbeflecktheit desselben verantwortlich. Auch hatte —
eine specifische Eigenthümlichkeit des polnischen Wappens — jedes
seinen Namen, der sich gewöhnlich zu irgend welchem anekdotischen
Ursprung zurückführen ließ, und den andere ähnliche, ja selbst
gleiche, aber einem andern Geschlecht angehörige Wappen anzunehmen nicht das Recht hatten.

Von der Mannigfaltigkeit der Nüancen und der ausdrucksvollen Mimik, welche der mehr gespielten als getanzten Polonaise
einst eigen waren, könnte man sich ohne die Berichte und lebendigen
Beispiele einiger Greise, die bis auf diesen Tag die alte Nationaltracht tragen, keine Vorstellung machen. Der ehemalige Kontusz
war eine Art Kaftan, abendländischer Férédgi, der bis zu den
Knieen verkürzt ist. Es ist das Kleid der Orientalen, wie es durch
die Gewohnheiten eines thätigen, der fatalistischen Entsagung abge-
wandten Lebens seine veränderte Gestalt erhielt. Bei feierlichen
Gelegenheiten von ebenso reichem Stoff als blendender Farbe, ließen
seine offenen Ärmel das darunter getragene Gewand, den Żupan,
hervorsehen. Derselbe bestand aus einfarbigem Atlas, wenn der
Kontusz gemustert, aus geblumtem oder durchwirktem Stoff, wenn
jener einfarbig war. Oft mit kostbarem Pelz, dem Lieblingsluxus
jener Zeit, garnirt, verdankte er einen Theil seiner Originalität dem
Umstand, daß er zu einer häufigen, der Grazie und Koketterie
dienenden Gebärde Anlaß bot. Warf man nämlich die Scheinärmel
hinter sich zurück, so konnte man die mehr oder weniger glückliche,
zuweilen symbolische Zusammenstellung der beiden Farben besser enthüllen, aus denen die Toilette des Tages bestand.

Wer niemals diese ebenso glänzende als prunkvolle Tracht getragen, vermag sich kaum die Haltung, das gemessene Verbeugen
und rasche Wiederaufrichten, all' die Feinheiten des stummen Mienen-
spiels zu vergegenwärtigen, wie sie den Ahnen der Polen geläufig
waren, während sie in der Polonaise wie bei einer militärischen

Parade defilirten; wobei auch ihre Hände nie müssig blieben, sei es
daß sie ihre langen Schnurrbärte strichen oder mit dem Griff ihres
Säbels spielten. Der Eine wie der Andere war ein wesentlicher
Bestandtheil ihrer Tracht, ein Gegenstand der Eitelkeit für jedes
Alter, mochte der Bart nun blond oder weiß, der Säbel noch
unberührt und verheißungsvoll, oder bereits schartig und vom Blute
der Schlachten geröthet sein. Karfunkel, Hyacinthe und Saphire
schimmerten an der vom Gürtel herabhängenden Waffe. Dieser
Gürtel aus befranstem Kachemir oder golddurchwirkter Seide oder
Silberschuppen, von Spangen mit dem Bildnis der Jungfrau, des
Königs oder dem Nationalwappen geschlossen, hob die fast immer
ein wenig korpulente Taille. Den Effekt der seltensten Edelsteine
aber übertraf oft eine Narbe, die der Bart verhüllte, ohne sie zu
verstecken. Die Pracht der Stoffe, der Juwelen, der lebhaften Farben
wurde von den Männern nicht weniger weit getrieben als von den
Frauen. Wie in der Tracht der Ungarn[1]), fanden sich die kostbaren Steine auf den Knöpfen des Kontusz und Żupan, den Hals-
Agraffen, den zur Gala gehörenden Ringen, den Reiherfedern der
Baretts, die in allen Farben prangten, unter denen das Amarant,
das dem weißen Adler Polens, und das Dunkelblau, das dem
Pogoń, dem litthauischen Kavalier[2]) als Fond diente, vorherrschten.
Das Barett, in dessen Sammtfalten sich eine Hand voll Diamanten
verbarg, während der Polonaise zu halten, es mit einem eigenthümlich pikanten Gebärdenspiel in die Hand zu nehmen und zu
schwenken war eine besondere Kunst, die vorzugsweise bei dem
Kavalier des ersten Paares, der als Vordermann der ganzen Tanz-
reihe die Losung ertheilte, zur Geltung kam.

Mit diesem Tanz eröffnete der Herr des Hauses jeden Ball,
nicht mit der jüngsten, noch der schönsten, sondern mit der geehrtesten,

---

1) In England erinnert man sich noch der ungarischen Nationaltracht, die Fürst
Nikolaus Esterhazy bei Krönung Georgs IV. trug und deren Werth auf einige Millionen Gulden geschätzt wurde.

2) Als die Mörder des heiligen Stanislaus, Bischofs von Krakau, verurtheilt
wurden, verbot man ihren Nachkommen, durch mehrere Generationen hindurch in
ihrer Kleidung das Amarant, die polnische Nationalfarbe, zu tragen.

oft der bejahrtesten der anwesenden Frauen. Hatte man doch nicht
allein die Jugend zur Phalanx herbeigerufen, deren Bewegungen
das Fest einleiten sollten, und wollte man doch als erstes Vergnü=
gen eine Revue der versammelten Gesellschaft in all' ihrem Glanze
darbieten. Dem Hausherrn zunächst folgten die angesehensten Männer,
welche, die Einen aus Freundschaft, die Andern aus Berechnung,
Diese ihre Bevorzugten, Jene die Einflußreichsten wählten. Der
Wirth hatte eine minder leichte Aufgabe zu erfüllen als heutigen
Tages. Es lag ihm ob, die gesammte Tänzerschar in tausend
capriciösen Verschlingungen durch sämmtliche Räume hindurchzu=
leiten, in denen die übrigen später hinzukommenden Gäste sich beeilten an dem glänzenden Zuge Theil zu nehmen. Man wußte es
ihm Dank, wenn er bis zu den entferntesten Gallerien, bis zu den
von erleuchteten Bosketts begrenzten Blumenbeeten des Gartens vor-
. drang, wo nur ein leises Echo der Musik noch das Ohr erreichte.
Mit verdoppelten Stimmen empfingen ihn dann bei seiner Rückkehr
in den Hauptsaal die Fanfaren. Indessen solchergestalt fortwährend
die Zuschauer wechselten, die, in Reihe und Glied aufgestellt, seinen
Zug unabläffig beobachteten — denn diejenigen, welche nicht zu
demselben gehörten, folgten ihm unverwandten Blickes, wie der Bahn
eines strahlenden Kometen — versäumte der Hausherr, der Führer
des ersten Paares, nicht, seiner Haltung und seinem Ansehen die
mit Muthwillen vermischte Würde zu geben, die die Frauen zu bewundern, die Männer zu beneiden pflegen. Eitel und lustig zugleich,
hätte er gegen seine Gäste Etwas zu versäumen geglaubt, wenn er
nicht mit einer gewissen spöttischen Naivetät den Stolz zur Schau
getragen hätte, mit dem es ihn erfüllte, so berühmte Freunde, so
angesehene Genossen bei sich zu sehen, die Alle sich beeilten ihn zu
besuchen und sich zur Ehre seines Hauses reich zu schmücken.

Von ihm geführt, genoß man während dieser ersten Wanderung
bei unvermutheten Wendungen den Anblick allerlei architektonischer
oder dekorativer Überraschungen, deren Ornamente, Transparente,
verschlungene Schrift= und Namenszüge den Vergnügungen des
Tages angepaßt waren. Enthielten sie irgend eine Gelegenheits=
anspielung, irgend eine Huldigung, die den „Tapfersten" oder die

„Schönste" feierte, so machte der Schloßherr die Honneurs in liebens=
würdigster Weise. Je mehr Unerwartetes diese kleinen Exkursionen
darboten, je mehr Phantasie und glückliche Erfindung sie bekundeten,
um so lebhafter wurde der Beifall des jugendlichen Theils der Ge=
sellschaft, um so lauter klangen Jubelrufe und Gelächter an das
Ohr des Anführers, welcher damit an Ansehen gewann und ein
bevorzugter und gesuchter Partner wurde. Hatte er bereits ein ge=
wisses Alter erreicht, so empfing er häufig bei der Rückkehr von
derlei Entdeckungszügen Deputationen von jungen Mädchen, die ihm
in Aller Namen Dank und Beifall aussprachen. Ihre Erzählungen
gaben der Neugier der Gäste neue Nahrung und erhöhten die Leb=
haftigkeit der Theilnahme an den nächstfolgenden Polonaisen.

Es war in diesem Land aristokratischer Demokratie, stürmischer
Wahlen keineswegs gleichgültig, die Bewunderung des Tribünen=
Publikums des Ballsaals zu gewinnen. Dort stellten sich die zahl=
reichen Untergebenen der großen Herrenhäuser auf, die Alle von
Adel, oft selbst von älterem als ihre Herren, aber nur zu arm
waren, um Schloßherr oder Wojewode, Kanzler oder Hetman,
Hof= oder Staatsmann zu werden. Manche von ihnen blieben an
ihrem eigenen Herd und riefen, kehrten sie vom Felde in ihre
hüttenähnlichen Häuser zurück, voll Stolz aus: „Jeder Edle hinter
seiner Hecke ist ebenbürtig seinem Palatin!" Szlachcić na zagrodzie,
rówien wojewodzie. Andere dagegen zogen es vor, dem Glück
nachzujagen und sich selbst oder ihre Familie, Söhne, Schwestern,
Töchter bei den reichen Herren und ihren Frauen in Dienst zu
geben. Nur der Mangel an festlichem Putz, ihre freiwillige Ver=
zichtleistung schlossen sie bei großen Festtagen von dem Vorrecht
aus, sich dem Tanze zu einen. Die Herren vom Hause verschmähten
es nicht vor ihnen zu prunken, wenn sie die bunte, regenbogen=
farbige Pracht des Zuges vorüberführten an ihren begierigen Blicken,
aus denen neben der Bewunderung zuweilen auch der Neid hindurch
sah, ob auch hinter schmeichlerischem Beifall und dem äußeren Schein
der Ehrerbietung und Anhänglichkeit verborgen.

Den schillernden Ringen einer langen Schlange gleich, ent=
faltete die lachende Gesellschaft, die über die Parketts dahinglitt,

bald ihre ganze Ausdehnung, bald zog sie sich zusammen, um in
ihren Windungen das mannigfaltigste Farbenspiel schimmern zu
lassen. Dazu rauschten in dumpfem Getön die goldenen Ketten,
die Schleppsäbel, die schweren perlengestickten, diamantenbesäeten,
mit Schleifen und Bändern besetzten Damaststoffe, der alle Augen
auf sich lenkende Flittertand. Von Weitem schon kündigte sich das
Gemurmel der Stimmen an, dem Wogengebraus eines bewegten
Stromes nicht unähnlich.

Der Genius der Gastfreundschaft, der in Polen eben so sehr
von dem durch die Civilisation entwickelten Feingefühl als der Einfachheit der angestammten, stets wohlanständigen Sitten hervorge-
rufen schien, mußte er nicht auch in den Einzelheiten ihres Tanzes
par excellence eine Stelle finden? Nachdem der Wirth seinen
Gästen die gebührende Ehre erwiesen, indem er mit der edelsten,
gefeiertsten, hervorragendsten der anwesenden Frauen das Fest eröffnete, hatte jeder seiner Gäste das Recht, in seine Stelle bei seiner
Dame einzutreten und sich somit an die Spitze des Zuges zu stellen.
Vorerst in die Hände klatschend, um diesen einen Augenblick anzu-
halten, verneigte er sich vor Der, welche er vor sich hatte, und ersuchte
sie, ihn anzunehmen, während Der, dem er sie entführte, das Gleiche
bei dem nächstkommenden Paare that, ein Beispiel, dem Alle folgten.
So wechselten die Frauen ihre Kavaliere so oft als ein neuer von
der ersten derselben die Ehre erbat, sie zu führen; sie blieben indeß
in der gleichen Reihenfolge, wogegen die Männer sich beständig
ablösten, so daß es vorkam, daß Der, welcher den Tanz begonnen
hatte, sich gegen Ende desselben als der letzte, wenn nicht völlig
ausgeschlossen fand.

Der Kavalier, der sich an die Spitze der Kolonne stellte, be-
mühte sich, seinen Vorgänger durch ungewöhnliche Kombinationen
und Verschlingungen noch zu überbieten; denn obschon auf einen
einzigen Saal begrenzt, konnten sich doch die Letzteren durch Zeichnung
graziöser Arabesken und sogar Chiffern hervorthun. Er bezeugte
seine Kunst und sein Anrecht auf die erwählte Rolle, indem er die
komplicirtesten, anscheinend unentwirrbarsten Touren ersann, dieselben aber mit so viel Genauigkeit und Sicherheit durchführte, daß

das lebendige Band, das sich nach allen Richtungen hin verschlang und kreuzte, doch nie zerriß, daß keine Verwirrung, kein Anstoß dabei vorkam. Den Frauen und denen, die nur die Bewegung der Übrigen fortzusetzen brauchten, war es jedoch keineswegs gestattet, dabei nachlässig über das Parkett zu schlendern. Ihr Schritt mußte vielmehr ein rhythmischer, wogender sein, er mußte dem ganzen Körper ein harmonisches Gleichgewicht aufprägen. Nicht in Hast und Eile schritt man vor oder wechselte den Platz; man hütete sich, in der Bewegung einem scheinbaren Zwange zu folgen. Wie die Schwäne abwärts der Flut glitt man dahin, als ob unsichtbare Wogen die schmiegsamen Gestalten trügen.

Bald bot der Herr seiner Dame die eine, bald die andere Hand, bisweilen streifte er nur die Spitzen ihrer Finger, um sie dann wieder fest zu umfassen; jetzt war er ihr zur Linken, dann zur Rechten, ohne sie zu verlassen, und diese Bewegungen durchliefen, von jedem Paare nachgeahmt, wie ein Fieberschauer die volle Ausdehnung der gigantischen Schlange. Während dieser kurzen Minute hörte man die Konversation verstummen, die Stiefelabsätze, den Takt bezeichnend, aufstoßen, die Seide knistern, die Ketten, wie sacht berührte Glöckchen, klingen. Darauf ward das unterbrochene Geplauder wieder laut, die leichten und schweren Schritte begannen von Neuem, Armbänder und Ringe stießen klirrend aneinander, die Fächer streiften die Blumen, das heitere Gelächter setzte sich wieder fort und der Wiederhall der Musik verschlang alles Geflüster. Obwohl durch die mannigfaltigen Manöver, die er ersinnen oder nachahmen mußte, scheinbar gänzlich in Anspruch genommen, fand der Kavalier doch noch Zeit, sich zu seiner Dame zu neigen und, jeden günstigen Augenblick nützend, ihr, war sie jung, ein süßes Wort, war sie es nicht mehr, eine vertrauliche Mittheilung, Bitte oder interessante Neuigkeit ins Ohr zu flüstern. Stolz sich wieder aufrichtend, ließ er dann das Gold seiner Sporen, den Stahl seiner Waffe klirren, liebkoste seinen Schnurrbart und wußte seinen ganzen Gebärden einen Ausdruck zu geben, der seine Dame nöthigte, ihm durch eine geist- und verständnisvolle Haltung zu entsprechen.

So war es keine banale sinnlose Promenade, die man ausführte;

sondern eher ein Defilé, in welchem die gesammte sich umkreisende
Gesellschaft sich daran ergötzte, daß sie sich zu ihrer eigenen Be=
wunderung so schön, so nobel, so prunkreich und höflich sah. Es
war eine beständige Inscenesetzung ihres Glanzes und ihrer Be=
rühmtheiten. Bischöfe, hohe Prälaten und Geistliche[1]), Männer,
die im Feldlager oder im Kampfspiel der Beredtsamkeit ergraut
waren, Krieger, die öfter den Küraß als das Friedenskleid getragen,
Großwürdenträger des Staats, bejahrte Senatoren, streitbare Pala=
tine, ehrgeizige Schloßherren waren die begehrtesten Tänzer, um
welche die Jüngsten, Glänzendsten, Ausgelassensten sich stritten;
denn bei solch ephemerem Band behaupteten Ehren und Würden
vor der Jugend, ja selbst oft vor der Liebe den Vorrang. Aus
dem, was uns jene Alten, die den Zupan und Kontusz niemals
ablegten, und die, wie ihre Voreltern, das Haupthaar bis zu den
Schläfen geschoren trugen, über die in Vergessenheit gerathenen
Evolutionen und verschwundenen Intermezzo's dieses majestätischen
Tanzes berichteten, lernten wir verstehen, welch lebhafter Instinkt
für Repräsentation diesem selbstbewußten Volke angeboren war, wie
sehr ihm Letztere zum Bedürfnis wurde und wie es, Dank der ihm
von Natur verliehenen Grazie, diese prunksüchtige Neigung durch
edle Empfindungen und seine Intentionen poetisch verklärte.

Während unseres Aufenthaltes im Vaterlande Chopin's, dessen
Andenken uns, wie ein unsere Theilnahme beständig anregender
Führer, geleitete, war es uns vergönnt, einigen dieser traditionellen

---

1) Ehemals betheiligten sich die Primaten, die Bischöfe, die Prälaten an der
Polonaise und nahmen darin während der ersten Touren den obersten Rang ein.
Die Schicklichkeit gestattete nicht, daß man sie ablöste und ihnen ihre Dame entführte;
man erwartete daher, daß sie, nachdem sie die Tour durch den Saal beendet, dieselbe
an ihren Platz zurückgeleiteten, bevor sie sich von ihr trennten. Die Würdenträger
der Kirche blieben dann einfache Zuschauer, indeß sich die Promenade vor ihren
Augen fortsetzte. In neuerer Zeit, wo die diesen Sitten ganz besonders eigene
Feinheit der Lebensart unter dem Einfluß der lebendigeren socialen Berührung mit
andern Völkern verschwand, wo dem Klerus in allen Ländern eine größere Zurück=
gezogenheit auferlegt ward, enthalten sich die geistlichen Herren der Theilnahme an
dem Nationaltanz, ja selbst des Erscheinens auf Bällen, die mit diesem eröffnet zu
werden pflegten.

historischen Persönlichkeiten zu begegnen, die wie allerwärts von
Tag zu Tag seltner werden; da die europäische Civilisation, wenn
sie nicht den Nationalcharakter von Grund aus verändert, mindestens
die Rauheiten seiner Außenseiten verwischt und abfeilt. Wir hatten
das Glück, einigen dieser Männer näher zu treten, denen ein über-
legener, gebildeter, durch ein thatenreiches Leben geübter Verstand zu
eigen war, deren Horizont aber sich nicht über die Grenzen ihres Landes,
ihrer Gesellschaft, ihrer Litteratur, ihrer Traditionen hinaus erstreckte.
Während unserer durch einen Dolmetscher mit ihnen vermittelten
Unterhaltung, hat uns ihre Art über Wesen und Formen neuerer
Sitten zu urtheilen, einen Einblick in die vergangene Zeit und das,
was ihre Größe, ihren Reiz und ihre Schwäche bedingte, eröffnet.
Interessant ist es diese unnachahmliche Originalität eines vollständig
exklusiven Gesichtspunktes zu betrachten. Schwächt sie auch nach
vielen Richtungen hin den Werth der Meinung ab, so verleiht sie
dem Geiste doch eine eigenthümliche Kraft, einen verschärften Sinn
in Betreff ihm theurer Interessen, eine Energie, die Nichts von ihrem
Ziele abzulenken vermag, da Alles, was außerhalb desselben liegt,
ihr fremd bleibt. Nur die, welche eine solche Originalität bewahrten, können wie ein treuer Spiegel, das genaue Bild der Vergangenheit vergegenwärtigen, indem sie ihr richtiges Licht, ihr Kolorit,
ihren malerischen Rahmen festhalten. Sie allein spiegeln gleichzeitig mit dem Ritual der verschwindenden Gebräuche auch den Geist
wieder, der dieselben einst ins Leben rief.

Chopin war zu spät gekommen und hatte zu früh den heimischen Herd verlassen, um eine solche Exklusivität des Gesichtspunktes
zu besitzen; doch hatte er zahlreiche Beispiele derselben gekannt, und
durch die Erinnerungen seiner Kindheit nicht minder als durch die
Geschichte und Poesie seines Vaterlands fand er vermittels Induktion
das Geheimnis der vergangenen Wunder desselben, so daß er sie
der Vergessenheit entreißen und in seinen Gesängen mit ewiger
Jugend schmücken konnte. Wie aber jeder Dichter von denen besser
verstanden und gewürdigt wird, welche die Stätten, die ihn begeisterten, durchwanderten und daselbst den Spuren seiner Visionen
nachgingen, wie Pindar und Offian von denen tiefer begriffen

werden, welche die sonnendurchleuchteten Reste des Parthenon, die
nebelumschleierten Landschaften Schottlands besuchten, so offenbart
sich die begeisterte Empfindung Chopin's nur denjenigen völlig,
die sein Vaterland kennen und den Schatten wahrgenommen, den
verflossene Jahrhunderte daselbst zurückgelassen, den Schatten einstigen Ruhmes, der, wie ein ruhelos Gespenst, umgeht auf seinem
väterlichen Erbe. Wenn man es am wenigsten erwartet, erscheint
er, um die Herzen mit Schreck und Betrübnis zu erfüllen, und verbreitet, wenn er in den Sagen und Erinnerungen der Vorzeit auftaucht,
Grausen, wie die schöne Jungfrau Mara, die, tobtenbleich und
von rother Schärpe umgürtet, den Landleuten der Ukraine erscheint
und mit einem Blutfleck die Thüren der Dörfer zeichnet, die der
Zerstörung anheimfallen.

Sicherlich hätten wir Anstand genommen, nach den schönen
Versen, die Mickiewicz der Polonaise gewidmet, und der bewundernswürdigen Schilderung, die er im letzten Gesang des Pan Tadeusz
von ihr entworfen, von diesem Tanze zu reden, fände sich jene
Episode nicht in einem Werke verschlossen, das bis jetzt unübersetzt
geblieben und nur den Landsleuten des Dichters bekannt geworden
ist. Es müßte ein Wagnis erscheinen, selbst unter veränderter Form
einen Gegenstand zu behandeln, dem ein solcher Pinsel bereits in
diesem epischen Roman Gestalt und Farbe verlieh. Sind daselbst
doch Schönheiten erhabenster Art in einer Landschaft eingerahmt,
wie sie Ruysdael malte, als er zwischen Gewitterwolken hindurch
einen Sonnenstrahl auf eine vom Blitz zerschmetterte Birke fallen
ließ, deren klaffende Wunde die weiße Rinde mit Blut zu röthen
scheint. Ohne Zweifel ließ Chopin sich vielfach durch Pan Tadeusz
inspiriren, der der Schilderung von Stimmungen, wie Chopin sie
mit Vorliebe zur Darstellung brachte, mannigfaltige Anregung bot.
Die Handlung spielt zu Anfang unsres Jahrhunderts, zu einer
Zeit, wo man noch Vielen, welche die Empfindungsweise und die
feierlichen Manieren der alten Polen bewahrten, neben andern
moderneren Typen begegnete, die unter der Napoleonischen Herrschaft
einer feurigen aber flüchtigen Leidenschaft huldigten; zwischen zwei
Feldzügen flammte sie auf, um während des dritten, nach französischer

Art, zu erlöschen. Öfters noch gewahrte man während der in Rede stehenden Epoche den Gegensatz, den die an der Sonne des Südens gebräunten und nach fabelhaften Siegen etwas großsprecherisch gewordenen Militärs zu den gemessenen und stolzen Männern der alten Schule bildeten, die unter dem Einfluß konventioneller Rücksichten, welche die vornehme Gesellschaft aller Länder beherrschen und modeln, gegenwärtig ganz verschwinden.

In dem Maße als Jene, die noch das nationale Gepräge aufrecht erhielten, seltener wurden, verlor sich der Geschmack an Schilderung der ehemaligen Sitten, der einstigen Empfindungs=, Handlungs=, Sprech= und Lebensweise. Doch würde man dies mit Unrecht als Gleichgültigkeit deuten. Dieses Zurückdrängen oder Verblassen noch frischer, aber schmerzlicher Erinnerungen gemahnt an den Jammer der Mutter, die nichts von alledem, was einem ihr durch den Tod entrissenen Kinde einst angehörte, — nicht einmal ein Kleid, oder ein Juwel — mehr zu betrachten im Stande ist. Heutigen Tages begegnen die Romane von Czaykowski — diesem podolischen Walter Scott, den die Litteraturkundigen der Bedeutung und dem nationalen Charakter seines Talentes wie der Menge der von ihm behandelten Themen nach, dem fruchtbaren schottischen Schriftsteller fast an die Seite stellen —: Owruczanin, Wernyhora, Powiesci Kozackie, nicht mehr vielen Leserinnen und Lesern, die zu Thränen gerührt werden durch Landschaftsschilderungen, deren tiefempfundene Poesie an leuchtender Frische nichts einbüßt neben den köstlichsten Gemälden der berühmtesten Landschafter, von Hobbema bis zu Dupré, von Berghem bis zu Morgenstern. Wenn aber der Tag der Auferstehung kommt, wenn der geliebte Todte sein Leichentuch abwirft, wenn das Leben den Tod besiegt, dann wird man alsbald die ganze begrabene, aber nicht vergessene Vergangenheit schauen und wiedergestrahlt sehen in Herzen und Phantasie, durch die Feder der Dichter und Musiker, wie sie schon der Pinsel der Maler wiederstrahlte!

Die ursprüngliche Polonaisen=Musik, von der uns keine Probe erhalten blieb, die über ein Jahrhundert zurückreicht, hat für die Kunst nur geringen Werth. Die Kompositionen, welche keinen Autornamen tragen, deren Entstehungszeit uns jedoch die Namen der

Helden verrathen, zu deren Verherrlichung sie ein günstiges Geschick
berufen, sind der Mehrzahl nach ernst und lieblich. Die sogenannte
Kosciuszko-Polonaise ist hiervon das verbreitetste Beispiel. Sie ist
so eng verknüpft mit dem Gedächtnis ihrer Epoche, daß es Frauen
gab, die sie nicht hören konnten, ohne um der wachgerufenen Erinnerungen willen, in Schluchzen auszubrechen. Die Fürstin F. L.,
die von Kosciuszko einst geliebt wurde, war in ihren letzten Tagen,
als das Alter schon all' ihre Sinne geschwächt hatte, nur noch für
den Eindruck dieser Accorde empfänglich, die ihre zitternden Hände
auf dem Klavier fanden, obgleich ihre Augen nicht mehr die Tasten
zu unterscheiden vermochten. Einige andere jener Zeit entstammende
Tanzweisen sind von so traurigem Charakter, daß man sie für eine
Leichenmusik zu halten versucht wäre.

Die Polonaisen des Fürsten Oginski[1]), letzten Großschatzmeisters
des Großherzogthums von Litthauen, die zunächst folgten und dem
düsteren Gepräge jener noch einen schmachtenden Zug beimischten,
erlangten bald eine große Popularität. Die dunkle Färbung jener
früheren theilend, sänftigen sie dieselbe durch einen naiv zärtlichen und
melancholischen Reiz. Rhythmus und Modulation werden ruhiger,
wie wenn ein Festzug, dessen bunte Lust man eben vernahm, sich
stillschweigend sammelt, kommt er an Gräbern vorüber, in deren
Nachbarschaft Hochmuth und Lachen verstummen. Die Liebe allein
überlebt den Tod; sie irrt umher an Grabeshügeln und wiederholt,
was der irische Barde den Lüften seiner Insel ablauschte:

> Love born of sorrow, like sorrow, is true!
> (Liebe, die der Schmerz gebar, ist, dem Schmerze gleich, auch wahr!)

In den bekannten Motiven Oginski's glaubt man eine Dichtung
verwandten Sinnes zu hören, wie sie zwischen dem Odem zweier
Liebenden schwebt, oder sich errathen läßt aus thränenerfüllten Augen.

Später weichen die Gräber zurück; nur von Weitem noch

---

1) Eine derselben in F-Dur ist besonders berühmt geworden. Sie wurde mit
einem Titelbild veröffentlicht, das den Autor darstellt, wie er sich mit einem Pistolen-
schuß das Gehirn zerschmettert — ein romantischer Kommentar, den man lange
Zeit mit Unrecht für eine wirkliche Thatsache nahm.

3 *

erblickt man sie. Leben und Lebensmuth fordern wieder ihr Recht; die schmerzensvollen Eindrücke verwandeln sich in Erinnerungen und kehren nur noch als Echo wieder. Keine Schatten mehr ruft die Phantasie herbei; leise gleitet sie dahin, als möchte sie die Todten nicht wecken in ihrem Schlummer. Schon in Lipinskis Polonaisen fühlt man das Herz freudig, sorglos schlagen.... so, wie es vor der Niederlage schlug! Die Melodie entfaltet sich mehr und mehr, sie verbreitet einen Duft von Jugend und Lenzesglück, sie blüht auf in einem ausdrucksvollen, zuweilen träumerischen Gesang. Sie ist nicht mehr bestimmt, die Schritte hoher und ernster Persönlichkeiten zu regeln, die nur noch wenig Antheil an den Tänzen nehmen, für welche diese Musik geschrieben ward; sie spricht nur mehr zu den jungen Herzen, um ihnen poetische Vorstellungen und Träume zu-zuflüstern. Sie wendet sich an eine romantische, lebendige, mehr auf Lust als auf Pomp bedachte Einbildungskraft. Mayseder folgte, durch kein nationales Band zurückgehalten, dieser abschüssigen Bahn; er gelangte am Ende zur muthwilligen Koketterie, zur reizvollsten Koncertmusik. Seine Nachahmer überflutheten uns mit Musikstücken, die sie Polonaisen nannten, deren Charakter jedoch ihren Namen nirgend rechtfertigt.

Da gab ein Mann von Genie ihr ihren ritterlichen Glanz zurück. Weber machte die Polonaise zur Dithyrambe, in der sich all' ihre verschwundene Herrlichkeit wiederfand und zu blendender Entfaltung kam. Um die Vergangenheit in einer Formel wiederzu-strahlen, deren Sinn sich so wesentlich verändert hatte, vereinigte er die verschiedenen Hilfsmittel seiner Kunst. Nicht die alte Musik wollte er aufs Neue ins Leben rufen, sondern das alte Polen, so wie es einst gewesen war, wiederspiegeln in seiner Musik. Er accentuirt den Rhythmus, behandelt die Melodie mehr recitirend und verleiht ihr vermittelst der Modulation eine verschwenderische Farbenpracht, welche der Gegenstand nicht allein zuläßt, sondern gebieterisch erheischt. Mit Leben, Wärme, Leidenschaft erfüllt er die Polonaise, ohne sie der vornehmen Art, der ceremoniösen Würde, der zugleich natürlichen und gemachten Majestät zu berauben, die von ihrem Wesen unzertrennlich scheinen. Die Kadenzen sind durch

Accorde markirt, die an das Geklirr von Säbeln erinnern. Das Murmeln der Stimmen läßt statt lauer Liebesgespräche Baßtöne hören, so voll und tief, wie sie der Brust entströmen, die zu befehlen gewohnt ist. Ihnen antwortet das entfernte Wiehern der edlen Steppenrosse, die, ungeduldig tänzelnd, sich mit klugen und feurigen Augen umsehen und mit Grazie die von Türkisen oder Rubinen besetzten Schabracken tragen, mit denen die vornehmen polnischen Herren sie bedeckten[1]). Kannte Weber das Polen von ehemals? Beschwor er ein schon bekanntes Bild herauf, um dessen Gruppirung von ihm zu entlehnen? Müßige Fragen! Sieht das Genie nicht mit den Augen des Hellsehenden und offenbart die Poesie ihm nicht, was zu ihrem Bereiche gehört?

Warf Weber's feurige und nervöse Einbildungskraft sich auf einen Gegenstand, so gewann sie diesem Alles ab, was er an Poesie in sich trug. Sie bemächtigte sich desselben in so unumschränkter Weise, daß es schwierig war, sich nach ihm dem gleichen Thema mit der Hoffnung auf ähnliche Erfolge zuzuwenden. Und dennoch, was Wunder! übertraf ihn Chopin gleicherweise durch die Menge

---

1) Im Hausschatze der Fürsten Radziwill im Ordinat von Nieswirz sah man zu ihrer Glanzzeit zwölf mit Edelsteinen besetzte Roßbecken, deren jede von anderer Farbe war. Auch zeigte man dort die zwölf Apostel in Lebensgröße, von massivem Silber ausgeführt. Dieser Luxus setzt nicht in Erstaunen, wenn man bedenkt, daß diese Familie, vom letzten Oberpriester Litthauens abstammend (dem bei seiner Bekehrung zum Christenthum sämmtliche Wälder und Fluren, welche dem Kultus der heidnischen Gottheiten geweiht gewesen waren, zum Eigenthum gegeben wurden), noch gegen Ende des vergangenen Jahrhunderts 800000 Leibeigene besaß, obgleich ihre Reichthümer sich bereits ansehnlich vermindert hatten. Ein nicht weniger merkwürdiges Stück des in Rede stehenden Schatzes existirt noch in einem Gemälde, das Johannes den Täufer, von einem Bande umgeben, darstellt, das in lateinischen Worten die Inschrift trägt: „Im Namen des Herrn, Johannes, wirst du siegen!" Es wurde durch Johann Sobieski nach dem unter den Mauern Wiens von ihm erfochtenen Siege im Zelte des Großveziers Kara-Mustapha gefunden und nach seinem Tode von seiner Wittwe, Marie d'Arquin, einem Fürsten Radziwill, mit einer eigenhändigen Widmung, welche zugleich seines Ursprungs erwähnt, geschenkt. Die mit dem königlichen Siegel versehene Handschrift befindet sich auf der Rückseite der Leinwand. Dieselbe war 1843 noch in Werki bei Wilna in den Händen des Fürsten Louis Wittgenstein, der die Tochter des Fürsten Dominik Radziwill, die einzige Erbin seiner ungeheuren Güter, geheirathet hatte.

und Mannigfaltigkeit seiner Erzeugnisse dieser Gattung wie durch
seine leidenschaftlichere Schreibart und seine harmonischen Neuerungen.
Seine Polonaisen in A- und As-Dur nähern sich an Schwung und
äußerer Gestalt der E-Dur Weber's. Anderwärts verließ er diese
breite Form, er behandelte dasselbe Thema verschieden. Möchten
wir behaupten ob immer mit größerem Glücke? Ein Urtheil in
dergleichen Dingen ist bedenklich. Wie wollte man das Recht des
Dichters, seinen Stoff auf verschiedene Weise aufzufassen, einschrän-
ten? Soll es ihm verwehrt sein, trübe und niedergedrückt zu sein
inmitten der Lust, vom Schmerz zu singen, nachdem er vom Ruhme
sang, das Mißgeschick der Besiegten, Trauernden zu beweinen, nachdem er zuvor dem Glücke Ausdruck geliehen?

Chopin's Überlegenheit bezeugt sich ohne Zweifel nicht zum
geringsten Theile darin, daß er dieses Thema in allen Beleuchtungen
darstellte, deren es fähig ist. In seinem ganzen schimmernden
Glanz, wie in seinem ganzen erhabenen Pathos führte er es uns
vor. Die von seinem eigenen Empfinden durchlebten Phasen trugen
dazu bei, ihm diese Vielseitigkeit der Gesichtspunkte zu eröffnen.
Man kann ihre Umwandlung, ihre häufige Umdüsterung in der
Reihe seiner Polonaisen nicht beobachten ohne die Fruchtbarkeit
seiner tondichterischen Begeisterung selbst da zu bewundern, wo sie
nicht mehr von den Lichtseiten seiner Inspiration getragen und gehoben wird. Nicht immer ließ er den Gesammteindruck der Bilder
auf sich wirken, die Phantasie und Erinnerung ihm darboten. Oft
auch fühlte er sich, wenn er die Gruppen der glänzenden, sich vor
seinen Augen verlierenden Menge betrachtete, von einer vereinzelten
Erscheinung angezogen; sie fesselte ihn durch den Zauber ihres
Blickes, und es gefiel ihm, dessen geheimnisvolle Enthüllungen zu
errathen. Nur für sie allein erklangen dann seine Weisen.

Zu seinen energievollsten Konceptionen kann man die große
Fis-Moll-Polonaise zählen. Ihr findet sich eine Mazurka eingefügt;
eine Neuerung, die zu einer geistreichen Tanz-Caprice führen konnte,
hätte er die frivole Mode nicht gleichsam dadurch erschreckt, daß er
sie in so düster bizarrer Weise in diese phantastische Schöpfung
verwebte. Man könnte sie der Erzählung eines Traumes nach

ſchlafloſer Nacht, bei den erſten Strahlen einer trüben grauen Winter-
Morgendämmerung vergleichen, einem Traumgedicht, wo Eindrücke
und Gegenſtände mit ſeltſamer Zuſammenhangloſigkeit und fremdartigen Übergängen einander folgen, gleich denen, die Byron ſchildert:

> Die Träume, die vom Schlaf gebornen, haben Odem
> Und Leib und Thränen und der Freude Antlitz;
> Schwer laſten ſie noch auf dem wachen Geiſt . . .
> Und Boten gleichen ſie der Ewigkeit. [1)]

(Ein Traum.)

Das Hauptmotiv iſt ſtürmiſch, dunkel, wie die Stunde, die
einem ausbrechenden Orkan vorangeht. Das Ohr glaubt erbitterte
Ausrufe zu vernehmen, eine trotzige Herausforderung aller Elemente.
Die Wiederkehr des Grundtons beim Beginn jedes Taktes mahnt
an immer ſich wiederholende Kanonendonner, die aus fernem Schlacht-
getümmel zu uns herüberklingen. Im Gefolge dieſer Note entwickeln
ſich Takt für Takt wunderſame Accorde. Wir kennen in den Werken
der größten Meiſter Nichts, was der ergreifenden Wirkung dieſer
Stelle gleichkäme, die eine ländliche Scene, eine Mazurka idylliſchen
Stils, welche den Duft der Menthe und des Majorans auszu-
hauchen ſcheint, jäh unterbricht. Aber weit entfernt, den Eindruck
der tief unglücklichen Empfindung zu verwiſchen, die uns zuvor
ergriff, erhöht ſie vielmehr durch ihren bitter ironiſchen Kontraſt die
peinliche Erregung des Hörers. So fühlt er ſich faſt erleichtert,
wenn die erſte Phraſe und mit ihr das impoſante und traurige
Schauſpiel eines verhängnisvollen Kampfes wiederkehrt, da er ſich
mindeſtens von dem ſtörenden Gegenſatz eines naiven und ruhm-
loſen Glückes befreit ſieht. Wie ein Traum verklingt dieſe Impro-
viſation ohne andern Schluß als ein ſchwermüthiges Erzittern, das
die Seele unter der Herrſchaft dunkler Troſtloſigkeit zurückläßt.

In der Polonaiſe-Phantaſie, die ſchon der letzten Periode

---

1) »Dreams in their development have breath,
And tears, and tortures, and the touch of joy;
They have a weight upon our waking thoughts,
. . . .
And look like heralds of eternity.«

(A Dream.)

Chopin's und den Werken angehört, in denen eine fieberhafte Unruhe das Übergewicht gewinnt, findet man keine Spur von kühnen, lichtvollen Bildern. Man vernimmt nicht mehr den heiteren Schritt einer sieggewohnten Reiterschar, nicht mehr Gesänge, die keine Ahnung einer möglichen Niederlage aufkommen lassen, nicht mehr Worte, welche die Kühnheit bekunden, die dem Sieger wohl ansteht. Elegische Traurigkeit herrscht darin vor, nur unterbrochen von ungestümen Bewegungen, melancholischem Lächeln, unerwarteten Seitensprüngen, Ruhepunkten voll bangen Erzitterns, wie Die es empfinden, die, von einem Überfall überrascht, auf allen Seiten eingeschlossen, keinen Hoffnungsschein anbrechen sehen am weiten Horizonte, denen die Verzweiflung zu Kopfe gestiegen wie ein voller Zug cyprischen Weines, der allen Gebärden eine instinktive Raschheit, allen Reden eine schärfere Spitze, allen Empfindungen eine tiefere Glut verleiht und endlich zu einem Grad von Erregtheit führt, der an Wahnsinn grenzt.

Es sind dies Bilder, die der Kunst wenig günstig sind, wie die Schilderung aller extremen Momente, der Agonie, wo die Muskeln jede Spannkraft verlieren und die Nerven, nicht mehr Werkzeuge des Willens, den Menschen zur passiven Beute des Schmerzes werden lassen. Ein beklagenswerther Anblick fürwahr, den der Künstler nur mit äußerster Vorsicht aufnehmen sollte in sein Bereich!

III.

ie Mazurken Chopin's unterscheiden sich in Betreff des Ausdrucks beträchtlich von seinen Polonaisen. Ihr Charakter ist ein wesentlich anderer. Sie bewegen sich in einem anderen Empfindungskreis, in dem zarte, matte und wechselreiche Schattirungen an die Stelle eines reichen und kräftigen Kolorits treten. Statt vom einmüthigen Geist eines ganzen Volkes inspirirt und erfüllt zu sein, danken sie individuellen, mannigfaltigen Eindrücken ihr Dasein. Das weibliche und weichere Element tritt hier nicht in ein geheimnisvolles Halbdunkel zurück, es macht sich vielmehr in erster Linie geltend. Es gewinnt vom ersten Augenblick an eine so große Bedeutung, daß die andern Elemente verschwinden, um ihm Platz zu machen, oder ihm wenigstens nur als Begleitung dienen.

Vorüber sind die Zeiten, wo man, um ein Weib als reizend zu bezeichnen, dasselbe dankbar (wdzięczna) nannte, wo das Wort Reiz selbst von dem Wort Dankbarkeit (wdzięki) abstammte. Die Frau erscheint nicht mehr als die Beschützte, sondern als Königin; sie ist nicht mehr nur der bessere Theil des Lebens, das ganze Leben bildet sie jetzt. Der Mann ist aufbrausend, stolz, anmaßend, dem Schwindel des Lebensgenusses hingegeben. Immer jedoch durchzieht diesen Genuß eine Ader von Melancholie; denn seine Existenz hat nicht mehr in dem unerschütterlichen Boden der Sicherheit, der Kraft und Ruhe ihre Stütze. Er hat kein Vaterland mehr!..

Fürder sind alle Geschicke nur noch die nach einem ungeheueren
Schiffbruch umhertreibenden Trümmer. Die Arme des Mannes
gleichen einem Floß, das auf seinem schwachen Holzgerüst eine weh=
klagende Familie trägt. Dies Floß wurde hinausgeschleudert ins
weite, unruhige Meer, dessen drohende Wogen es zu verschlingen
bereit sind. Ein Hafen zwar ist immer vorhanden, immer offen.
Aber dieser Hafen ist der Abgrund der Schande, der kalte Zufluchtsort
der Ehrlosigkeit. Manches müde und ermattete Menschenherz hat
vielleicht gemeint, dort die ersehnte Ruhe zu finden. Doch vergebens!
Kaum wendet sich der irrende Blick ihm zu, so halten ihn die
Schreckensrufe von Mutter oder Weib, Schwester oder Tochter,
Freundin oder Braut, Enkelin oder Ahne zurück. Lieber als dem
Hafen der Schmach zu nahen, soll er sich zurückwerfen lassen in die
hohe See, in der sichern Voraussicht, dort zu verderben, verschlungen
zu werden von schwarzer Nacht, ohne einen Stern am Himmel, ohne
eine Klage auf der Erde, zwischen Fluthen, finster wie der Erebus,
um beseligt im Tode, weil er Glauben und Vaterland Treue gehalten,
von Grund der Seele auszurufen: Jeszcze Polska nie zginęła!
(Noch ist Polen nicht verloren!) . . .

Während der Mazurka entscheidet sich in Polen häufig das
Schicksal eines ganzen Lebens. Die Herzen prüfen einander, ewige
Gelübde werden ausgesprochen, das Vaterland wirbt hier seine
Märtyrer und Heldinnen. In ihrem Heimatland ist die Mazurka
eben nicht nur ein Tanz, sie ist ein Volksgedicht und, wie alle
Dichtungen besiegter Völker, geschaffen, die lodernde Flamme patrio=
tischer Gefühle unter dem durchsichtigen Schleier einer populären
Melodie hindurchschimmern zu lassen. Auch erscheint es begreiflich,
daß die Mehrzahl derselben, musikalisch sowohl wie in den beige=
gebenen Strophen, in den Haupttonarten modulirt, die im Herzen
des modernen Polen vorherrschen: Liebeslust und Trübsinn, den
das Bewußtsein der Gefahr erzeugt. Viele dieser Weisen tragen den
Namen eines Kriegers, eines Helden. Die Kosciuszko=Polonaise
ist historisch minder berühmt als die Dombrowski=Mazurka, die
zufolge der begleitenden Worte zum Volkslied geworden, wie die
Chłopicki=Mazurka, Dank ihrem Rhythmus und ihrer Entstehungszeit,

1830, dreißig Jahre lang populär war. Einer neuen Lawine von
Leichen und Opfern, einer neuen Überschwemmung mit Strömen
Blutes, einer neuen Sündfluth von Thränen, einer neuen Diocletia-
nischen Verfolgung, einer neuen Bevölkerung Sibiriens bedurfte es,
um das letzte Echo ihrer Töne, den letzten Wiederschein ihrer Erinnerung zu ersticken.

Seit dieser letzten Katastrophe — der schwersten von allen, laut
den Versicherungen der Zeitgenossen, ob sie auch nichtsdestoweniger,
wie jedes Herz bestätigt, jede Stimme murmelt, keine vernichtende
war — verhielt sich Polen schweigsam, oder besser gesagt, stumm.
Keine nationalen Polonaisen, keine volksthümlichen Mazurken gab
es mehr. Um von ihnen zu reden muß man über die gegenwärtige
Epoche zurückgreifen in die damalige Zeit, wo Musik und Text
gleicherweise den Widerspruch zwischen einem heroischen und reizenden
Effekt, zwischen Liebeslust und ahnungsvollem Trübsinn darstellen,
aus dem das Bedürfnis hervorgeht, sich „des Elendes zu erfreuen"
(cieszyc bide), sodaß man Betäubung sucht in den Grazien des
Tanzes und seinen geheimen Deutungen. Die Verse, die man zu
den Melodien der Mazurka singt, geben ihr überdies den Vorzug,
sich inniger als andre Tanzweisen der Erinnerung anzuschmiegen.
Frische, wohlklingende Stimmen wiederholten sie oftmals in der
Einsamkeit, zur Morgenstunde, in fröhlicher Mußezeit. Man trällerte
sie auf Reisen, im Walde, auf dem Kahn, in Momenten plötzlicher
Rührung, wie sie das Herz überkommt, wenn eine Begegnung, ein
Bild, ein unverhofftes Wort mit unvergänglichem Glanze Stunden
erhellen, die noch in fernen Jahren, im Düster der Zukunft leuchtend
im Gedächtnis fortleben.

Chopin bemächtigte sich dieser Inspirationen mit einem seltenen
Glück, um ihnen den vollen Werth seiner Arbeit und seines Stils
zu verleihen. Sie in tausend Facetten schleifend, förderte er alles
in diesen Diamanten verborgene Feuer ans Licht, und kein Stäubchen
von ihnen verloren gehen lassend, faßte er sie zu einem klingenden Ge-
schmeide. In welchem anderen Rahmen auch als in dem dieser Tänze,
darin so viele Anspielungen, so viel schwungvolle Begeisterung und
stumme Gebete Raum finden, hätten seine persönlichen Erinnerungen

beſſer vermocht, Dichtungen zu ſchaffen, Scenen und Stimmungen
feſt zu halten, die nun, Dank ſeinem Genius, weit hinaus über den
vaterländiſchen Boden wiederhallen und für alle Zukunft zu den
Idealgebilden zählen, welche die Kunſt mit ihrem Strahlenglanze
weiht?

Um zu begreifen, wie ſehr dieſer Rahmen den Gefühlstinten
angepaßt war, die Chopin's irisfarbiger Pinſel darin wiedergab,
muß man die Mazurka in Polen tanzen geſehen haben. Nur dort
lernt man verſtehen, welch ſtolzes, zartes, herausforderndes Weſen
dieſem Tanze eignet. Während Walzer und Galopp die Tänzer
iſoliren und dem Zuſchauer nur ein verworrenes Bild darbieten;
während der Contretanz als eine Art harmloſen Waffenſpiels erſcheint,
wo man ſich mit derſelben Gleichgültigkeit angreift und ausweicht,
wo man eine nachläſſige Anmuth zur Schau trägt, der ein nicht
minder nachläſſiges Entgegenkommen entſpricht; während die Lebhaftigkeit der Polka leicht ins Zweideutige ausartet, während Menuett.
Fandango, Tarantella kleine Liebesdramen verſchiedenen Charakters
vergegenwärtigen, die nur die Ausführenden intereſſiren, und darin
dem Manne nur die Aufgabe zufällt, die Dame zur Geltung zu
bringen, indeß das Publikum gelangweilt den Koketterien folgt,
deren Gebärdenſprache ſich nicht an ſeine Adreſſe wendet — tritt in
der Mazurka die Rolle des Tänzers weder an Bedeutung noch an
Anmuth hinter der ſeiner Tänzerin zurück, und auch das Publikum
geht nicht leer dabei aus.

Die langen Pauſen zwiſchen Betheiligung der einzelnen Paare
am Tanze ſind deren Geplauder vorbehalten; trifft ſie aber die Reihe,
ſo ſpielt ſich die Scene nicht mehr zwiſchen ihnen allein, ſondern
zwiſchen ihnen und dem Publikum ab. Vor dieſem Letzteren zeigt
der Mann ſich ſtolz auf die Dame, deren Bevorzugung er zu errin-
gen gewußt; vor ihm ſoll die Erwählte ihm zur Ehre gereichen,
beſtrebt auch ſie ſich zu gefallen; denn der Beifall, den ſie erwirbt,
fällt auf ihren Tänzer zurück und wird für ihn zur ſchmeichelndſten
Koketterie. Im letzten Augenblick ſcheint ſie den Beifall förmlich
auf ihn zu übertragen: ſie ſchwingt ſich zu ihm hin und ruht auf
ſeinem Arme — eine Bewegung, die mehr als jede andere der

verschiedensten Nüancen — vom leidenschaftlichsten Aufschwung bis
zur zerstreutesten Hingebung — fähig ist.

Zum Beginn reichen sich alle Paare die Hand und bilden eine
große lebendige und bewegte Kette. Indem sie sich in einen Kreis
ordnen, dessen rasche Umdrehung das Auge blendet, bilden sie einen
Kranz, darin jede Dame eine in ihrer Art einzige Blume ist, während
die gleichförmige Tracht der Männer, gleich schwarzer Blätterfolie,
die verschiedenen Farben hervorhebt. Darauf schwingen sich alle
Paare, eins nach dem andern dem ersten, dem Ehrenpaare, folgend,
mit sprühender Lebendigkeit und eifersüchtiger Rivalität vorwärts,
sich der Musterung der Zuschauer darbietend, deren gewissenhafte
Beschreibung nicht weniger interessant sein dürfte als die, welche
Homer und Tasso von den schlachtbereiten Armeen entwarfen. Nach
Verlauf einer oder zweier Stunden bildet sich derselbe Kreis von
Neuem, um den Tanz mit einer Runde von schwindelnder Schnellig-
keit zu beschließen, während welcher, fühlt man sich nur irgend unter
sich, der erregteste und enthusiastischste der jungen Leute oftmals den
Gesang der Melodie anstimmt, die das Orchester spielt. Tänzer
und Tänzerinnen vereinigen sich ihm alsbald im Chor und wiederholen den gleichzeitig Liebe und Vaterlandsbegeisterung athmenden
Refrain. An Tagen, wo sich die Lust bis zur exaltirten Heiterkeit
steigert, die wie Rebenholzfeuer in den leicht entzündlichen Gemüthern
sprudelt und blitzt, wird die allgemeine Promenade wieder aufgenommen. Ihr beschleunigter Schritt läßt nicht die leiseste Ermüdung
bei den Frauen wahrnehmen, die bei aller Zartheit doch eine Ausdauer zeigen, als ob ihre Glieder die unermüdliche Biegsamkeit des
Stahls besäßen.

Es giebt kaum ein entzückenderes Schauspiel als das eines
Balles in Polen, wenn nach Beginn der Mazurka und nach Be-
endigung der allgemeinen Runde und des großen Defilé's, sich die
Aufmerksamkeit des ganzen Saales — statt wie im übrigen Europa
durch eine Menge nach allen Seiten sich drängender und stoßender
Personen zerstreut zu werden — sich nur einem einzigen Paare
zuwendet, das, von gleichmäßiger Schönheit, sich durch den weiten
Raum schwingt. Wie viel verschiedene Momente auch bieten sich

während der einzelnen Touren im Ballsaal dar! Schüchtern und
zögernd zuerst vorschreitend, bewegt sich die Dame anfangs in leisem
Wiegen, wie der Vogel, wenn er seinen Flug beginnt. Lange Zeit
auf einem Fuße gleitend, streift sie, wie die Schlittschuhläuferin das
Eis, die Spiegelfläche des Parkets. Dann giebt sie sich, impulsiv
wie ein Kind, einen plötzlichen Schwung, von den Flügeln eines
langen pas de basque getragen. Ihre Augenlider heben sich und
Dianen gleich, mit hocherhobener Stirn, schwellendem Busen, elasti-
schen Sprüngen, theilt sie die Luft, wie die Barke die Welle theilt,
und scheint mit dem Raume zu spielen. Alsbald nimmt sie ihr
kokettes Dahingleiten wiederum auf, spendet den Umherstehenden ein
Lächeln, den Begünstigtsten ein Wort und reicht ihren Arm dem
Kavalier, der sich ihr vereint, um ihre nervösen Schritte von Neuem
zu beginnen und mit zaubergleicher Geschwindigkeit von einem Ende
des Saales zum andern zu fliegen. Sie gleitet, sie eilt, sie fliegt; die
Anstrengung färbt ihre Wange, leuchtet aus ihrem Blick, verzögert
ihren Schritt, bis sie ermattet und athemlos in die Arme ihres
Tänzers sinkt, der, sie mit starker Hand umfassend, sie einen Augenblick noch emporhebt, bevor er den trunkenen Wirbel mit ihr beendet.

Der Mann dagegen, den eine Dame zum Tänzer annahm,
bemächtigt sich derselben wie einer Eroberung, auf die er stolz ist.
Er läßt sie von seinen Rivalen erst bewundern, bevor er sie sich in
jener kurzen wirbelnden Umarmung aneignet, durch welche hindurch
man noch den stolzen Ausdruck des Siegers, die erröthende Eitelkeit der Dame bemerkt, deren Schönheit seinen Triumph ausmacht.
Der Kavalier accentuirt zuvörderst in herausfordernder Weise seinen
Schritt, verläßt seine Tänzerin einen Augenblick, als wolle er sie besser
betrachten, und dreht sich, wie freudetrunken und von Schwindel
erfaßt, um sich selbst, um sich alsbald mit leidenschaftlicher Hast
wieder mit ihr zu vereinigen. Die verschiedenartigsten und zufälligsten
Figuren variiren diesen Siegeslauf, der uns manche Atalante schöner
zeigt, als Ovid sie träumte. Zuweilen treten zwei Paare gleichzeitig
vor, die Tänzer tauschen ihre Dame, ein Dritter gesellt sich unversehens in die Hände klatschend dazu und entführt eine derselben
ihrem Partner als sei er unwiderstehlich hingerissen von ihrer

unvergleichlichen Schönheit und Anmuth. Ist es eine der Königinnen des Festes, die also begehrt ward, so bewerben sich die hervorragendsten jungen Leute der Reihe nach um die Ehre, ihr die Hand zu reichen.

Allen Polinnen ist die magische Kunst dieses Tanzes angeboren. Selbst die wenigst glücklich begabten vermögen hier neue Reize zu gewinnen. Schüchternheit und Bescheidenheit werden da eben so wohl zu Vorzügen als die Majestät derer, die sich bewußt sind, zu den Beneidetsten zu zählen. Erklärt sich dies vielleicht dadurch, daß dieser Tanz mehr als irgend einer die keuscheste Liebe ausspricht? Daß die Tanzenden sich nicht gleichgültig gegen das Publikum verhalten, sondern sich im Gegentheil an dasselbe wenden, macht ihn zu einem Gemisch von inniger Zärtlichkeit und wechselseitiger Eitelkeit, dem eben so viel feine Zurückhaltung als unverhohlene Leidenschaft inne wohnt.

Kann überdies nicht jede Polin anbetenswerth sein, sobald man sie nur anzubeten versteht? Heiße, unauslöschliche Liebe flößten selbst die minder schönen ein; die schönsten aber haben durch einen Aufschlag ihrer blonden Augenwimpern, durch einen Seufzer ihrer Lippen, die sich dem Flehen neigten, nachdem sie ein hochmüthiges Schweigen versiegelt, ganze Lebensschicksale bestimmt. Welch fieberhafte Worte, welch unbestimmte Hoffnungen, welch süßer Glücksrausch, welche Täuschungen und Verzweiflung mußten nicht da, wo solche Frauen herrschen, während der Kadenzen dieser Mazurken einander folgen! Hallen sie nicht noch im Gedächtnis der Polinnen wieder, wie das Echo einer entschwundenen Leidenschaft, einer schwärmerischen Liebeserklärung? Und wo wäre die Polin, deren Wangen nach Beendigung einer Mazurka nicht mehr von Erregung als von Ermüdung glühten?

Wie viele unerwartete Bündnisse wurden während dieser langen tête à tête's, inmitten einer glänzenden Menge, beim Klang einer Musik geschlossen, die meist irgend einen kriegerischen Namen, irgend eine historische Erinnerung, welche sich den Worten verknüpfte und in der Melodie Gestalt gewonnen hatte, wieder aufleben ließ! Wie viele Gelübde wurden da getauscht, deren letztes Wort, den Himmel zum Zeugen anrufend, nimmer vergessen ward von dem Herzen,

das getreu auf den Himmel wartete, um droben ein Glück wieder=
zufinden, das das Verhängnis hienieden vertagt! Wie viel schmerzliche
Lebewohls wurden da gewechselt zwischen einem Paar, das für
einander geschaffen schien, hätte das gleiche Blut in Beider Adern
gerollt und müßte der liebestrunkene Anbeter von heute sich nicht
schon morgen in einen Feind, ja in einen Verfolger verwandeln!
Wie oftmals gaben sich Liebende dort das Versprechen eines baldigen
Wiedersehens; aber der Herbst ihres Lebens folgte dem Frühling,
bevor sie ihr Versprechen einlösen konnten, da sie eher an ihre Treue
durch alle Wechselfälle des Daseins, als an die Möglichkeit eines
Glückes glaubten, dem der väterliche Segen gebrach! Wie viele
unglückliche, heimlich genährte Neigungen zwischen Herzen, die die
unüberschreitbare Kluft des Reichthums und Ranges trennte, offen=
barten sich nicht während jener flüchtigen Augenblicke, wo die Welt
mehr als den Reichthum die Schönheit, mehr als den Rang den Reiz
der Erscheinung bewundert! Wie viele Schicksale, die Geburt und
die Schuld ihrer Väter auseinanderrissen, näherten sich zu kurzem
Glücke nur in diesen vorübergehenden Begegnungen, deren bleicher,
ferner Wiederschein das einzige Licht blieb, das ihnen eine lange
Reihe dunkler Jahre erhellte! Denn, wie der Dichter sagt: „Trennung
ist eine Welt ohne Sonnenschein."

Wie viele kurze Liebesbande wurden da am gleichen Abend
geknüpft und wieder gelöst zwischen Solchen, die sich nie zuvor
gesehen, auch niemals wiedersehen sollten, und die doch ahnten, daß
sie einander nicht vergessen könnten! Wie viele Gespräche, die
während der verwickelten Figuren und Pausen der Mazurka harmlos
begonnen, spöttisch fortgeführt, aufgeregt unterbrochen und mit jenem
errathenden Verständnis wieder aufgenommen wurden, in dem sich
die Zartheit und Feinheit der Slawen auszeichnet, haben zu tiefen
Neigungen geführt! Wie viel Vertrauen wurde da verschwendet vom
Freimuth, der keine Grenzen kennt, wenn er sich von der Tyrannei
erzwungener Vorsicht befreit fühlt! Aber auch wie viele trügerisch
lächelnde Worte, wie viele Versprechungen, Wünsche, ungewisse Hoff=
nungen wurden da gleichgültig dem Lufthauch preisgegeben, wie das
Taschentuch der Tänzerin, das der Ungeschickte aufzunehmen verfehlte!

Chopin entfesselte die unbekannte Poesie, die in den Original-
themen der echt nationalen Mazurken nur angedeutet lag. Ihren
Rhythmus beibehaltend, veredelte er die Melodie, erweiterte die
Verhältnisse und führte ein harmonisches Hellbunkel ein, das eben so
neu war als die Gegenstände, denen er es anpaßte; denn in diesen
Schöpfungen, die er uns gern als „Staffeleibilder" (tableaux de
chevalet) [1]) bezeichnen hörte, schilderte er die tausendfältigen Erregungen, welche das Herz hienieden bewegen, wie den Tanz selbst
und zumal die langen Pausen, während welcher der Kavalier nicht
von der Seite seiner Dame weicht.

Koketterie, Eitelkeit, Phantasien, Elegien, Leidenschaften, erste
Liebesregungen, Eroberungen, von denen Wohl oder Wehe eines
Andern abhängen kann, Alles das drängt sich da bunt durcheinander.
Wie schwer aber ist es, sich einen vollständigen Begriff von den
unendlichen Abstufungen der Gefühlsregungen in diesen Ländern zu
bilden, wo man vom Palast bis zur Hütte die Mazurka mit derselben
leidenschaftlichen Hingebung, demselben zugleich verliebten und patriotischen Interesse tanzt; wo die der Nation eigenen Vorzüge und
Fehler so eigenthümlich vertheilt sind, daß sie sich zwar ihrem Wesen
nach fast bei Allen gleichartig finden, aber doch in ihrer Mischung
bis zur Unkennbarkeit verschieden zum Ausdruck kommen. Hieraus
entspringt eine außerordentliche Mannigfaltigkeit der launisch zu-
sammengesetzten Charaktere, die der Neugier einen ihr anderwärts
mangelnden Sporn giebt, aus jeder neuen Beziehung eine pikante
Forschung macht und selbst dem geringsten Vorfall Bedeutung verleiht.

Hier ist Nichts gleichgültig, Nichts unbemerkt, Nichts banal.
Die Gegensätze vervielfältigen sich unter diesen Naturen von beständiger
Beweglichkeit in ihren Eindrücken, von feinem, durchdringendem Geist,
von einer Reizbarkeit, die das Unglück nährt, indem es unerwartete
Schlaglichter in das Gemüth wirft, wie der Wiederschein einer
Feuersbrunst in das nächtige Dunkel. Hier steigen die langen,
eisigen Schrecken des Festungskerkers, die verfänglichen Fragen ver-
haßter Richter, die öden Steppen Sibiriens vor den bestürzten

---

1) Chevalet bedeutet zugleich den Steg der Musikinstrumente.
Liszt. Chopin.   4

Bliden und zagenden Herzen empor, wie eine luftige Wanddekoration
des Ballsaales, mögen seine nackten Mauern mit schlichter Tünche,
sein bescheidener Fußboden mit frischem Firnis überstrichen sein,
oder mag sein Gewände von blendendem Stuckwerk, sein Parket von
Mahagoni und Ebenholz glänzen, sein Kronleuchter von tausend
Kerzen wiederstrahlen!

Hier kann der nichtigste Zufall diejenigen einander eng verbinden, die gestern sich noch völlig fremd gewesen, wie eine Minute
nur, ein Wort dort oft lang verbundene Seelen trennt. Hier öffnen
sich die Herzen in raschem Vertrauen, und unheilbares Mißtrauen
wird im Geheimen genährt. Man spielt nach dem Ausspruch einer
geistreichen Frau „häufig Komödie, um die Tragödie zu vermeiden“.
Man läßt gern das ahnen, was man nicht auszusprechen wünscht.
Die Allgemeinheiten dienen dazu, die Frage zu verschärfen, indem
sie sie verstecken. So lauscht man den ausweichendsten Antworten,
wie man dem Klang eines Gegenstandes lauscht, um daraus dessen
Metall zu erkennen. Alle, so sicher sie ihrer selbst sind, fragen,
erforschen, prüfen sich beständig. Jeder junge Mann begehrt zu
wissen, ob die, welche er für einen oder zwei Abende zur Dame
seines Herzens erkoren, auch die gleiche Vaterlandsliebe, der gleiche
Haß gegen den Sieger beseelt. Jede Dame, bevor sie ihre Eintags-
gunst demjenigen zuwendet, der sie mit leidenschaftlicher Bewunderung betrachtet, möchte erfahren, ob er Mann genug ist, um der
Einziehung seiner Güter, der gezwungenen oder freiwilligen (oft
nicht minder harten) Verbannung, dem lebenslänglichen Gefängnis
der Kaserne an den Ufern des kaspischen Meers oder in den Bergen
des Kaukasus die Stirn zu bieten.

Versteht der Mann zu hassen, aber begnügt sich die Frau damit,
den Feind zu lästern, so entstehen qualvolle Ungewißheiten. Das
Brautpaar, das die Ringe wechselt, fragt sich während sie an die
Finger gleiten, ob sie daran wohl haften werden? Gleicht die Frau
jener Fürstin Eustache Sanguszko, welche lieber ihren Sohn in den
Minen sehen als ihre Knie vor dem Zar beugen wollte[1]), aber

---

1) In Folge des Kriegs von 1830 wurde der Fürst Roman Sanguszko
verurtheilt, auf Lebenszeit als Soldat in Sibirien zu dienen. Bei Durchsicht

frägt sich der Mann, ob er nicht das Beispiel der K., B., L., J. ꝛc. nachahmen solle, die überhäuft mit Ehren in St. Petersburg lebten, indeß sie ihre Kinder in der Erwartung des Tages aufzogen, wo sie den Degen ziehen werden gegen die Herren von gestern, dann erfaßt das Weib das Herz des Mannes mit ihren brennenden Worten, wie eine Mutter mit ihren fieberheißen Händen das Haupt ihres Kindes umfaßt, indem sie es aufwärts zum Himmel wendet, ihm zurufend: „Dort ist Dein Gott!" Vom Schluchzen erstickt ist ihre Stimme, Thränen, die allein ihm sichtbar sind, entquellen ihren Augen, sie fleht und sie befiehlt zu gleicher Zeit. Für ihr Lächeln fordert sie einen Preis, und dieser Preis ist der Heroismus. Wendet sie ihr Antlitz ab, so ist es, als stürze sie den Mann in den Abgrund der Schande. Läßt sie ihm den sonnigen Glanz ihres schönen Angesichts erblicken, so scheint sie ihn aus dem Nichts emporzuheben.

Auch jetzt noch findet man bei jeder Mazurka, die man in Polen tanzt, Männer, deren Blick, deren Wort oder angstgepreßte Umarmung dem geheiligten Altar des Vaterlandes für immerdar das

---

des Dekretes fügte Kaiser Nikolaus eigenhändig hinzu „wohin er mit Ketten an den Füßen abgeführt werden wird". — Da seine Gesundheit ernstlich erschüttert war, that die Familie Schritte bei Hofe und erhielt zur Antwort, daß seine Mutter, wenn sie einen Fußfall vor dem Kaiser thun würde, die Begnadigung ihres Sohnes erlangen solle. Lange weigerte sich die Fürstin. Als sich indeß der Zustand ihres Sohnes immer mehr verschlimmerte, reiste sie ab. In Petersburg angekommen, begannen die Unterhandlungen über die Weise, in der die Kniebeugung ausgeführt werden sollte. Man brachte ihr zuerst die demüthigendsten Formen in Vorschlag, welche die Fürstin, bereit wieder heimzukehren, eine nach der andern zurückwies. Endlich kam man überein, daß sie bei der Kaiserin eine Audienz erbitten und erhalten, daß der Kaiser hinzukommen und die Fürstin da, ohne andere Zeugen, auf ihren Knien die Begnadigung ihres Kindes erflehen solle. Als sie bei der Kaiserin war, trat der Kaiser ein. Da sich die Fürstin jedoch nicht rührte, glaubte die Kaiserin, sie erkenne ihn nicht und stand auf. Die Fürstin erhob sich und stand unbeweglich .. Der Kaiser sah sie an, durchschritt langsam den Salon und ging hinaus! .. Außer sich erfaßte die Kaiserin die Hände der Fürstin und rief: „Sie haben die einzige Gelegenheit versäumt!" .. — Später erzählte die Fürstin, daß ihre Knie von Marmor geworden waren und daß, als sie an die Tausende von Polen dachte, die noch mehr als ihr Sohn litten, sie lieber sterben als sie beugen wollte. Die nachgesuchte Begnadigung wurde ihr nicht gewährt; aber die Jahrhunderte umgaben das geweihte Andenken dieser polnischen Matrone von antiken Tugenden mit einem Glorienschein.

4*

Herz einer Frau zugeführt haben, über das sie allein gebieten und
kein Anderer ein Recht hat. Man findet Frauen, deren feuchte
Augen, zarte Hände, leise flüsternder Odem ein Männerherz auf
immer jenem geweihten Waffendienst geworben, wo die Ketten der
Liebe die Ketten des Gefängnisses und der Kibitka leicht erscheinen
lassen. Diese Männer und Frauen begegnen einander vielleicht
nie wieder, und dennoch bestimmte Einer das Schicksal des Andern,
indem er ihm Worte in die Seele rief, die Keiner hörte, aber die
am Ende dieses Lebens wie Brandwunden an ihm nagen oder ihn
wiederaufleben lassen werden, wenn er sie wiederholt: „Vaterland,
Ehre, Freiheit!“ Freiheit, Freiheit vor Allem! Haß der Sklaverei,
Haß dem Despotismus, Haß der Niedrigkeit und Gemeinheit!
Sterben, tausendmal lieber auf der Stelle sterben, als nicht eine
freie Seele in einer freien Persönlichkeit bewahren; als, wie der
unedle Überläufer, abhängen von der Gunstbezeigung der Zare und
Zarinnen, vom Lächeln oder der Beschimpfung, von der entwürdi-
genden Liebkosung oder dem mörderischen Zorn des Selbstherrschers!

Freilich sterben war zu viel! Oder vielmehr es war noch nicht
genug! Nicht den Tod Aller forderte man, man forderte nur, daß
sie allen Lebensbedingungen entsagten: der freien Luft ihrer angeborenen Gerechtsame, den Freiheiten ihres alten Patriciats in der
großen christlichen Gemeinde; da sie jeden Vertrag mit dem Sieger
verweigerten, der die ihnen zukommende Stelle usurpirt hatte und
nun mit ihren Vorrechten prahlte. Wahrlich ein solches Verhängnis
war schlimmer als der Tod! Was that es? Die, welche sich nicht
fürchteten, es aufzuerlegen, begegneten immer Solchen, die sich nicht
fürchteten es anzunehmen. Aber gab es auch Manche, die sich,
wenn auch mehr der Form als dem Wesen nach, zu einem Vertrag
mit dem Sieger verstanden, wie Viele gab es nicht, die weder der
Form noch dem Wesen nach jemals in einen Vergleich willigten!
Sie entzogen sich jedem, selbst dem stillschweigenden Vertrag, der
die Thüren aller Gesandtschaften und Höfe Europas öffnete unter
der einzigen Bedingung, nicht merken zu lassen, daß „der Bär, der
weiße Handschuh in der Fremde trägt“, sich beeilt, sie an der Grenze
abzuwerfen und fern ihren Blicken, wieder das wilde Thier wird,

das zwar lüſtern iſt nach dem Honig der Civiliſation, deren Vortheile es ſich gern zu eigen machte, aber unfähig iſt zu ſehen, daß
es mit ſeiner unförmigen Maſſe die Blumen zerſtört, aus denen der
Honig gezogen iſt, daß unter ſeinen groben Tatzen die geflügelten
Arbeiterinnen ſterben müſſen, ohne welche er nicht hervorgebracht wird.

Gleichwohl erſchien der Pole — der Erbe einer achthundert-
jährigen Civiliſation, der es ſeit hundert Jahren verſchmähte auf
das zu verzichten, was ihm von Größe, Nobleſſe, Unabhängigkeit
ins Herz gepflanzt wurde, um damit die Brüderſchaft der Knechti-
ſchen, aber Mächtigen zu erkaufen — ohne einen derartigen Vertrag
in Europa wie ein Paria, ein Jakobiner, ein gefährliches Weſen,
deſſen läſtige Nachbarſchaft man beſſer meidet. Begiebt er ſich auf
Reiſen, ſo wird er, der grand-seigneur par excellence, zum
Schreckbild für ſeines Gleichen; er, der eifrige Katholik, der Märtyrer
ſeines Glaubens, wird zum Gegenſtand der Furcht für ſeinen Prieſter,
zum Gegenſtand der Verlegenheit für ſeine Kirche; er, der Mann
der feinen Sitte, der geiſtreiche Plauderer, der auserleſene Gaſt,
ſcheint ein Nichts, das man höflich entfernt. Iſt dies nicht ein
Kelch voll Bitternis? Iſt ein ſolches Schickſal nicht härter, als
ein ruhmreicher Kampf, der ſich doch nicht über die Dauer eines
ganzen Daſeins verbreitet? Nichtsdeſtoweniger iſt es die Ehrenpflicht
jedes jungen Mannes und jedes jungen Weibes, die der Zufall
einmal während einer Mazurka zuſammenführt, ſich gegenſeitig zu
prüfen, ob ſie dieſen Kelch auch zu leeren vermögen, ob ſie bereit
ſind, ihn entgegenzunehmen aus der Hand, welche ihnen denſelben
reicht mit Augen voll Liebe, mit Worten voll Kraft und Anmuth,
mit einem Herzen voll Begeiſterung.

Aber nicht immer iſt man auf den Bällen „unter ſich". Oftmals
muß man auch mit den Siegern tanzen, oftmals ihnen gefallen, um
nicht ſofort zu Grunde gerichtet zu werden. Man muß ihre Frauen
beſuchen und zuweilen einladen; man muß mit ihnen zuſammen
ſein, an ihrer Seite ſtehen, ſich demüthigen laſſen von denen, die
man verachtet. Und wie grauſam ſind die Frauen der Sieger,
erſcheinen ſie bei den Feſten der Beſiegten! Die Einen zeigen ſich
in der ſtolzen Miene der Hofdamen, auf die immer ein Abglanz

der kaiserlichen Gunst fällt, anmaßend mit Vorbedacht, grausam mit
Gewissenlosigkeit; sie glauben sich geschmeichelt und fühlen nicht,
daß sie gehaßt werden; sie meinen auf dem Throne zu sitzen und
zu regieren und bemerken nicht, daß sie zum Spott und Gelächter
derer geworden, die genug Blut im Herzen, genug Feuer im Blute,
genug Glauben in der Seele, genug Hoffnung auf die Zukunft
haben, um späteren Geschlechtern das öffentliche Strafgericht über
die ihnen zugefügte Schmach zu überlassen. Das erborgte Ansehen
von Personen zur Schau tragend, die auf Haaresbreite wissen, welcher
Grad von Beweglichkeit der sie einengenden Schnürbrust erlaubt ist,
geben sie sich noch frostiger und unhöflicher in dem Mißvergnügen,
sich von einem Schwarm von Geschöpfen umgeben zu sehen, deren
eins immer reizender als das andere ist und die in der natürlichen
Ungezwungenheit ihrer Gestalt einen um so lebendigeren Gegensatz
zu ihnen selber bilden.

Andere, reichgewordene und emporgekommene Frauen lassen den
Glanz ihrer Diamanten vor den Augen derer strahlen, denen ihre
Männer ihre Einkünfte raubten. Beschränkt und boshaft, bemerken
sie oft nicht einmal die Blutflecken, die den rothen Crêpe ihres
Gewandes verunreinigen; aber mit Genugthuung stechen sie die
Nadel, die ihrem Haarputz entfällt, tief hinein in das Herz einer
Mutter oder Schwester, die sie verwünscht, so oft sie tanzend an ihr
vorübergleiten. Was schon verhaßt war, machen sie obendrein noch
lächerlich, indem sie versuchen, die Miene vornehmer Damen nach-
zuäffen. Beobachtet man die Gemeinheit der mongolischen Formen,
die Anmuthlosigkeit der kalmükischen Züge, die diesen platten Gesichtern noch ihre Spuren aufdrücken, so gedenkt man unwillkürlich der
langen Jahrhunderte, während welcher die Russen mit den heidnischen Horden Asiens kämpften, deren Joch sie oft trugen und deren
barbarisches Gepräge sie noch in ihrer Seele wie in ihrer Sprache
bewahren. Noch heutigen Tages wird der Staatsschatz — was man
in Europa unter Staatsfinanzen versteht — in Rußland „das fürstliche Zelt" genannt, mithin nach dem Orte bezeichnet, wo man
ehemals das Beste des Erbeuteten und Erplünderten barg. Kazien-
naia Pałata.

Treffen die Frauen der Sieger mit denen der Besiegten zusammen, so strömen ihre hochmüthigen Augensterne von Geringschätzung über. Weder die »dames chiffrées«, die den kaiserlichen Namenszug auf der Schulter tragen, noch die andern, die sich nicht, wie die Färsen einer herrschaftlichen Herde, eines solchen Zeichens rühmen können, verstehen Etwas von der Atmosphäre, in die sie versetzt wurden. Sie sehen weder die Flammen des Heroismus, die Vorläufer des großen Brandes, emporzüngeln bis zu den vergoldeten Plafonds, wo sie über ihren schweren und leeren Köpfen ein Gewölbe von düsteren Prophezeiungen bilden, noch die giftigen Blumen einer zukünftigen Poesie, die, unter ihren Füßen heraufwachsend, ihren Gewändern unsterbliche Dornen anheften, sich wie Nattern um ihre Leiber zusammenrollen und emporsteigen bis zu ihrem Herzen, um ihren Stachel darein zu versenken, aber überrascht wieder zurückfallen, da sie auch dort nichts als Leere finden.

Ihnen Allen gilt der Pole nicht als Edelmann, so verschieden sind ihre Rasse und Sprache von der seinigen. Er ist ein Besiegter, also geringer noch als ein Sklave; er ist in Ungnade, also steht er noch unter dem Thiere, das der Gebieter doch seiner Aufmerksamkeit würdigt. Die Polinnen freilich sind auch in den Augen der Sieger Frauen. Und was für Frauen! Wo wäre der, dessen Herz nie vom Blick einer derselben — sei er schwarz wie die Nacht oder blau wie der italische Himmel — versengt worden wäre, der nicht seine ewige Seligkeit· gern, ja hundertfach für sie hingegeben hätte — nur nicht die Gunst des Zaren! . . . Denn vor dieser Gunst ist die Niedrigkeit des russischen Mannes und Weibes so gleichwerthig wie das Pfund Blei und das Pfund Federn, was das Sprichwort in seiner Weise bestätigt, welches lautet: mouz i géna, adna satana „Mann und Weib machen nur einen Teufel“. Nur rührt sich das Pfund Blei nicht mehr als eine Kugel in einem undurchdringlichen Leinwandsack, während das Pfund Federn sich ohne Unterlaß hin und her bewegt, flattert, sich erhebt und zurückfällt wie ein Nest schwarzer Schmetterlinge in einem durchsichtigen Gazebeutel.

Indessen lebt in der vom Harnisch der goldverbrämten Uniform, von Kreuzen und Ordenssternen, Medaillen und Bändern bedeckten

Brust über der Bleikugel doch noch ein Funken slawischen Elementes, der sich zuweilen regt und aufflammt. Er ist dem Mitleid zugänglich, durch Thränen verführt, durch Lächeln gerührt. Gleichwohl hüte man sich, ihm zu vertrauen; denn ihm zur Seite brennt ein Kohlen= feuer mongolischen und kalmükischen Elementes, das eifersüchtig über dem Raube wacht. Funke und Kohlenfeuer vereint bewirken, daß der Sieger sich nicht an Thränen und Lächeln ohne Gold genug sein läßt, noch daß er sich mit Gold begnügte, ohne die Würze von Thränen und Lächeln. Wer kündet alle die Dramen, die sich da abspielen zwischen Personen, deren eine ihre Gold= und Seidennetze auswirft, aber erschreckt, als hätte sie ein Skorpion gebissen, zurück= fährt beim Gedanken, daß sie sich in ihren eigenen Schlingen gefangen; deren andere lüstern und gierig, sich an einem schmach= tenden Blick sättigt, an einem süßen Wort berauscht und dabei die Banknoten festhält, die sie bereits in der Brusttasche barg!

Der Russe und die Polin sind die einzigen Berührungspunkte zwischen zwei Völkern, die sich antipathischer sind als Feuer und Wasser; denn für die Freiheit giebt das eine, für die Knechtschaft giebt das andere sein Leben hin. Doch dieser Berührungspunkt ist ein zündender; denn die Frau hofft immer, dem Mann den Gährungs= stoff der Güte, des Mitleids, der Ehre einzuimpfen; der Mann hofft immer, die Frau ihrer Nationalität so weit zu entfremden, daß sie Mitleid, Güte, Ehre vergißt. An diesem zwiefachen Spiel ent= flammt sich Jeder, und da man sich nicht häufig anderwärts begegnet, erschöpft man zumeist während der Mazurka alle Hilfsmittel und Kriegspläne, alle Überfälle und schweigenden Siege. Der Ball und der Tanz sind der Boden dieser großen Schlachten, deren Erfolg darin besteht, daß die beiden kriegführenden Freunde glückliche Friedenspräliminarien wechseln, auf Grund irgend eines hohen Lösegelds oder einer rührenden Erinnerung, die wie ein in ewiger Klarheit funkelnder Stern im Herzen des Mannes fortleuchtet und zuweilen auch in dem der Frau wohlwollende Dankbarkeit zurückläßt[1].

---

1) Ein russischer General war beauftragt, in der Umgebung des Dominikane= rinnenklosters zu Kamieniec in Podolien irgend welche drückende Maßregel ausführen

Dort, wo der nordische Schnee von Jrkutsk, die die Lebendigen
begrabenden Leichentücher von Nertschinsk neun Mal von zehnen
wie den Hintergrund so auch den Hintergedanken der Unterhaltung
bilden, die eine Polin, während sie lächelnd ihr Bouquet zerpflückt,
mit einem Russen anspinnt, der seinen weißen Handschuh zerreißt,
indeß seine Augen ihrem reinen Profil, der schönen Rundung ihrer
Formen folgen, vertheidigt man scheinbar sich selbst und meint dabei
doch einen Andern; die Schmeicheleien, die man ausspricht, werden
versteckte Forderungen. Dort erwarten der Verlust von Rang und
Adel[1]), die Knute und der Tod vielleicht denjenigen, den eine
Schwester, eine Braut, eine Freundin, eine unbekannte Lands=
männin, eine mit Mitgefühl und List begabte Frau verderben oder
retten können während des flüchtigen Liebesspiels zweier Mazurken.
In der einen hebt dasselbe an, der Kampf beginnt, die Heraus=
forderung fällt. Während der langen tête-à-tête's, welche sie ge=
stattet, werden Himmel und Erde in Bewegung gesetzt, ohne daß
der Betreffende oft weiß, was man von ihm will, bis zu dem Tag,
wo die theuer bezahlte Indiskretion eines Untergebenen es ihm ver=
räth, daß eine feine, zitternde, von Thränen feuchte Handschrift dem
Staatsmann, als Inhaber eines wichtigen Portefeuilles, in die Hände
gespielt wurde. Kommt auf dem zweiten Ball dasselbe Paar wieder
in der Mazurka zusammen, so ist Eins von Beiden am Ende der

---

zu lassen. Um ihn womöglich zur Milderung derselben zu veranlassen, sah sich
die Priorin genöthigt, ihn zu empfangen. Einer der ältesten Familien Litthauens
angehörend, war sie noch·von großer Schönheit und berückender Anmuth des
Wesens. Der General sah sie hinter dem Gitter des Sprechzimmers und unter=
hielt sich lange mit ihr. Tags darauf gewährte er ihr Alles, was sie erbeten
hatte (ohne freilich zu verhüten, daß sein Nachfolger ein Jahr später Alles annullirte),
und befahl seinen Soldaten, eine junge Pappel vor ihr Fenster zu pflanzen. Nie=
mand errieth, was dies bedeuten sollte. Viele Jahre später aber betrachtete Mutter
Maria Rosa die Pappel noch mit Wohlgefallen. Sie erinnerte sie daran, daß der
russische General ihr eine ewige Huldigung darbrachte, indem er den Baum, der
ihre Zelle bezeichnete, sagen ließ: To polka! (Das ist eine Polin!)

1) Fürst Troubetzkoy ließ nach seiner Rückkehr aus den sibirischen Bergwerken,
in denen er zwanzig Jahre zugebracht hatte, ohne seine stolze Unvorsichtigkeit abzu=
legen, auf seine Visitenkarten (die man alsbald konfiscirte) setzen: Peter Troubetzkoy,
geborener Fürst Troubetzkoy.

Besiegte. Entweder erreichte sie Alles oder Nichts. Doch es geschieht selten, daß sie Nichts erreichte und daß man einem Blick, einem Lächeln, einer Thräne, der Furcht vor Verachtung Alles versagte.

Aber so häufig die öffentlichen Bälle auch sind, so oft man auch genöthigt ist, sich eindrängende Personen, oder junge russische Officiere, Regimentskameraden junger Polen, die gezwungen wurden zu dienen, um nicht ihrer adeligen Vorrechte beraubt zu werden, dabei zuzulassen: ihre wahre Poesie, ihren eigentlichen Zauber entfaltet die Mazurka doch nur zwischen Polen und Polinnen. Sie allein wissen, was es bedeutet, eine Tänzerin ihrem Partner zu entführen, noch bevor er seine erste Tour durch den Saal zur Hälfte beendet, um sie alsbald zu einer Mazurka von zwanzig Paaren, das ist von zweistündiger Dauer, aufzufordern. Sie allein wissen, was es bedeutet, wenn er einen Platz in der Nähe des Orchesters einnimmt, dessen Lärm alle Worte zu einem leisen, mehr verstandenen als ausgesprochenen Geflüster herabstimmt; oder wenn sie befiehlt ihren Sessel zu dem Ruhesitz der alten Damen zu rücken, die jedes Spiel der Physiognomie errathen. Nur Pole und Polin wissen, daß man in der Mazurka die Achtung des Andern verlieren, oder sich seine Zuneigung erwerben kann. Aber der Pole weiß auch, daß nicht Er es ist, der in diesem öffentlichen tète-à-tète die Situation beherrscht. Will er gefallen, so fürchtet, liebt er, so zittert er. In dem einen oder andern Fall, ob er nun zu blenden oder zu rühren, den Geist zu berücken oder das Herz zu bewegen hofft, immer stürzt er sich in ein Labyrinth von Reden, deren Wärme verräth, was sie sich auszusprechen hüten, die heimlich forschen, ohne jemals zu fragen, die leidenschaftliche Eifersucht athmen, ohne sie zu bekunden, die, um das Richtige zu erfahren, für das Falsche sprechen, oder das Richtige enthüllen, um sich gegen das Falsche zu sichern, ohne doch dabei die blumenreichen Pfade eines Ballgesprächs zu verlassen. Er sagte Alles, legte zuweilen die ganze Seele und ihre Wunden bloß, ohne daß die Tänzerin, sei sie hochmüthig oder kalt, sympathisch gestimmt, oder gleichgültig, sich rühmen dürfte, ihm ein Geheimnis entrissen oder Stillschweigen auferlegt zu haben.

Eine so gespannte Aufmerksamkeit ermüdet endlich auch die

elaftifchfte Natur, und fo verbindet fich fchließlich den geiftreichften
Feinheiten, dem gerechteften Kummer, der tiefften Empfindung, wie
um diefelben zu ironifiren, eine läffige Leichtfertigkeit, die, bevor
man fie als verzweifelte Sorglofigkeit entziffert, überrafcht. Ehe
man jedoch diefe Leichtfertigkeit richtet und verdammt, muß man ihre
ganze Tiefe verftehen. Sie entzieht fich einem rafchen und leichten
Verftändnis, in fo fern fie bald eine wirkliche, bald eine fcheinbare
ift und fich befremdender Wendungen bedient, die fie oft mit Recht,
oft mit Unrecht wie eine Art bunten Schleiers erfcheinen laffen,
deffen Gewebe man nur zu zerreißen braucht, um die dahinter
fchlummernden oder verborgenen Vorzüge zu entdecken. Auf diefe
Weife ift die Beredtfamkeit häufig nur ein ernfter Scherz, dem
Geiftesflittern, wie die Funken einer Feuerwerksgarbe, entfprühen,
ohne daß die Wärme der Rede irgend einen ernfteren Hintergrund
hätte. Man plaudert mit dem Einen, aber denkt dabei an einen
Anderen; man hört die Erwiderung nur, um feinen eigenen Gedanken
Antwort zu geben. Man erwärmt fich nicht für den, zu dem man
fpricht, fondern für den, zu dem man fprechen möchte. Manchmal
freilich wohnt diefen wie unverfehens entfchlüpften Scherzen ein
trauriger Ernft inne, wenn fie einem Geift entfpringen, der unter
äußerer Heiterkeit ehrgeizige Hoffnungen und fchwere Täufchungen
verfteckt, über die Niemand fpotten oder klagen darf, da Niemand
fein kühnes Hoffen und feine geheime Erfolglofigkeit kennt.

Wie oft auch folgt unzeitige Heiterkeit einer bitteren und wilden
Geiftesftimmung, während Verzweiflung und Kleinmuth fich plötzlich
in heimlich geträllerte Triumphgefänge verwandeln! Da die Ver=
fchwörung in allen Geiftern im Permanenzzuftand, der Verrath in
allen Momenten der Ohnmacht im Möglichkeitszuftand erfcheint; da
die Verfchwörung ein Geheimnis ift, das, kaum beargwohnt, den
Betreffenden in den Rachen der moskowitifchen Polizei wirft, und ihn
nur zurückwirft in das Leben wie einen nackten Schiffbrüchigen an die
Küfte, der Verrath aber ein noch furchtbareres Geheimnis, das,
kaum geahnt, den Menfchen in ein giftiges Thier verwandelt, deffen
bloßer Athem verpeftet ift — wie müßte der Mann nicht ein unlös=
bares Räthfel fein für alle Andern als für die Frau mit ihrem divina=

torischen Verständnis, die sein Schutzengel wird, indem sie ihn zu=
rückhält von der abschüssigen Bahn der Verschwörung oder der ver=
führerischen Lockung des Verraths? In diesen funkensprühenden Ge=
sprächen, wo an der Seite des echten Rubins der falsche Diamant
glänzt, wie ein Tropfen reinen Blutes, den man neben schmutzigem
Geld auf die Wagschale legt, wo unerklärbares Schweigen ebensowohl
die Verschämtheit eines sich opfernden Lebens als die Schamlosigkeit
der feilen Niedertracht mit Schatten umhüllt — sogar das doppelte
Spiel eines doppelten Opfers und eines doppelten Verraths, indem
man einige seiner Mitschuldigen in der Hoffnung, alle ihre Henker
zu verderben, preisgiebt, dabei aber selbst verloren geht — kann
Nichts vollkommen oberflächlich bleiben, obgleich auch Nichts von
einem künstlichen Firnis frei ist. Die Konversation ist eben daselbst
eine mit höchster Virtuosität ausgeübte Kunst, die einen wesent=
lichen Theil der Zeit Aller in Anspruch nimmt. Jedem Einzelnen
bleibt es dabei meist überlassen, aus den heiteren oder verstimmten
Reden, die er vernimmt, die wahre Meinung der Person herauszu=
hören, welche in derselben Minute lacht und weint, sodaß es
schwer zu erkennen ist, ob ihr das Eine oder Andere mehr aus
dem Herzen kam.

Bei diesem beständigen Wechsel der Geistesthätigkeit sind die
Gedanken, wie die beweglichen Sandbänke mancher Meere, selten
an derselben Stelle wieder zu finden, wo man sie verließ. Dies allein
würde genügen, auch dem unbedeutendsten Geplauder ein eigenthüm=
liches Relief zu geben, wie wir denn mehrere Männer dieser Nation
kannten, welche die Pariser Gesellschaft durch ihr Talent zu Wort=
gefechten in Paradoxen in Staunen setzten. Jeder Pole besitzt diese
Gabe in höherem oder geringerem Grade, je nachdem er an Aus=
bildung derselben Interesse oder Vergnügen findet. Diese unnach=
ahmliche geistige Beweglichkeit, die ihn treibt, Wahrheit und Dichtung
beständig ihr Kostüm vertauschen und wechselnd sprechen zu lassen,
die bei der geringsten Veranlassung ein Übermaß von Geist ver=
geudet — wie Gil Blas, um einen Tag zu leben eben so viel
Intelligenz verbrauchte als der König von Spanien zur Regierung
seiner Lande —, diese Beweglichkeit wirkt so peinlich als jene Spiele,

in denen die unerhörte Geschicklichkeit der berühmten indischen Gaukler eine Menge spitziger und schneidiger Waffen in die Luft wirft, die bei dem mindesten Versehen zu Mordinstrumenten werden. Sie verbirgt und fördert wechselweise Angst und Schrecken, wenn inmitten der drohenden Gefahren der Denunciation, der Verfolgung, des Hasses oder persönlichen Grolles, zu denen noch der Nationalhaß und die politische Gegnerschaft hinzukommen, schon an sich verwickelte Positionen durch jegliche Unvorsichtigkeit und Inkonsequenz ins Verderben gerathen, oder aber in einem unbeachteten, vergessenen Individuum eine mächtige Hilfe finden können.

Ein dramatisches Interesse kann dann plötzlich aus den gleichgültigsten Begegnungen hervorgehen und jede Beziehung in einem unvorhergesehenen Lichte erscheinen lassen. Es schwebt dadurch auf den unbedeutendsten Verhältnissen eine nebelhafte Ungewißheit, die nicht gestattet, Umrisse, Linien und Tragweite derselben zu erkennen und festzuhalten, da sie zu verwickelt und unfaßbar erscheinen. Furcht, Schmeichelei und Sympathie zugleich bewegen die Herzen; eine dreifache Triebfeder, welche sie mit einer Wirrnis patriotischer, eitler und verliebter Gefühle erfüllt.

Ist es aber ein Wunder, daß zahllose Aufregungen sich in den durch die Mazurka herbeigeführten zufälligen Annäherungen koncentriren, da sie, die leisesten Stimmungen des Herzens mit dem Blendwerk der Toilette, des nächtigen Lichterglanzes, der Ball-Atmosphäre umgebend, selbst die flüchtigsten, entferntesten Begegnungen zur Einbildungskraft reden läßt? Könnte es denn anders sein in Gegenwart von Frauen, welche der Mazurka eine Mannigfaltigkeit der Bedeutung geben, die zu verstehen oder nur zu errathen man sich in andern Ländern vergeblich mühen würde? Sind sie nicht eben unvergleichlich, diese polnischen Frauen? Es giebt unter ihnen manche, deren absolute Vorzüge und Tugenden sie den besten aller Jahrhunderte und aller Völker anreihen. Doch derartige Erscheinungen sind selten, immer und allerwärts. Der Mehrzahl nach zeichnet sie eine abwechslungsreiche Originalität aus. Halb Almóen, halb Pariserinnen, von Mutter auf Tochter wohl das in den Harems bewahrte Geheimnis der Liebestränke vererbend, sind sie verführerisch

durch ihr asiatisches Schmachten, die Huriflammen ihrer Augen,
die sultanische Indolenz, die blitzähnliche Kundgebung unsagbarer
Zärtlichkeit, durch schmeichelnde und doch nicht ermuthigende Gebär=
den, durch in ihrer Gemessenheit entzückende Bewegungen, durch
unbewußte, sanft geneigte Stellungen, welche magnetisch wirken.
Sie sind verführerisch durch die Geschmeidigkeit ihrer Taille, die
nichts vom Zwang und der Unnatur der Etikette weiß, durch die
Biegsamkeit ihrer Stimme, die Thränen zu entlocken vermag, durch
die plötzlichen Impulse, die an die Raschheit der Gazelle erinnern.
Sie sind abergläubisch, genußsüchtig, kindlich, leicht zu unterhalten
und zu interessiren, wie die schönen und unwissenden Geschöpfe, die
den arabischen Propheten anbeten; gleichzeitig aber intelligent, unter=
richtet. Schnell und leicht erfassen sie auch das, was sich nicht
sehen, sondern nur errathen läßt; klug bedienen sie sich ihres Wissens,
klüger noch verstehen sie auf lange, ja auf immer zu schweigen.
Seltsam geübt sind sie in Erkenntniß der Charaktere, die ein einziger
Zug ihnen enthüllt, ein Wort ihnen erhellt, eine Stunde ihnen
überliefert.

Großmüthig, unerschrocken, enthusiastisch, von exaltirter Fröm=
migkeit, Gefahr und Liebe liebend, von welcher letzteren sie viel
fordern, ohne viel zu geben, sind sie vor Allem auf Ruf und Ruhm
bedacht. Alles Heldenhafte erregt ihr Wohlgefallen, und eine große
That fürchtete wohl Keine zu theuer zu bezahlen. Gleichwohl — wir
bekennen es mit schuldiger Ehrerbietung — üben Viele von ihnen
ihre schönsten Opfer, ihre heiligsten Tugenden im Verborgenen.
Und wie musterhaft auch ihr häusliches Leben sein mag, nimmer,
so lang ihre Jugend währt (und sie ist von eben so langer Dauer
als früher Reife), vermögen weder die Leiden des inneren Lebens,
noch die geheimen Schmerzen, welche ihr feuriges, nur zu leicht
verwundbares Gemüth zerreißen, die wunderbare Elasticität ihrer
patriotischen Hoffnungen, die jugendliche Reinheit ihrer oft getäusch=
ten Begeisterung, die Lebhaftigkeit ihrer Empfindungen, die sie mit
der Unfehlbarkeit des elektrischen Funkens mitzutheilen verstehen, zu
vermindern.

Ihrer Natur, wie ihrer Stellung zufolge verschwiegen, handhaben sie mit unglaublicher Gewandtheit die Waffe der Verstellung. Sie sondiren die Seelen Anderer und hüten ihre eigenen Geheimnisse so gut, daß Niemand überhaupt Geheimnisse bei ihnen muthmaßt [1]).

1) Es muß bemerkt werden, daß trotz der beständigen Zurückhaltung und Verstellung, welche ihnen die Lage ihres Landes auferlegt — da die geringste Indiskretion in Betreff von Empfindungen, Umständen, Thatsachen und Geheimnissen, die sie zu verhehlen haben, sie mit der Ausweisung und den sibirischen Bergwerken bedroht — man bei den Polinnen keineswegs jener steten Unaufrichtigkeit begegnet, die andere slawische Frauen kennzeichnet. Diese begnügen sich nicht damit, die Wahrheit zu verschweigen, ihnen ist die Lüge zur zweiten Natur geworden und übt nun einen Despotismus über sie aus, von dem alle Lebenselemente, aller äußere Glanz abhängen; einen unter seinen honigsüßen Formen um so unversöhnlicheren Despotismus als er, obgleich er weiß, daß er ein Schreckensregiment führt, sich von niedriger Schmeichelei täuschen läßt, so daß er sich liebkosen läßt ohne Liebe, einschläfern ohne Zärtlichkeit, berauschen von gefälschtem Wein, unbekümmert darum, ob das Herz sich öffnet, wenn die Lippen lächeln, ob die Seele glücklich ist, wenn der Mund es ausspricht, ob sie den nicht haßt, dem die Augen ihre verführerischsten Blicke zuwerfen. Das Bedürfnis nach Gunst gebietet den Frauen die Falschheit, als eine erste, wesentliche, unvermeidliche Bedingung sine qua non für Alles, was das Wohlbefinden im Leben, den Reiz und Glanz des Daseins ausmacht. Die Lüge wird ihnen demgemäß eine Lebensnothwendigkeit, ein gebieterisches Bedürfnis, das sie augenblicklich, um jeden Preis befriedigen müssen. Unter diesen Umständen vermag sie niemals zur Kunst zu werden; die Verschlagenheit des gefangenen Wilden, der seinen Herrn übervortheilen, aber sich nicht von ihm befreien will, kann sich eben nicht mit dem geschickten und erfinderischen savoir-faire des Diplomaten und Besiegten vergleichen. Gleichviel welchem Rang sie auch angehören, ob den Hofkreisen oder dem vierzehnten tchin, nie und nimmer reden diese Frauen ein wahres Wort. Frägt man sie um Mitternacht ob es Tag ist, so werden sie Ja antworten, nur um zu sehen, ob sie das Unglaubliche glaublich zu machen verstanden. Die der menschlichen Natur widerstrebende Lüge ist zu einem unvermeidlichen Bestandtheil ihres gesellschaftlichen Verkehrs geworden und hat am Ende einen krankhaften Reiz für sie gewonnen, ähnlich der assa foetida, welche im vergangenen Jahrhundert die Männer mit überreiztem Gaumen in der Bonbonnière mit sich herumtrugen. Ein gleiches Wohlgefühl bereitet es ihnen, wenn sie wähnen, irgend einen Unbefangenen irre geführt, irgend eine gute Seele vom Gegentheil dessen, was war, ist und sein wird, überzeugt zu haben. — Dagegen begegnet man unter den Polinnen niemals einer wirklichen Lügnerin. Sie verstehen aus der Verstellung eine Kunst zu machen, ja dieselbe den schönen Künsten einzureihen; denn hat man das Geheimnis derselben erst entdeckt, so weiß man nicht, ob man den Edelmuth des Empfindens oder die Zartheit des Vorgehens mehr bewundern soll. Aber mit welcher Feinheit sie auch verbergen, daß sie wissen, was sie nicht zu wissen vorgeben, daß sie bemerkten, was sie nicht bemerkt haben wollen, niemals doch kann man sie des Mangels an Offenheit, namentlich zum Nachtheil Anderer, beschuldigen. Die

Gerade die edelsten derselben verschweigen sie oft mit einem Stolz, der es verschmäht, sich zu offenbaren. Sie erweisen dem, der sie verleumdete, einen Dienst, gewinnen sich den, der sie verrieth, zum Freund; wer aber ihre Pläne einmal durchkreuzte, muß es dadurch sühnen, daß er ihnen, ohne es zu ahnen, hundertfach dienstbar wird. Die innere Geringschätzung, die sie für diejenigen empfinden, welche sie nicht errathen, sichert ihnen diese Überlegenheit über alle Herzen, denen sie, ohne sich Etwas zu vergeben, schmeicheln, die sie ohne Verrath an sich fesseln, ohne Tyrannei beherrschen, bis sie sich eines Tages mit eben so viel Leidenschaft für einen Einzigen entflammen, als sie den Übrigen bisher Stolz entgegensetzten. Dann bieten sie dem Tode Trotz, theilen Verbannung, Gefängnis, die grausamsten Qualen und bringen, immer treu, immer zärtlich, sich mit unwandelbarer Freudigkeit selbst zum Opfer.

Die Huldigungen, die man den Polinnen darbrachte, waren stets um so glühender, als sie von ihnen selber unbeachtet blieben. Sie nehmen sie hin als pis-aller, als bloßes Vorspiel, als

---

Wahrheit sprachen sie immer; um so schlimmer für die, welche sie nicht erriethen. Geschickt weichen sie jedem Versuche, sie auszuforschen aus, ohne doch zur Maske ihre Zuflucht zu nehmen, die die Wahrheit verräth und die Ehre tödtet. Die Gewandtheit, mit der die Polin verheimlicht, was sie von ihren eigenen oder Anderer Geheimnissen verhehlen will, die Undurchdringlichkeit, mit der sie ihr innerstes Empfinden, ihre Meinung und Entscheidung in diesem oder jenem Fall verhüllt, hindern sie keineswegs, nicht allein aufrichtig sondern sogar offen zu sein, in so fern sie einem Jeden mit Anmuth und Bereitwilligkeit das mittheilt, was er zu wissen begehrt, sobald dies nicht Andern zum Schaden gereicht. Die Gewohnheit, inmitten der Gefahr zu leben, mit derselben umzugehen, ja zu spielen, da sie von ihrer Geburt an neben ihr emporwuchs, verleiht ihrer unverbrüchlichen Diskretion einen zum Wohle Aller thätigen Instinkt. Es wäre ihr unmöglich, durch ein unüberlegtes, leidenschaftliches oder zorniges Wort selbst dem Feind Übeles zuzufügen, so sehr ist sie ihrer ganzen Natur nach von der Pflicht zu helfen und zu unterstützen durchdrungen. Auch ist sie zu fromm und zu gebildet und hat hauptsächlich zu viel Takt, um die Verstellung über die Grenze des Nothwendigen zu treiben. Zwischen ihr und andern slawischen Frauen besteht ein Unterschied wie zwischen der Besiegten und der Sklavin. Dank ihrem Stolz achtet die Besiegte sich selbst in ihrer Verstellung; die Sklavin hat oft nur noch eine Sklavenseele. Sie kann sich nicht mehr verstellen ohne zu lügen; statt den, der sie zur Lüge zwang, zu verachten, fürchtet sie ihn. Die Furcht vor dem Herrn ist aber der Anfang der Niedrigkeit.

bedeutungslosen Zeitvertreib. Was sie wünschen, ist Anhänglichkeit, was sie hoffen Hingebung, was sie verlangen ist Ehre und leib= tragende Liebe für das Vaterland. Sie Alle erfüllt ein poetisches Ideal, das sie in ihren Gesprächen sich spiegeln lassen, wie ein Bild, das unablässig an einer Spiegelfläche vorübergleitet, und dessen Erfassen sie zur Aufgabe stellen. Das fade, wohlfeile Vergnügen, zu gefallen verschmähen sie. Sie begehren das eblere Glück, die, welche sie lieben, bewundern zu dürfen; einen Traum von Helden= muth und Ruhm durch sie verwirklicht zu sehen, der aus jedem ihrer Brüder, Geliebten, Freunde, Söhne einen neuen Vaterlands= Helden, einen neuen Namen macht, der wiederhallt in allen Herzen, die bei den ersten Klängen der sein Gedächtnis zurückrufenden Mazurka erbeben. Diese romantische Nahrung ihrer Wünsche behauptet in der Existenz der Mehrzahl von ihnen eine Bedeutung, die sie sicher weder bei den Frauen des Morgen=, noch bei denen des Abendlandes hat.

Die klimatischen und psychologischen Verhältnisse, darein das Schicksal sie gestellt, bieten die extremsten Wechsel dar. Ein brennen= der Sommer erzeugt Hitze und Ungewitter, ein eisiger Winter polarische Kälte. Mit gleicher Zähigkeit liebt und haßt, mit gleicher Groß= muth verzeiht und vergißt das Herz. Liebt man, so geschieht es nicht nach italiänischer Art (das wäre zu einfach und sinnlich), noch nach deutscher Art (das wäre zu gelehrt und kalt), noch weniger nach französischer (das wäre zu eitel und frivol); man verklärt die Liebe zur Poesie, bis man sie zum Kultus erhebt. Sie bildet den poe= tischen Hintergrund jedes Balles und kann der Kultus des ganzen Lebens werden. Die Frau liebt die Liebe, um das, was sie liebt, ge= liebt zu sehen, vor Allem ihren Gott und ihr Vaterland, Freiheit und Ruhm. Der Mann liebt die Liebe, weil er liebt, sich lieben zu lassen, sich über sich selbst emporgehoben, elektrisirt zu fühlen durch Worte, die wie Funken zünden, durch Blicke, die wie Sterne leuchten, durch ein Lächeln, das die Seligkeit einer Thräne auf dem Grabe noch verheißt. Wahrlich, Kaiser Nikolaus sagte mit Recht: „Mit den Polen würde ich fertig, könnte ich mit den Polinnen fertig werden!"[1]

---

[1] Dies Wort wurde zu einem unsrer Bekannten ausgesprochen.

Unglücklicherweise wird das Ideal der Polinnen von Ruhm und Patriotismus, das die sie umgebenden heroischen Regungen häufig erwecken, nur zu oft durch die Leichtfertigkeit des männlichen Charakters getäuscht, den der Druck und die Arglist des Eroberers systematisch demoralisiren und bis zur Vernichtung jeglichen Widerstandes zu Grunde richten. Die Schwankungen dieses Elementes, das wie das Quecksilber keine Ruhe kennt, dieses Sehnens, das oft vergebens auf Erfüllung hofft, halten diese reizenden Frauen zuweilen in langer Unentschiedenheit zwischen Welt und Kloster, und wohl Wenige unter ihnen dachten nicht einmal im Leben voll bitteren Ernstes daran, sich solch stillen Zufluchtsort zu suchen. Viele durch Geburt und Weltruf hochangesehene Frauen brachten ihre Schönheit, ihren Geist, ihre Macht über die Herzen als lebendiges Opfer auf dem Sühnaltar dar, auf dem der Weihrauch ihrer Gebete Tag und Nacht zum Himmel emporsteigt. Diese Sühnopfer hoffen die Hand des Rachegottes Deus Sabaoth zu zwingen. Und diese Hoffnung belebt sie derart, daß sie zuweilen ein nahezu hundertjähriges Alter erreichen!

Ein polnisches Sprichwort charakterisirt diese Verschmelzung des Welt- und des Glaubenslebens mit drei Worten besser, als alle Beschreibungen vermöchten, wenn es, um ein weibliches Tugendmuster zu schildern, sagt: „Sie tanzt eben so vortrefflich als sie betet.“ Man kann einem jungen Mädchen, einer jungen Frau kein höheres Lob spenden, als wenn man die kurze Phrase auf sie anwendet: I do tańca, i do rożańca! (Zum Tanzen und rożańca [Nationaltanz] giebt es nur die Polin!) Denn der Pole, der unter Frauen geboren und auferzogen wurde, von denen man nicht weiß, ob sie schöner sind, wenn sie reizend, oder reizender, wenn sie nicht schön sind, er würde sich eben so wenig für ein Weib begeistern, das man ihm nicht auf dem Ball beneidete, als für Eine, von der er nicht überzeugt ist, daß sie inbrünstigere Gebete und Opfer noch als die Seraphim zu dem Gott des Himmels emporschickt, der diejenigen züchtigt, die er liebt, und zu den Völkern sagte: „Es soll ihnen geholfen werden!“

Dem echten Polen gilt die fromme, aber unwissende und anmuthlose Frau, deren Reden nicht Funken sprühen, deren Bewegungen nicht wie von einem süßen Duft durchhaucht sind, nicht als magnetisch anziehendes Wesen, mag sie nun in vergoldeten Gemächern, unterm Strohdach, oder hinterm Klostergitter weilen. Die Eigennützige, Berechnende, die treu- und glaubenslose Sirene dagegen, ein widerwärtiges Ungeheuer, das seine Schuppengestalt künstlich verhüllt, lockt ihn in ihre Schlingen. Damit geht er für seine Generation verloren, was die Vermuthung nahe legen könnte, daß die Polen verschwinden und nur die Polinnen noch übrig bleiben. Wie irrig aber wäre diese Annahme! Wäre dem also, so brauchte Polen seine Söhne nicht für immerdar zu beweinen! Wie jene berühmte Italiänerin des Mittelalters, die bei Vertheidigung ihrer Burg sechs ihrer Söhne auf den Zinnen fallen sah, den Feind herausfordernd ausrief: „Nun denn, ich werde sechs nicht minder Tapfere gebären!" so werden auch die polnischen Mütter an Stelle einer entnervten Generation eine andere hervorzurufen wissen, so daß kein Ring in der genealogischen Kette fehlen wird.

In diesem verleumberischen Jahrhundert verleumdet man überdies die Männer auch da, wo die Frauen im Stande sind, diesen Verleumbungen entgegenzutreten und sie verstummen zu machen. Beseelt die Polinnen, die eine Feldblume in ein segenspendendes Scepter verwandeln, ein erhabenerer Glaubenseifer als die Männer, so ist er darum doch kein männlicher; eignet ihnen ein lebhafterer heroischer Sinn, so ist er trotz alledem kein festerer; ist ihr Widerstandsstolz ein leidenschaftlicherer, so ist er gleichwohl kein unbezähmbarerer. Alle Welt ist bereit, den Polen Übles nachzureden; dies ist ja leicht genug! Man übertreibt ihre Fehler und übergeht ihre Vorzüge und zumal ihre Leiden sorgfältig mit Stillschweigen. Wo wäre ein Volk, das ein Jahrhundert der Dienstbarkeit nicht entkräftete, wie eine Woche der Schlaflosigkeit den Soldaten entkräftet? Aber was man den Polen auch Schlimmes nachsagen mag, die Polinnen werden sich doch immer fragen: „Wer liebt wie sie?" Sind sie oft auch ungetreu, bereit jede Gottheit anzubeten, jeder Schönheit Weihrauch zu streuen, jedes junge, neu am Horizont auftauchende Gestirn zu bewundern: ihr Herz doch ist beständig, an

5 *

ben Erinnerungen der Vergangenheit halten sie fest, bis ihr Haar
bleicht, ihren Diensteifer vermag selbst ein Vierteljahrhundert der
Thatlosigkeit nicht abzukühlen. Welche Nation weist Männer auf,
die die Frauen mit solcher Hingebung anbeten, daß sie freudig selbst
den Tod für sie erleiden, den der Blick eines schönen Auges ihnen
süß erscheinen läßt?

Zu Chopin's Zeit und in seinem Vaterlande kannte der Mann
noch nicht das Mißtrauen, mit dem man die Frau wie einen Vamphr
betrachtet. Er hatte noch nichts von jenen bösen Zauberinnen des
neunzehnten Jahrhunderts gehört, die man als „Gehirnvertilgerinnen“
bezeichnet. Er wußte noch nichts von erkauften Prinzessinnen, gräf-
lichen Courtisanen, jüdischen Gesandtinnen, hohen im Solde mächtiger Staaten stehenden Frauen, Spioninnen und Diebinnen von
hoher Abkunft, die das Herz, die Geheimnisse, die Ehre, das Erbe
derer rauben, deren Gastfreundschaft sie empfingen. Er ahnte nicht,
daß man zum Verderben der Vornehmsten des Landes, der Söhne
unverderbbarer Mütter, der Erben einer langen Reihe edler Vor-
fahren, eine ganze Schule von Verführerinnen binnen Kurzem eigens
herangebildet haben würde. Er wußte nicht, daß es in der europäischen, sich eine christliche nennenden Gesellschaft dahin kommen
würde, daß ein Mann von Ehre als der Gefoppte einer Frau gelte,
wenn er sie nicht entehrte.

Damals, in der Zeit und in dem Land, von dem wir reden,
liebte der Mann um zu lieben; er war bereit, für eine Schöne,
die er zweimal gesehen hatte, sein Leben zu wagen, eingedenk dessen,
daß die nie gepflückten, nie entblätterten Blumen am lieblichsten
duften. Er wäre beim Gedanken an die Vergnügungen gemeiner
Wolluft erröthet inmitten einer Gesellschaft, deren Galanterie darin
bestand, den Eroberer zu hassen, seinem Zorn zu trotzen, den barbarischen Emporkömmling zu verspotten, welcher dem schlaftrunkenen
Europa den asiatischen Mechanismus seines feilen Bestechungssystems
vergessen machen möchte. Damals liebte der Mann, wo er sich zum
Guten angespornt und durch Frömmigkeit gesegnet fand; seinen
höchsten Stolz setzte er darein, Opfer zu bringen; zu großen Hoffnungen fühlte er sich begeistert durch das Mitgefühl der Frauen.

Denn jegliche Zärtlichkeit der Polin durchzittert das Mitgefühl. Dem hat sie Nichts zu sagen, den sie nicht zu bemitleiden vermag. Daher kommt es, daß Empfindungen, die sich anderwärts nur als Eitelkeit und Sinnlichkeit herausstellen, sich bei ihr in anderem Lichte zeigen: im Lichte einer Tugend, die, zu sicher ihrer selbst, um sich hinter die papiernen Barrikaden ihrer Prüderie zu verstecken, es verschmäht, eine rauhe Außenseite zu zeigen, und für den Enthu=siasmus, den sie einflößt, empfänglich bleibt, wie für alle Gefühle, welche sie vor Gott und den Menschen aussprechen kann.

Fürwahr ein unwiderstehlich reizendes, verehrungswürdiges Wesen! Balzac verherrlichte es in der antithesenreichen Schilderung: „Tochter einer fremden Welt, Engel an Liebe, Dämon an Phantasie, Kind an Glauben, Greis an Erfahrung, Mann an Verstand, Weib an Gemüth, Riesin an Hoffnung, Mutter an Schmerz, Dichterin in ihren Träumen!"[1]

Berlioz, dies Shakespeare'sche Genie, das alle Extreme erfaßte, mußte natürlich aus Chopin's Spiel und Musik alle die darin ver=schlossenen poetischen Zauber herausfühlen. Er nannte sie die „gött=lichen Schmeichelkünste" (divines chatteries) dieser halborientalischen Frauen, welche die des Occidentes nicht ahnen. Sie sind ja zu glücklich, um das schmerzliche Geheimnis derselben zu errathen. „Göttliche Schmeichelkünste" in Wahrheit, großmüthig und geizig zu gleicher Zeit, geben sie das liebende Herz dem unsicheren Schwanken eines ruder= und steuerlosen Nachens preis. Mit ihnen werden die Männer von ihren Müttern gehätschelt, von ihren Schwestern gelieb=kost, von ihren Bräuten und Göttinnen bestrickt. Durch diese „göttlichen Schmeichelkünste" gewinnen die Heiligen sie zum Marty=rium für ihr Vaterland. Man begreift wohl, daß im Vergleich zu ihnen, die Koketterie anderer Frauen plump oder geschmacklos erscheint und daß die Polen mit gerechtem Stolz ausriefen: Niema iak polki. (Nichts gleicht den Polinnen!)[2]

---

[1] Widmung von »Modeste Mignon«.

[2] Die ehemalige Gewohnheit, die Gesundheit der Frau, die man feierte, aus ihrem eigenen Schuh zu trinken, ist eine der originellsten Überlieferungen der enthu=siastischen Galanterie der Polen.

Das Geheimniß dieser „göttlichen Schmeichelkünste" macht diese Frauen unantastbar, theurer als das Leben. Aus ihnen schuf die dichterische Phantasie Chateaubriand's während der schlaflosen Nächte seiner Jugend die Gestalt eines Dämons und einer Zauberin, als er in einer sechszehnjährigen Polin eine plötzliche Ähnlichkeit mit seiner unmöglichen Vision „einer unschuldigen und gefallenen Eva, die Nichts und Alles weiß, Jungfrau und Geliebte zugleich ist", entdeckte [1]. „Ein Gemisch von Odaliske und Walküre, ein weiblicher Chor, verschieden an Alter und Schönheit, eine wiederbelebte Sylphide . . . eine neue, vom Joch der Jahreszeiten befreite Flora" [2]. — Der Dichter bekennt, daß er, verfolgt von seinen Träumen, berauscht von der Erinnerung an diese Erscheinung, sie nicht wiederzusehen wagte. Er fühlte unbestimmt aber zweifellos, daß er in ihrer Gegenwart aufhören würde, ein trauriger Réné zu sein, um nach ihrem Willen von ihr gemodelt und emporgehoben zu werden. Er war thöricht genug, sich vor dieser schwindelnden Höhe zu fürchten; denn die Chateaubriand's machen zwar Schule in der Litteratur, aber eine Nation machen sie nicht. Der Pole scheut keineswegs die Zauberin, seine Schwester, die „neue, vom Joch der Jahreszeiten befreite Flora". Er liebt und achtet sie, er stirbt für sie — und diese einem unvergänglichen Duft vergleichbare Liebe verhütet, daß der Schlaf der Nation zu einem ewigen werde. Diese Liebe erhält sie am Leben, verhindert den Sieger, demselben ein Ende zu machen und bereitet somit die glorreiche Wiederauferstehung des Vaterlandes vor.

Es muß ohne Frage anerkannt werden, daß wenigstens Einem unter den Völkern das Verständnis für das unvergleichliche Frauenideal gegeben war, das jene schönen Verbannten verkörperten, die Alles zu erfreuen schien und die doch Nichts zu trösten vermochte. Dieses Volk waren die Franzosen. Sie allein sahen ein noch ungekanntes Ideal aus den Töchtern Polens hervorgehen, des Polens, das unter den Augen einer bürgerlichen Gesellschaft zum bürgerlichen Tode verurtheilt worden war, da die Weisheit der politischen Nestoren

---

[1] Mémoires d'outre-tombe. Ier vol. — Incantation.
[2] Idem 3e vol. — Atala.

das europäische Gleichgewicht dadurch zu sichern glaubte, daß sie die Völker wie einen geographischen Begriff behandelte. Die übrigen Nationen ahnten nicht einmal, daß es etwas Bewundernswerthes gebe an diesen verführerischen Ballsylphiden, die am Abend so heiter lächelten, aber am Morgen schluchzend zu Füßen des Altars hingestreckt lagen; an diesen scheinbar so zerstreuten Reisenden, die, wenn sie die Schweiz durchstreiften, die Vorhänge ihres Wagens schlossen, damit der Anblick der Gebirgslandschaften nicht die Erinnerung an den unbegrenzten Horizont ihrer heimatlichen Ebenen verwische.

In Deutschland tadelte man sie als sorglose Hausfrauen, die mit den Größen des „Soll und Haben" nicht zu rechnen verständen. Daher die Voreingenommenheit gegen sie, deren ganzes Wünschen und Wollen doch darin gipfelte, ihre Habe zu verachten, um ihr Sein zu retten, indem sie Millionen ihres Vermögens der Konfiskation der habsüchtigen und brutalen Sieger preisgaben. Gegen sie, die schon als Kind den Vater sagen hörten: „Der Reichthum hat nur das Gute, daß er die Möglichkeit gewährt, Etwas zu opfern; er dient der Verbannung zum Piedestal!" — In Italien verstand man nichts von jener Vereinigung geistiger Bildung, glühenden Wissensdrangs und männlicher Gelehrsamkeit mit den raschen, zuweilen konvulsivischen Bewegungen, wie die der Löwin, die in jedem sich rührenden Blatt eine Gefahr für ihre Jungen sieht. — Nachdem die Polinnen durch Dresden und Wien, Karlsbad und Ems gekommen waren, um in Paris die Erfüllung einer geheimen Hoffnung, in Rom Stärkung ihres Glaubens zu suchen, nirgend aber die erwartete theilnehmende Liebe fanden, gelangten sie weder nach London, noch nach Madrid. Sie dachten nicht mehr daran, an den Ufern der Themse oder unter den Nachkommen des Cid Sympathie oder mögliche Hilfe zu finden. Die Engländer waren zu kalt, die Spanier zu fern.

Die Dichter und Schriftsteller Frankreichs waren die Einzigen, die es bemerkten, daß die Welt der Polinnen eine von derjenigen anderer Frauen verschiedene ist. Ihre Entstehung zwar vermochten sie nicht zu errathen. Sie verstanden nicht, daß, wenn man in

diesem „weiblichen Chor, verschieden an Alter und Schönheit" bisweilen die geheime Anziehungskraft der Odaliske wiederzufinden
glaubte, dies daher kam, weil sie wie ein auf einem Schlachtfeld
gewonnener Schmuck erschien; daß wenn man in ihr den Schattenriß
einer Walküre wahrzunehmen meinte, es daher kam, weil sie den
Strömen Blutes zu entsteigen schien, die seit einem Jahrhundert das
Vaterland überfluteten. Die letzte Formel dieses Ideals in all ihrer
Einfachheit begriffen sie eben nicht, diese Dichter und Schriftsteller.
Sie vergegenwärtigten sich nicht ein besiegtes Volk, das, in Ketten
gelegt und mit Füßen getreten, sich im Namen des christlichen
Gefühls gegen solch' schreiende Ungerechtigkeit verwahrt. Worin
findet das Gefühl eines Volkes seinen Ausdruck? Nicht in der
Poesie und der Liebe? Und durch wen werden diese uns vermittelt?
Nicht durch die Dichter und die Frauen? — Aber ob auch die
Franzosen, zu sehr an das künstliche Formenwesen der Pariser Welt
gewöhnt, des rechten Verständnisses für Empfindungen entbehrten,
deren herzzerreißende Töne Childe Harold von den Frauen Sara-
gossas vernahm, als sie ihren Herd vergebens gegen den Fremden
zu vertheidigen suchten: sie erlagen gleichwohl dem von diesen Frauen
ausgehenden Zauber so völlig, daß sie ihnen eine nahezu über-
natürliche Macht zuschrieben.

Ihre für Einzelheiten nur zu eindrucksfähige Einbildungskraft
erhob sie übermäßig; sie übertrieb die Tragweite der Gegensätze
und das Verwandlungsvermögen dieser Proteuse mit den Perlen-
zähnen und den schwarzen Augenbrauen. So machte sie aus ihnen
ein unlösbares Räthsel und dachte nicht daran, statt sich in die
kleinen Einzelheiten der Analyse zu verlieren, eine große Synthese
aufzubauen. In ihrer verblendeten Erregtheit glaubte die französische
Poesie die Polin zu zeichnen, indem sie ihr allerhand erhabene aber
unzusammenhängende Eigenschaften, wie eine Hand voll bunter aber
ungefaßter Steine, ins Gesicht warf. Nichtsdestoweniger sind sie
werthvoll, diese Eigenschaften; denn ihr vielfarbiger Glanz, ihre
unvernünftige Zusammenhanglosigkeit bezeugen auf das Beredteste
die tiefe Erregung, die die polnischen Frauen bei den französischen
Dichtern hervorriefen, zu deren französischem Geist ihre französischen

Eigenschaften wahlverwandt sprachen, obgleich man sie nur wahrhaft erkennt, wenn der Heldenmuth ihres Herzens zum Herzen spricht.

Die Polin von ehemals war, als die edle Gefährtin des sieghaften Helden, eine andere als die Polin von heute, der Trostengel des besiegten Helden, es ist. Der gegenwärtige Pole ist nicht verschiedener vom alten Polen als die moderne Polin von der der Vergangenheit. Sonst war sie vor Allem eine angesehene Patrizierin, die christlich gewordene vornehme römische Matrone. Jede Polin, mochte sie reich oder arm sein, am Hof oder in der Stadt leben, in Palästen oder auf dem Felde herrschen, war vornehme Frau. Sie war es mehr noch durch ihre gesellschaftliche Stellung als durch den Adel ihres Blutes und ihr Wappenschild. Zwar hielten die Gesetze das ganze schwache Geschlecht (das in Folge harter Lebenserfahrungen so häufig das starke wird) unter strenger Vormundschaft; selbst die „hohen und mächtigen Schloßherrinnen" mitinbegriffen, die man aus Unterwürfigkeit białogłowe (Weißkopf) nannte; denn die verheiratheten Frauen trugen das Haupt bedeckt und die Wangen von weißen, duftigen Spitzen eingerahmt — eine civilisirte, keusche und christliche Nachahmung des barbarischen muselmännischen Schleiers. Aber ihre gesetzliche Gebundenheit und Ohnmacht, der Sitten und Empfindungen ein Gegengewicht gaben, hob sie, anstatt sie herabzusetzen, vielmehr empor, indem sie die Reinheit ihrer Seele bewahrte, die sie vom herben Kampf der Interessen unberührt ließ.

Sie konnten nicht selbständig über ihr Vermögen, ihren Willen verfügen; aber sie liefen auch keine Gefahr sich in dieser Beziehung fortreißen und täuschen zu lassen. Das war für sie ein Vortheil von unschätzbarem Werth, dessen Ausflüchte und Hilfsmittel sie sehr wohl kannten. Hatten sie nicht die Macht Übel zu thun, so entschädigten sie sich für diesen durch die Verhältnisse gebotenen Zustand beständiger Überwachung durch die fast unbegrenzte Macht, welche sie im Privatleben behaupteten. Hier entfalteten sie alle guten und trefflichen Eigenschaften. Die ganze Würde des Familien=, die ganze Behaglichkeit des häuslichen Lebens war ihnen anvertraut. Hier herrschten sie unumschränkt und verbreiteten aus diesem engen Kreise heraus ihren frommen und friedlichen Einfluß auf die öffentlichen

Dinge. Von frühester Jugend an waren sie ja die Gefährtinnen ihres Vaters, der sie in seine Bestrebungen und Sorgen, in die Schwierigkeiten und Würde der res publica einweihte; sie waren die ersten Vertrauten ihrer Brüder, oft lebenslang deren beste Freundinnen. Sie wurden für ihren Gatten, für ihre Söhne verschwiegene, treue, scharfsinnige, entschlossene Berather. Die Geschichte Polens und seiner alten Sitten stellt uns den Typus dieser muthigen und klugen Frauen dar, von denen uns England im Jahre 1683 ein glänzendes Beispiel lieferte, als Lord Russel in einem Proceß, wo sein Kopf auf dem Spiele stand, keinen andern Advokaten als seine Gattin begehrte.

Ohne diesen antiken Typus, der ernst und sanft, doch nie trocken und eckig, innig fromm, doch niemals bigott und langweilig, freidenkend und großsinnig, aber nie krankhaft eitel ist, wäre die echte moderne Polin nicht das geworden, was sie ist. Sie fügte dem feierlich gemessenen Ideal des Großvaters noch die französische Anmuth und Lebhaftigkeit hinzu, die sie bereitwillig angenommen hatte, als das unwiderstehlich Anziehende der Versailles'er Sitten, nachdem es in Deutschland Eingang gefunden, auch an die Weichsel kam. Wahrlich eine verhängnisvolle Errungenschaft; denn man kann sagen: Voltaire und die Regentschaft untergruben Polen und wurden die Urheber seines Untergangs. Als sie ihre männlichen Tugenden verloren, die, wie Montesquieu sagt, die Stütze der freien Staaten sind, und die thatsächlich acht Jahrhunderte lang die Stütze Polens gewesen waren, verloren die Polen ihr Vaterland.

Die Polinnen, fester im Glauben, minder des Geldes bedürftig, dessen Werth sie nicht kannten, da sie nicht damit umzugehen gewohnt waren, durch einen angeborenen instinktiven Abscheu vor allem Unreinen weniger der Unsittlichkeit zugänglich, widerstanden besser der tödtlichen Ansteckung des achtzehnten Jahrhunderts. Ihre Religion, ihre Tugenden, ihre Begeisterung und Hoffnung schufen in ihnen den geheiligten Gährungsstoff, der die Wiederauferstehung ihres geliebten Vaterlandes herbeiführen wird. Das fühlen die Männer und bringen die gebührende Verehrung den großen Seelen dar, deren jede auszurufen scheint: „Nichts, nichts hat mehr Werth für mich!" bis endlich der Himmel, bestürmt durch ihr Flehen, ihnen den Vollbestand ihres ursprünglichen Typus und damit ihr Vaterland zurückgegeben haben wird.

Polens Dichter haben nicht Andern die Ehre überlassen, das Ideal ihrer Landsleute in leuchtenden Farben hinzustellen. Alle haben es besungen und gefeiert; Alle kannten seine Geheimnisse und bebten in stiller Seligkeit vor seinen Freuden, sammelten pietätvoll seine Thränen. Begegnet man in der Geschichte und Litteratur der „vergangenen Tage" (Zygmuntowskie czasy) auf Schritt und Tritt der antiken Matrone dieses kriegerischen Adels, wie dem Abdruck einer schönen Kamee im Goldsand eines Flusses, über den die Fluten der Zeit dahinrauschen, so malt die moderne Dichtung das Ideal der gegenwärtigen Polin rührender als es je ein liebender Dichter geträumt. In erster Reihe treten die epische, königliche Figur Grażyna's, das edle Profil der einsamen heimlichen Braut Wallenrod's, die Rose der Dziady, die Sophie des Pan Tadeusz hervor. Von welch reizenden und rührenden Köpfen sehen wir sie umgeben! Wir begegnen ihnen auf jedem Schritt inmitten rosenumsäumter Pfade, wie sie die Dichter des Landes schildern, deren Wort übereinstimmt mit dem des Propheten: wieszcz! In den von den Romantikern geschilderten Fruchtgärten voll blühender Kirschbäume, den Eichenhainen voll summender Bienenschwärme, den duftenden Blumengärten und prächtigen Gemächern, wo die rothe Granate, der weiße Kaktus, die Trauben Perus und die Lianen Brasiliens blühen, gewahrt man jeden Augenblick einen Kopf à la Palma Vecchio. Die Purpurlichter der untergehenden Sonne beleuchten einen reichen Haarwuchs, der sich von wolkigem Hintergrund abhebt und mit seinem blonden Heiligenschein Züge einrahmt, in denen sich die Vorahnung dereinstiger Schmerzen noch hinter einem muthwilligen Lächeln verbirgt[1]).

------

1) Da es unthunlich ist, zu lange Gedichte oder zu kurze Fragmente an dieser Stelle anzuführen, fügen wir für die schönen Landsmänninnen Chopin's einige Strophen vertrauten Klanges bei, die als unübersetzbar gelten, die aber mit seinem, gefühlvollem Pinsel den allgemeinen Charakter derer malen, die in jenen mittleren

Wir sagten es bereits, man muß die Landsleute Chopin's wohl
näher kennen, um die Empfindungen zu verstehen, die in seinen

Regionen leben, wo sich die zerstreuten Strahlen des Nationaltypus, wenn nicht
am glänzendsten, so doch am eigentlichsten koncentriren.

> Bo i cóz to tam za żywość
> Młodych Polek i uroda!
> Tam wstyd szczery, tam poczciwość,
> Tam po Bogu dusza młoda!
> . . . .
> . . . .
>   Mysl ich cicho w życiu swieci,
> Pełne zycia, jak nadzieje;
> Lubią piesni, tańce, dzieci,
> Wiosne, kwiaty, stare dzieje . . . .
>   Gdy wesołe, istne trzpiotki,
> I wiewiórki i szczebiotki!
> Lecz gdy w smutku mysl zagrzebie,
> W ówszas Polka taka rzewna,
> Iż uwierzysz, że jéj krewna
> Najsmutniejsza z gwiazd na niebie!
> Choć człek duszy jéj nie zwadał,
> W koło serca tak tam prawo,
> Tak roszkosznie i tak łzawó,
> Jakbyś grzechy wyspowiadał.
> A gdy usmiech łzę, pokryje,
> I dla ciebie serce bije:
> To cię dojmie tak do żywa,
> Iż to cudne, cudne dziwa,
> Że sią serce nie rozpłynie,
> Że od szczęscia człek nie zginie!
> Zda sie, że to żyjesz społem
> Z rajskiém dzieckiém, czy z aniołem.
> Lecz to szczęscie nie tak tanie,
> Przeboleje dusza młoda;
> Jednak lat łez nie szkoda,
> Boć raz w życiu to kochanie!
> A jak ci się która poda,
> Z całej duszy i statecznie,
> To już twoją będzwie wiecznie,
> I w ład pójdzie ci z nią życie,
> Bo twéj duszy nie wyziębi,
> Ona sercem pojmie skrycie,
> Co mysl wieku dzwiga w głębi;
> Co sie w czasie zrywa, waży,
> To w rumieńcu na jéj twarzy,
> Jak w zwierciedle sie odbije,
> Bo w tém łonie przyszłosc żyje'

Mazurken und vielen anderen seiner Kompositionen niedergelegt sind. Sie alle fast sind erfüllt von dem gleichen poetischen Liebesduft, der über seinen »Préludes«, seinen »Nocturnes«, seinen »Impromptus« schwebt. In denselben spiegeln sich alle Phasen der Leidenschaft reiner und vergeistigter Seelen wieder: das reizende Spiel unbe= wußter Koketterie, heimliche, kaum bemerkbare Liebesregungen, lau= nische Phantasiegebilde, karge, kaum geboren, schon ersterbende Freuden, schwarze Trauerblumen, oder Winterrosen, weiß wie der sie umgebende Schnee, deren Duft selbst traurig stimmt, da der leiseste Lufthauch sie entblättert; Funken ohne Wiederschein, durch weltliche Eitelkeit entzündet, gleich dem Glanz faulen Holzes, das nur in der Dunkelheit leuchtet; Freuden ohne Vergangenheit und Zukunft, nur einer Zufallsbegegnung, wie der glücklichen Vereini= gung zwei entfernter Gestirne, entsprungen; Täuschungen, aben= teuerliche Neigungen, seltsam wie der Geschmack halbreifer Früchte, die uns behagen, während sie die Zähne stumpf machen — Gefühls= regungen, deren Stufenleiter unendlich ist und die durch die ange= borene Erhabenheit, Schönheit und Vornehmheit derer, die sie empfinden, sich zu wahrer Poesie entfalten, wenn einer der in raschen Arpeggien nur hingehauchten Accorde plötzlich sich zu einem feierlichen Thema gestaltet, dessen feurige und kühne Modulationen von einer ewig währenden Leidenschaft zu reden scheinen.

In den zahlreichen Mazurken Chopin's herrscht eine außer= ordentliche Mannigfaltigkeit der Motive und Eindrücke. In einzel= nen glauben wir das Rasseln der Sporen zu vernehmen; in der Mehrzahl aber unterscheiden wir das leise Rauschen von Tüll und Gaze unter dem leichten Wehen des Tanzes, das Geräusch der Fächer, das Geklirr von Gold und Steinen. Einige scheinen das mit Bangigkeit gemischte Vergnügen eines Balles am Vorabend eines Angriffs zu malen. Aus dem Rhythmus des Tanzes hört man die Trennungsseufzer heraus, deren Thränen sich hinter der Lust verbergen. Andere scheinen die Angst und geheimen Sorgen zu offen= baren, die selbst das heitere Festgeräusch nicht zu betäuben vermag. Zuweilen tönen unterdrückte Schrecken wieder, Befürchtungen und Ahnungen kämpfender und überdauernder Liebe, die, von Eifersucht verzehrt, sich besiegt sieht, doch nur bemitleidet, wo sie zu fluchen verschmäht. Dann ist es ein Wirbel, ein Delirium, das eine athem= lose Melodie durchzieht, unterbrochen, wie der Schlag eines über= vollen und vor Liebe brechenden Herzens. Weiterhin klingen ferne Fanfaren, wie Erinnerungen einer ruhmreichen Vergangenheit wieder. Anderwärts ist der Rhythmus so unbestimmt, so schwebend, wie das Gefühl, mit welchem zwei Liebende einen Stern betrachten, der einsam aufging droben am Firmament.

IV.

ir sprachen zunächst vom Komponisten und seinen Werken. Unsterbliche Gefühle klingen in ihnen wieder.
Bald siegend, bald besiegt rang hier sein Genius im
Kampf mit dem Schmerze — dies furchtbare Element
der Wirklichkeit, dessen Versöhnung mit dem Himmel eine Mission
der Kunst ist. Alle Erinnerungen seiner Jugend, alle Entzückun-
gen seines Herzens, alle Aufwallungen seiner stillen Leidenschaftlich-
keit erscheinen darin gesammelt wie Thränen in einem Thränenkrug,
und die Schranken unsrer, im Vergleich zu den seinen matteren
Empfindungen und Wahrnehmungen überschreitend, drang er ins
Bereich der Dryaden, Oreaden, Nymphen und Oceaniden ein. Noch
bliebe uns nun übrig, Chopin als ausführenden Künstler zu betrachten, besäßen wir den traurigen Muth dazu, vermöchten wir es,
Empfindungen, die mit unseren innersten Erinnerungen verwoben
sind, aus der Grabestiefe unsres Herzens hervorzurufen, um ihr
Leichentuch mit den geziemenden Farben zu schmücken.

Wir fühlen nicht die müßige Neigung hierzu, denn welches
könnte der Erfolg unserer Bemühungen sein? Gelänge es wohl,
denen, die ihn nicht gehört, den Zauber einer unaussprechlichen
Poesie begreiflich zu machen? Einen Zauber, fein und durchdringend
wie der exotische Duft der Verbena und Calla aethiopica, der sich
nur in menschenleeren Räumen verbreitet, als schrecke er zusammen
vor der lauten Menge, inmitten deren die verdichtete Luft nur noch

den lebhaften Geruch vollblühender Tuberosen, oder brennender
Harze bewahrt.

Chopin hatte in seiner Einbildungskraft und in seinem Talent
Etwas, was, durch die Reinheit seiner Ausdrucksweise, durch seinen
vertrauten Umgang mit der »fée aux miettes« und dem »lutin
d'Argail«, durch seine Begegnungen mit „Seraphine“ und „Diana“,
die ihm ihre vertraulichsten Klagen, ihre unausgesprochensten Träume
ins Ohr raunten, an den Stil Nodier's erinnerte, dessen Werke man
oftmals auf seinem Schreibtisch liegen sah. In der Mehrzahl seiner
Walzer, Balladen, Scherzos ruht die Erinnerung an irgend
welches flüchtige Gedicht festgebannt, zu der ihn eine dieser flüchtigen Erscheinungen begeisterte. Er idealisirt sie bisweilen derart,
leiht ihnen eine so zarte, zerbrechliche Gestalt, daß sie nicht mehr
unsrer Natur anzugehören, sondern sich vielmehr der Feenwelt an-
zunähern scheinen und uns die Geheimnisse der Undinen, der Tita-
nias, der Ariels, der Königinnen Mab, der mächtigen und launi-
schen Oberone, aller Genien der Luft, des Wassers und des Feuers
enthüllen, die kaum minder als die Sterblichen bitteren Täuschungen
und unerträglicher Pein unterworfen sind.

Fühlte sich Chopin von derartigen Eingebungen erfaßt, so nahm
sein Spiel einen eigenthümlichen Charakter an, welchem Genre im
Übrigen auch das von ihm ausgeführte Musikstück angehören mochte,
ob der Tanzmusik oder der träumerischen, den Mazurken oder Nocturnes, Präludien oder Scherzos, Walzern oder Tarantellen, Etüden oder Balladen. Allem gab er eine eigenartige Farbe, ein nicht
zu beschreibendes Gepräge, einen mehr vibrirenden Pulsschlag, der
das Materielle nahezu abgestreift hatte und mehr auf das Innere
als auf die Sinne des Hörers zu wirken schien. Bald glaubt man
das Getrippel einer neckisch verliebten Peri zu vernehmen, bald hört
man sammtartige, in ihrem Farbenschillern an das Kleid des Sala-
manders erinnernde Modulationen; bald wiederum Töne tiefer Entmuthigung, wie wenn die armen Seelen umsonst auf barmherzige
Gebete hoffen, deren sie zu ihrer endlichen Erlösung bedürfen. Zu
andern Malen hauchten seine Finger eine so düstere Trostlosigkeit
aus, daß man meinte, Byron's Jacopo Foscari wieder aufleben

und die Verzweiflung deſſen vor ſich zu ſehen, der, aus Liebe zum
Vaterland ſterbend, den Tod der Verbannung vorzog, da er es
nicht zu ertragen vermochte, Venezia la bella zu verlaſſen¹).

Bisweilen überließ ſich Chopin auch burlesken Phantaſien.
Er beſchwor gern eine Scene à la Jaques Callot herauf, voll
phantaſtiſch umherſpringender, lachender und geſichterſchneidender
Figuren und muſikaliſcher Späße, die von Geiſt und engliſchem
humour ſprühten wie ein Feuer von grünem Reiſig. In der fünf-
ten Etüde wurde uns eine dieſer pikanten Improviſationen aufbewahrt, wo ausſchließlich die ſchwarzen Taſten des Klaviers berührt
werden, wie die Heiterkeit Chopin's nur die oberſten Taſten des
Geiſtes berührte. Dem Atticismus huldigend, ſchrak er zurück vor
gemeiner Luſtigkeit, grobem Gelächter, gleichwie gewiſſe ſenſitive
Naturen vor dem Anblick garſtiger Thiere ſcheu und widerwillig
zurückweichen.

---

1) Das E-Moll-Nocturne Op. 72 vergegenwärtigt die zarten, durchgeiſtigten
Empfindungen, die Chopin mit leidenſchaftlicher Vorliebe wiedergab. Wir können
uns das Vergnügen nicht verſagen, diejenigen, die ſie verſtehen, mit den Verſen
bekannt zu machen, zu welchen die ſchöne Gräfin Cielecka, geborene Gräfin Bninska,
durch dieſes Stück begeiſtert wurde:

Kołysze z wolna, jakby falą morza,
Nóty dzwiecznemi, pełnemi uroku.
Rozjaśnia blaskiem jakby życia zorza,
Którą witamy, czasem ze łzą w oku.
Dalej, uderza, nas walki przeczucie;
Ton, coraz głośniéj rozlega się w górę.
Pełen, ponury, objawia w swéj nócie
Swiatłoś ukrytą za posępną chmurę.
Stróny tak silne, jakby kute w stali,
Załosnym jękiem, w duszy naszej dzwonią;
Mówią o bolu, co nam serce pali,
Lecz co zostawia duszę nieskażoną! . . .
Poźniéj, podobny do woni wspomnienia
Znów zakołysać czasem nas powraca.
Z urokiem igra; kołysząc cierpienia,
Swoim promykiem jeszcze nas ozłaca.
Nareszie, jako cicha na dnie woda,
Spokój głęboki znót toni się wznosi,
Jak serce, które o nic już nie prosi,
Lecz kwiatów życia, szkoda ... mówi ... szkoda!...

In seinem Spiel gab der große Künstler in entzückender Weise jenes bewegte, schüchterne oder athemlose Erbeben wieder, welches das Herz überkommt, wenn man sich in der Nähe übernatürlicher Wesen glaubt, die man nicht zu errathen, nicht zu erfassen, nicht festzuhalten weiß. Wie ein auf mächtiger Welle getragenes Boot ließ er die Melodie auf- und abwogen, oder er gab ihr eine unbestimmte Bewegung, als ob eine luftige Erscheinung unversehens einträte in diese greifbare und fühlbare Welt. Er zuerst führte in seinen Kompositionen jene Weise ein, die seiner Virtuosität ein so besonderes Gepräge gab und die er Tempo rubato benannte: ein geraubtes, regellos unterbrochenes Zeitmaß, geschmeidig, abgerissen und schmachtend zugleich, flackernd wie die Flamme unter dem sie bewegenden Hauch, schwankend, wie die Ähre des Feldes unter dem weichen Druck der Luft, wie der Wipfel des Baumes, den die willkürliche Bewegung des Windes bald dahin, bald dorthin neigt.

Da indeß diese Bezeichnung dem, der sie kannte, Nichts lehrte und dem, der sie nicht kannte, ihren Sinn nicht verstand und herausfühlte, Nichts sagte, unterließ Chopin später, sie seiner Musik beizufügen, überzeugt, daß wer überhaupt Verständnis dafür habe, nicht umhin könne, das Gesetz dieser Regellosigkeit zu errathen. Alle seine Kompositionen aber müssen in dieser schwebenden, eigenthümlich betonten und prosodischen Weise, mit jener morbidezza wiedergegeben werden, deren Geheimnis man schwer beikommt, wenn man ihn nicht oftmals selber zu hören Gelegenheit hatte. Er schien bedacht, diese Vortragsart auf seine zahlreichen Schüler und namentlich auf seine Landsleute zu übertragen, denen er vor Andern den Hauch seiner Begeisterung mitzutheilen wünschte. Diese und zumal seine Landsmänninnen erfaßten sie mit der Gewandtheit, die ihnen für alle Gegenstände poetischer Empfindung eigen ist. Ein ihnen angebornes Verständnis für seine Gedanken befähigte sie, allen Schwankungen im Wogenspiel seiner Stimmungen zu folgen.

Chopin wußte nur zu wohl, daß er nicht auf die Menge wirkte, daß sein Spiel die Massen nicht traf, die, gleich einem Meer von Blei, nur im Feuer zu schmelzen und nicht minder schwer zu bewegen sind. Sie verlangen den mächtigen Arm einer athletischen

Kraft, um in eine Form gegossen zu werden, unter der das flüssige
Metall plötzlich zum Ausdruck einer Idee, einer Empfindung wird.
Chopin war sich bewußt, daß er nur in jenen leider wenig zahlreichen Kreisen vollkommen gewürdigt werden konnte, wo Alle darauf
vorbereitet waren ihm überall hin zu folgen, wohin er sie führte,
sich mit ihm in jene Sphären zu erheben, in die man nach der
Vorstellung der Alten nur durch das Elfenbeinthor der glücklichen
Träume gelangt, das diamantene, in tausend buntfarbigen Feuern
strahlende Pfeiler umgeben. Es gewährte ihm Vergnügen dieses
Thor zu übersteigen, zu dem der Genius den geheimen Schlüssel
bewahrt und über dem sich eine Kuppel wölbt, in der alle Strahlen
des Prismas mit einem jener täuschenden Lichter spielen, wie das
des mexikanischen Opals, dessen kaleidokopische Lichtcentren sich in
einem olivenfarbenen Nebel verstecken, der sie wechselnd verhüllt und
entschleiert. Durch dieses Thor öffnete er den Zugang in eine Welt,
wo Alles holdes Wunder, ungeahnteste Überraschung, lebendig ge-
wordener Traum erscheint. Aber man muß zu den Eingeweihten
gehören, um diese Schwelle überschreiten zu können!

Chopin flüchtete sich gern in diese Traumregionen, in die er
nur auserlesene Freunde einführte. Ihm galten sie mehr als die
rauhen Schlachtfelder seiner Kunst, wo man zuweilen in die Hände
eines unvermutheten Siegers, eines thörichten und prahlerischen
Eroberers fällt, dessen Herrschaft zwar nur einen Tag lang währt,
dem aber dieser eine Tag hinreicht, um ein Beet von Lilien und
Asphodelien niederzumähen, um den Zugang zum geheiligten Hain
Apollo's zu verhindern. Während dieses Tages fühlt sich der „glückliche Soldat" zwar den Königen ebenbürtig; aber nur den Königen
der Erde — und genügte dies wohl der Einbildungskraft, die mit
den Gottheiten der Lüfte verkehrt und mit den Geistern, die in
Wipfeln und Gipfeln wohnen?

Auf diesem Boden ist man überdies den Launen einer Mode
des Kramladens, der Reklame, der Kameraderie, der Zweideutigkeit
und zweifelhaften Geburt anheimgegeben. Ist aber schon die Mode
als ehrlich Geborene, als Standesperson immer eine thörichte Göttin,
wie vielmehr eine Mode ohne anerkannte Eltern! Fein organisirte

Künstlernaturen werden sicherlich einen nur zu natürlichen Wider=
willen dagegen empfinden, sich Körper an Körper mit einem jener
als Kunstprinzen verkleideten Jahrmarktsherculesse zu messen, welche
dem Virtuosen von Geblüt auf seinem Wege auflauern, wie ein
Dorftölpel, der den auf edle Abenteuer ausgehenden bewaffneten
Kavalier mit Stockschlägen zu überfallen bereit ist. Gleichwohl
würden sie sich im Kampfe gegen einen so armseligen Gegner viel=
leicht weniger erniedrigt finden als durch die sich als Nadelstiche
herausstellenden vermeintlichen Dolchstiche einer feilen, handeltreiben=
den, industriellen Mode, der frechen Courtisane, die sich erdreistet,
den Olymp mit den Sitten des Salons belehren zu wollen. Sie
möchte, die Wahnwitzige, sich selbst aus der Schale der Hebe sätti=
gen, die, bei ihrer Annäherung erröthend, bald Venus, bald Minerva
um Hilfe anruft, um sie mit ihrem Blitzstrahl zu treffen. Doch
vergebens! Weder die höchste Schönheit kommt herbei, um ihr die
marktschreierische Schminke abzustreifen, noch entreißt ihr die mit
voller Rüstung geschmückte Weisheit den Narrenstab, aus dem sie
sich ein getheertes Strohscepter gemacht. In dieser Noth bleibt der
Göttin der Unsterblichkeit kein anderer Ausweg als sich von dem
Eindringling aus niederer Sphäre unwillig abzukehren. Und das
thut sie. Da sieht man die Schönheitsmittel sich alsbald ablösen
von den aufgeblasenen, gemeinen Wangen, die Runzeln hervortreten
und — verjagt ist die zahnlose Alte, noch ehe sie Zeit hatte sich
verlassen zu finden.

Chopin genoß fast täglich das zwar nicht sonderlich dramatische,
aber zuweilen bis zum Possenhaften komische Schauspiel des Miß=
geschickes irgend eines Schützlings dieser schleichhändlerischen Mode,
obwohl zu seiner Zeit die Dreistigkeit der „Unternehmer künstlerischer
Reputationen", der Elefantenführer mehr oder minder merkwürdiger,
oder künstlicher Thiere — wie „des einzigen Produktes von Karpfen
und Kaninchen" — noch weit entfernt war von der schamlosen Frech=
heit und der unglaublichen Verbreitung, die sie mittlerweile ange=
nommen. Jedoch mochte auch die Kunst noch in der Kindheit liegen,
die Spekulation wagte sich schon so weit heraus auf das den Musen
vorbehaltene Gebiet, daß er, der ausschließlich mit ihnen verkehrte,

der nächst dem verlorenen Vaterland nur sie liebte, sich nur bei ihnen über den Verlust dieses Vaterlandes tröstete, gleichsam von Furcht vor dieser gewaltigen Teufelin erfaßt wurde. Unter dem Eindruck des Abscheus, den sie ihm einflößte, äußerte der Tondichter eines Tages zu einem ihm befreundeten Künstler, den man seitdem oftmals hörte: „Ich eigene mich nicht dazu, Koncerte zu geben; das Publikum schüchtert mich ein, sein Athem erstickt, seine neugierigen Blicke lähmen mich, ich verstumme vor den fremden Gesichtern. Aber du bist dazu berufen; denn wenn du dein Publikum nicht gewinnst, bist du doch im Stande, es zu unterwerfen.“

Indeß auch abgesehen von der Konkurrenz mit Künstlern, welche keine Künstler sind, mit Virtuosen, die auf den Saiten ihrer Violine, ihrer Harfe oder ihres Pianos tanzen, fühlte Chopin sich unbehaglich vor dem „großen Publikum“, diesem Publikum von Unbekannten, von dem man nicht zehn Minuten vorher weiß, ob man es gewinnen oder unterwerfen muß; ob man es, kraft dem unwiderstehlichen Magnet der Kunst, emporreißen soll in Höhen, deren verdünnte Luft die gesunde und reine Lunge erweitert, oder ob man vielmehr die Zuhörer, die voll kleinlichen Tadelbedürfnisses herbeikamen, durch seine gigantischen, frohlockenden Offenbarungen betäuben soll. Es unterliegt keinem Zweifel, daß die Koncertthätigkeit weniger Chopin's physische Organisation ermüdete, als vielmehr seine Reizbarkeit als Künstler herausforderte. Hinter seinem freiwilligen Verzicht auf rauschende Erfolge verbarg sich ein inneres Verletztsein. Ungeachtet eines sehr entschiedenen Bewußtseins seiner angeborenen Überlegenheit (wie es Allen zu eigen ist, welche dieselbe aufs Höchste entwickeln und zur Geltung bringen) entbehrte der polnische Pianist doch zu sehr des entsprechenden verständnisvollen Echos von außen, um sich dem sicheren Gefühl überlassen zu können, daß er nach seinem vollen Werth gewürdigt werde. Er hatte vom Beifall der Menge genug gesehen, um dieses zuweilen intuitive, zuweilen offen und edel empfindende, öfter noch launische, starrsinnige, halb wilde und dumme vielköpfige Ungeheuer zu kennen, welches das bunte Glaswerk, das man ihm zuwirft, verschlingt und die kostbarsten Kleinodien nicht beachtet, welches sich über Kleinigkeiten ereifert und sich durch die fadesten Schmeicheleien bethören läßt. Doch seltsam genug! Chopin kannte es nur zu gut, er verabscheute es und entbehrte es doch nichtsdestoweniger! Über den ihm sympathischen naiven Regungen nach Art eines Kindes, das bei der Erzählung von erdichtetem Leiden und Entzücken weint und sich von ganzer Seele begeistert, vergaß er das wilde Element darin.

Je mehr „dieser Zartfühlende", dieser Epikuräer des Spiritualismus, der Gewohnheit entsagte, das „große Publikum" zu bändigen und ihm Trotz zu bieten, desto mehr Furcht flößte ihm dasselbe ein. Nicht um die Welt hätte er vor ihm eine Niederlage erleben mögen bei einem jener Kämpfe, wo der Künstler, gleich einem tapfern Kämpen im Turnier, Herausforderung und Handschuh Jedwedem zuwirft, der ihm die Schönheit und den Vorrang seiner Dame — das ist seiner Kunst — streitig macht. Er sagte sich vermuthlich und sicher mit Recht, daß er auch als ein in weitesten Kreisen bewunderter Sieger nicht mehr geliebt und gewürdigt werden konnte, als er es bereits in jenem engen Kreise war, der sein „kleines Publikum" bildete. Und er fragte sich vielleicht nicht mit Unrecht — denn so unsicher sind eben die Meinungen, so wankelmüthig die Neigungen der Menschen — ob er, erführe er eine Niederlage, nicht die Liebe und Schätzung seiner eifrigsten Bewunderer einbüßen würde? La Fontaine sagt sehr richtig: „Die Zartfühlenden sind unglücklich!"

Sich somit der Bedürfnisse bewußt, die die Natur seiner Begabung mit sich brachte, spielte er nur selten öffentlich. Außer einigen Erstlingskoncerten im Jahre 1831, in denen er sich in Wien und München hören ließ, gab er nur noch einige wenige in Paris und London. Schon aus Rücksicht auf seine Gesundheit konnte er nicht viel reisen. Wiederholt erlitt er sehr gefährliche Krankheitsanfälle, in deren Folge er schwächlich blieb und der größten Vorsicht bedurfte; doch blieb ihm dessenungeachtet noch manch schönes Jahr der Frist und wieder erstarkender relativer Kraft geschenkt. Allerdings gestattete ihm seine Gesundheit nicht, sich an allen Höfen, in allen Hauptstädten Europas, von Lissabon bis St. Petersburg, bekannt zu machen, sich in Universitäts- und Fabrikstädten aufzuhalten, wie einer seiner Freunde, deſſen einſilbiger Name der Kaiſerin von Rußland, als ſie ihn eines Tages auf den Straßenanzeigen in Teſchen bemerkte, den lächelnden Ausruf entlockte: „Wie, ein ſo großer Name in einem ſo kleinen Ort?" — Doch würde Chopin's Befinden ihn wenigſtens nicht verhindert haben, ſich da, wo er ſich aufhielt, öfter hören zu laſſen. Seine zarte Konſtitution war eben weniger ein Grund als ein Vorwand zur Verzichtleiſtung, um immer erneuten Fragen und Aufforderungen aus dem Weg zu gehen.

Warum ſollten wir es nicht bekennen? Bekümmerte es Chopin, daß er an derlei öffentlichen und feierlichen Künſtlerwettkämpfen nicht Theil nahm, wo des Volkes Jubelruf den Triumphator grüßt; bedrückte es ihn, daß er ſich von ihnen ausgeſchloſſen ſah, ſo geſchah dies darum, weil er das, was er beſaß, nicht hoch genug anſchlug, um über das, was er nicht beſaß, heiter hinweg zu gehen. Obgleich durch das „große Publikum" eingeſchüchtert, bemerkte er wohl, daß dieſes, indem es ſein eigenes Urtheil ernſthaft nahm, auch Andere zwang, es alſo zu nehmen; während das „kleine Publikum", die Salonwelt, ſich als ein Richter bezeugt, der damit anfängt, ſeine eigene Autorität nicht anzuerkennen, der heute ſeinen Göttern Weih= rauch ſtreut und ſie morgen verleugnet. Die Excentricitäten des Genies fürchtet es, vor den Kühnheiten einer großen überlegenen Individualität, einer großen Seele zieht es ſich zurück, da es ſich nicht ſicher genug fühlt, um diejenigen herauszuerkennen, welche hierzu durch das innere Gebot einer Inſpiration berechtigt ſind, die ihren eigenen Weg geht und dabei ohne Zögern Alle zurückſtößt, welche nur kleinen Leidenſchaften fröhnen und unter dem leeren An= ſchein der Außerordentlichkeit kein höheres Ziel anſtreben als Geld= erwerb und eine behäbige Verſorgung für die Zukunft.

Die Salonwelt unterſcheidet dieſe ſo verſchiedenen, einander völlig antipodiſch gegenüberſtehenden Perſönlichkeiten nicht, weil ſie ſich nicht die Mühe nimmt, ſelbſtändig zu urtheilen, ohne die Vor= mundſchaft des Feuilletoniſten, der, wie der Gewiſſensrath die reli= giöſen Meinungen, die künſtleriſchen Meinungen dirigirt. Sie unterſcheidet die mächtige Bewegung, den Sturm und Drang der Gefühle, mit dem Jene den Oſſa auf den Pelion thürmen, um zu

den Sternen emporzusteigen, nicht von den Äußerungen niedriger
Eigenliebe, egoistischer Selbstgefälligkeit und verächtlicher Wohl-
dienerei, die dem vornehmen Laster der unmoralischen Mode, der
herrschenden Sittenlosigkeit huldigt. Sie unterscheidet die Einfachheit
großer Gedanken, die keiner gesuchten Effekte bedürfen, nicht von
den verjährten Konventionalitäten eines Stils, der seine Zeit erfüllt
hat und über den nun die alten Weiber das Wächteramt führen,
in Ermangelung eines verständnisvollen Auges, das den unauf-
hörlichen Wandlungen der Kunst zu folgen versteht.

Um sich die Sorge zu sparen, die Gedanken und Empfindungen des Künstlers, dessen Stern am Firmament der Kunst aufzu-
gehen scheint, mit Sachkenntnis zu würdigen; um der Mühe zu
entgehen, es mit der Kunst ernst zu nehmen, damit man die Versprechungen, welche die jungen Leute mit sich bringen und die
Eigenschaften, welche sie zur Verwirklichung derselben befähigen, mit
einigem Verständnis zu beurtheilen vermöge, unterstützt, oder vielmehr protegirt man in den Salons hartnäckig nur die schmeichle-
rische Mittelmäßigkeit. Von ihr hat man ja keine in Verlegenheit
setzende Neuerung, keine Genialität zu gewärtigen; sie darf man von
oben herab behandeln, sie nach Belieben auch mißhandeln, da man
hier weder einen lästigen Mangel, noch einen unauslöschlichen Glanz
zu fürchten braucht.

Dies vielgepriesene „kleine Publikum" hat wohl die Macht,
einen Ruf in Umlauf zu setzen; doch ein solcher Ruf von vielleicht
berauschendem Zauber hat nicht mehr Realität denn eine Stunde des
Rausches, wie ihn der moussirende Wein erzeugt, welchen man in
Cachemir aus Rosen- und Nelkenblättern bereitet. Ein solcher Ruf
ist ein ephemeres, armseliges Ding, ohne Dauer, ohne wirkliches
Leben, immer bereit sich zu verflüchtigen, da er den Grund seines
Daseins nicht kennt und oft auch thatsächlich eines solchen entbehrt.
Das „große Publikum" dagegen, das häufig auch nicht weiß, wie
und warum es sich ergriffen, durchschauert, elektrisirt, „gepackt" —
wie der entzückte Plebejer sagt — fühlt, schließt wenigstens die „Leute
vom Handwerk" ein, welche wissen, was sie sagen und warum sie
es sagen, so lange die Tarantel des Neides sie nicht gestochen hat

und sie, wie die böse Fee in Perrault's Märchen, nicht bei jedem Worte die Schlangen und Kröten der Lüge ausspucken, statt der feinen Perlen und duftenden Blumen der Wahrheit, wie dies die edle Frau Justitia gebieten würde.

Nicht ohne geheime Betrübnis schien Chopin sich oftmals zu fragen, bis zu welchem Grad die Elite der Gesellschaft ihm durch ihre diskreten Beifallsbezeigungen die Menge und Massen ersetzte, von denen er sich freiwillig abkehrte? Wer in seinem Antlitz zu lesen wußte, konnte errathen, wie häufig er bemerkte, daß unter all den schönen, wohlfrisirten Herren, unter all den schönen parfümirten und geschmückten Damen ihn Keines verstand. Und war er nicht noch viel weniger dessen sicher, ob die geringe Zahl derer, die ihn verstanden, ihn auch recht verstand? Ein Mißbehagen bemächtigte sich in Folge dessen seiner, das ihm selbst, mindestens nach seiner wahren Quelle, vielleicht unklar blieb, aber heimlich an ihm nagte. Fast verletzt sah man ihn durch Lobpreisungen, die hohl oder falsch an sein Ohr klangen. Da die, welche er mit Recht beanspruchen durfte, ihm nicht in reicher Fülle zuströmten, war er geneigt, vereinzelte Huldigungen beleidigend zu finden, wenn sie, nicht vom rechten Verständnis getragen, den wesentlichen Punkt nur durch Zufall berührten; was der feine Blick des Künstlers selbst unter den Spitzen des feuchten Taschentuches und unter dem koketten Flügelschlag des Fächers zu unterscheiden wußte.

Aus den höflichen Phrasen, mit denen er, gleich vergoldetem aber lästigem Staub, häufig die Komplimente abschüttelte, die ihm so unnatürlich erschienen wie die auf Draht gebundenen Blumen der Bouquets, welche die hübschen Hände nur mühsam umfaßten, konnte man mit geringem Scharfsinn erkennen, daß ihn weder Quantität noch Qualität des empfangenen Beifalls befriedigten. Er zog demgemäß vor, in der ruhigen Einsamkeit seiner inneren Betrachtungen, seiner Phantasien und Träume ungestört zu sein. Viel zu bewandert in Witz und Spott, selbst ein zu geistreicher Spötter, um dem Sarkasmus eine Blöße zu bieten, gab er sich nicht etwa als verkanntes Genie. Unter scheinbarer Befriedigung und liebenswürdiger Freundlichkeit verbarg er die Wunde, die seinem berechtigten Stolze geschlagen

worden war, so völlig, daß man deren Existenz kaum bemerkte.
Nicht mit Unrecht dürfte man gleichwohl die sich allmählich steigernde
Seltenheit der Gelegenheiten, bei denen er sich zum Spielen bewegen
ließ, mehr noch dem Wunsche beimessen, Huldigungen zu fliehen,
die ihm nicht den schuldigen Tribut darbrachten, als seiner zuneh=
menden Körperschwäche, die ja durch sein andauerndes häusliches
Spiel wie durch die Unterrichtsstunden, die er beständig ertheilte,
auf nicht minder harte Proben gestellt wurde.

Zu bedauern ist es, daß die zweifellosen Vortheile, die für
den Künstler daraus erwachsen sollten, daß er nur ein gewähltes
Publikum kultivirt, solchergestalt durch den zu sparsamen Ausdruck
der Sympathien des Letzteren und den vollständigen Mangel eines
wahren Verständnisses für das Wesen des Schönen an sich, wie für
die Mittel, die dasselbe offenbaren und somit die Kunst ausmachen,
vermindert werden. Die Werthschätzung des Salons ist nur ein
„ewiges Ungefähr", wie Sainte=Beuve in einem seiner von seinen
Bemerkungen übersprudelnden Feuilletons sagt, die an jedem Mon=
tag seine Leser ergötzten. Die feine Welt sucht, da sie keine Wurzel
in vorhergegangener Erkenntnis, keinen Halt und keine Zukunft in
einem aufrichtigen und dauernden Interesse hat, nur oberflächliche
Eindrücke, so flüchtiger Natur, daß man sie mehr physische als
moralische nennen kann. Zu beschäftigt mit den kleinen Tages=
interessen, mit politischen Streitereien, den Erfolgen hübscher Frauen,
den Bonmots auf Wartegeld gesetzter Minister oder müßiger Miß=
vergnügter, mit einer eleganten Heirath, mit Kinderkrankheiten oder
zarten Liaisons, mit Lästereien, die man als Verleumdung, oder
Verleumdungen, die man als Lästerei behandelt, begehrt die große
Welt in der That von Poesie und Kunst nichts weiter als Auf=
regungen, die wenige Minuten währen, die sich im Laufe eines
Abends erschöpfen und am andern Morgen vergessen sind.

So hat die große Welt am Ende nur Künstler zu beständigen
Tafelgenossen, die, der edleren Empfindungen des Stolzes und wür=
diger Geduld unfähig, um so eingebildeter und unterwürfiger sind.
Sich an diesen den Geschmack verderbend, verliert sie allmählich die
Originalität und ursprüngliche Natürlichkeit ihrer Eindrücke und

in Folge deſſen auch das rechte Auffaſſungsvermögen für das Was?
und Wie? echt künſtleriſch-poetiſchen Ausdruckes. Welch hohen
Rang ſie daher auch behaupte, die hohe Poeſie, die hohe Kunſt
thronen doch über ihr! In den mit rothem Damaſt behangenen
Gemächern friert die Kunſt, ſie ſchwindet dahin in den goldgelben,
in den im Perlmutterglanze ſtrahlenden Salons. Das empfand
wohl jeder wahre Künſtler, obgleich nicht alle ſich davon Rechen=
ſchaft zu geben wußten. Ein Virtuos von einigem Ruf, der, mit
den Veränderungen des geiſtigen Thermometers je nach den ver=
ſchiedenen geſellſchaftlichen Kreiſen mehr als Andere vertraut, dieſe
immer friſche, zuweilen eiſige, ja den Gefrierpunkt erreichende Tem=
peratur wohl kannte, ſagte öfters: „Bei Hofe muß man kurz ſein.“
(A la cour il faut être court.) Und unter Freunden fügte er hinzu:
„Es handelt ſich ja gar nicht darum, uns zu hören, ſondern nur
darum, uns gehört zu haben! .. Was wir ſagen iſt gleichgültig,
wenn nur der Rhythmus bis in die Fußſpitzen bringt und die an=
genehme Vorſtellung eines vergangenen oder zukünftigen Walzers
hervorruft.“

Das konventionelle Eis der großen Welt, das die Gunſt ihrer
Lobpreiſungen wie die Früchte ihres Nachtiſches bedeckt, die Ziererei
der Frauen, der heuchleriſch=neidiſche Eifer der jungen Leute, die
doch am liebſten den erwürgen möchten, deſſen Gegenwart den Blick
einer Schönen von ihnen ablenkt, die Aufmerkſamkeit eines Salon=
Orakels ſind überdies doch zu wenig vernünftige und aufrichtige,
kurz, zu gemachte Elemente, als daß ſie dem Dichter zur Befriedi=
gung gereichten. Wenn Menſchen, die ſich in ihrer Aufgeblaſenheit
für ernſt und gewichtig halten, dabei aber doch auf dem ſtraffen
Seil der Geſchäfte tanzen, gnädig ein beifälliges Wort über ihre
ſkeptiſchen Lippen gleiten laſſen, mit dem ſie den Künſtler zu ehren
meinen, ſo ehrt es ihn keineswegs, wenn ſie ihn an der unrechten
Stelle loben, wenn ſie das hervorheben, was er ſelbſt an ſeiner
Kunſt und Künſtlerſchaft am geringſten ſchätzt.

Er findet vielmehr Gelegenheit, ſich zu überzeugen, daß daſelbſt
Niemand in die erhabene Gemeinſchaft der Muſen aufgenommen
wird. Die Frauen, die bei jeder Nervenaufregung in Ohnmacht

fallen, aber das Ideal, von dem der Künstler singt, die Idee, die er in Gestalt des Schönen auszudrücken beabsichtigte, nicht zu erfassen vermögen; die Männer, die in ihren weißen Krabatten vergebens darauf warten, die Aufmerksamkeit der Frauen zu erregen, sind sicherlich, die Einen eben so wenig als die Andern geneigt, in dem Künstler etwas Anderes zu sehen, als einen der bessern Gesellschaft angehörenden Seiltänzer. Was wissen sie von der Sprache der Töchter Mnemosyne's, von den Offenbarungen Apollo Musagetes', diese Männer und Frauen, die seit ihrer Kindheit nur an geistige Vergnügungen gewöhnt sind, die ans Platte streifen und unter zierlichen Formen die Einfalt verstecken? In den bildenden Künsten sind Alle, so Viele ihrer sind, in den alten Trödelkram vernarrt, der zur Plage der Salons geworden ist, wo man in Ermangelung von Kunstgefühl wenigstens Kunstgeschmack an den Tag legen will. Man begeistert sich für jenes abgeschmackte Ding, das sich als „Gott des Porzellans und Glaswerks" bezeichnen läßt. Man reißt sich um die fadesten Ansichten, um manierirte Vignetten und gezierte Madonnen. In der Musik schwärmt man für leichte Romanzen, die man ohne Mühe heruntergirren, für »pensées fugitives«, die man unschwer buchstabiren kann.

Ist der Künstler seiner einsamen Inspiration einmal entrissen, so kann er sie nur durch den mehr als aufmerksamen, lebendigen und belebenden Antheil wiedergewinnen, den seine Zuhörer dem Edeln, was er empfindet, dem Weihevollen, was er erstrebt, dem Erhabenen, was er träumt, dem Göttlichen, was er erkennt, entgegenbringen. Aber Alles das ist der heutigen Salonwelt eben so unverständlich als unbekannt. Nur aus Versehen ja verirrt sich die Muse zu ihr, um sich alsbald wieder emporzuschwingen in andre Regionen. Ist sie einmal entschwunden, führte sie die Begeisterung mit sich hinweg, so findet der Künstler sie nicht wieder in den herausfordernden Mienen, dem unruhigen, nur nach Kurzweil verlangenden Lächeln, in den kalten Blicken eines Areopags von alten blasirten Diplomaten ohne Herz und Glauben, die nur versammelt scheinen, um über die Bedeutung eines Handelsvertrags, oder die Versuche, welche zu einem Erfindungspatent berechtigen, zu Gericht zu sitzen. Soll der Künstler ganz auf der Höhe sein, soll er sich über sich selbst erheben, soll er seine Zuhörer, begeistert und erleuchtet durch das göttliche Feuer, l'estro poetico, mit sich emportragen, so muß er fühlen, daß er die, die ihn hören, bewegt und erschüttert, daß seine Empfindungen verwandte Saiten in ihnen berühren, daß er sie auf seinem Wanderfluge ins Unendliche mit sich fortreißt, wie der Führer geflügelter Scharen, dem, wenn er zum Aufbruch mahnt, die Seinigen alle nach schöneren Gestaden folgen.

Einer allgemeinen These zufolge würde es dem Künstler zum Gewinn gereichen, wenn er nur die Gesellschaft „aufgeklärter Aristokraten" suchte; denn nicht ohne jegliche Berechtigung rief Graf Joseph de Maistre, als er einst eine Erklärung des Schönen improvisiren wollte, aus: „Schön ist das, was dem aufgeklärten Aristokraten gefällt." — Allerdings müßte der Aristokrat vermöge seiner gesellschaftlichen Stellung über allen eigennützigen Beweggründen und materiellen Neigungen stehen, die man als Fehler des Bürgerthums betrachtet, in dessen Händen die materiellen Interessen der Nation liegen. Der Adel ist berufen, den Ausdruck aller der heroischen und zarten, den großen Gegenständen und Ideen geweihten Gefühle, welche die Kunst in ihren erhabenen Schöpfungen in all' ihrem Glanze strahlen läßt, ja zu irdischer Unsterblichkeit verklärt, nicht allein zu verstehen, sondern auch anzuregen und zu ermuthigen. Dies wäre die These. Fassen wir jedoch die Antithese ins Auge, so müssen wir leider, von Ausnahmsfällen abgesehen, zugeben, daß der Künstler zuweilen mehr verliert als gewinnt, wenn er an der heutigen vornehmen Gesellschaft Geschmack findet. Hier entnervt er, er geht zurück, sinkt zum liebenswürdigen Unterhalter, zu einem feinen und kostspieligen Zeitvertreib herab, dafern man ihn nicht geschickt ausbeutet, was man auf den Höhen wie in den Tiefen der aristokratischen Gesellschaft beobachten kann.

Bei Hofe verbraucht man seit undenklichen Zeiten die Kraft des Dichters und Künstlers bis zur gänzlichen Erschöpfung und überläßt es dabei andern Mäcenen, sie würdig zu belohnen, weil man sich einbildet, daß ein kaiserliches Lächeln, eine königliche Belobung und Gunstbezeigung, eine Busennadel oder ein Paar Diamant knöpfe mehr als ausreichend seien, um ihn für alle Verluste an Zeit und Lebenskraft, denen er sich durch Annäherung an diese glühenden Sonnenkreise aussetzte, zu entschädigen. Firdusi, der persische Homer, erhielt die tausend, mit dem Bildnis des Sultans geprägten Geldstücke, die er ihm in Gold versprochen hatte, in Kupfer. Kriloff, der Fabeldichter, erzählt in einem des Äsop würdigen Gleichnis, wie das Eichhörnchen, welches den Löwenkönig zwanzig Jahre lang belustigt hatte, ihm den Sack mit Nüssen zurücksandte, den es empfing, als es keine Zähne mehr hatte, um sie zu knacken.

Bei den Königen und Fürsten der Finanzwelt dagegen, wo man die Art und Weise der wahrhaft Vornehmen mehr nachäfft als nachahmt, bezahlt man Alles bar, selbst den Besuch eines Potentaten wie Karl V., dem man, wenn er sich herabläßt, sich von seinem Banquier beherbergen zu lassen, seine eigenen Wechsel anbietet, um sein Kaminfeuer anzuzünden. Somit brauchen auch Dichter und Künstler nicht umsonst auf ein Honorar zu warten, das ihr Alter vor Sorgen schützt. Herr von Rothschild, um nur einen Einzigen zu nennen, ließ Rossini an Geldgeschäften Theil nehmen, die ihm Reichthümer im Überfluß zuführten. Dies Beispiel, das zahlreiche Vorgänger hatte, wurde von mehr als einem Rothschild und Rossini in kleinerem Maßstab nachgeahmt, wenn der Künstler (vielleicht nicht ohne Seufzer) vorzog, auf billige Weise einen beständig dampfenden Fleischtopf zu erlangen, statt sich von göttlicher Ambrosia zu nähren, die den Magen leer, den Rock fadenscheinig, die Mansarde licht- und wärmelos läßt.

Was ist die Folge solchen Gegensatzes? Die Höfe erschöpfen Genius und Talent des Künstlers, Inspiration und Phantasie des Dichters, so wie die Schönheit aufsehenerregender Frauen durch die fortgesetzte Bewunderung, die sie herausfordert, Muth und Ausdauer des Mannes erschöpft.

Das reichgewordene Bürgerthum läßt Künstler und Poeten in der Gefräßigkeit des Materialismus untergehen. Hier wissen Frauen und Männer nichts Besseres zu thun, als sie zu mästen, wie man die King-Charles der Boudoir-Sophas mästet, bis sie, angesichts ihres japanischen Porzellantellers, vor Fettsucht umkommen. — Auf

diese Weise ist die Herrlichkeit der ersten wie der letzten Stufen der
Macht und des Reichthums gleicherweise verderblich für die vom
Schicksal mit dem Stempel „schön und verhängnisvoll" Gezeichneten,
die von der Natur Bevorzugten, von denen die Griechen sagten,
daß der Herr des Himmels, als er sie bei Vertheilung der Güter
dieser Erde vergessen hatte, ihnen zum Ersatz das Vorrecht gewährte,
zu ihm emporzusteigen, so oft sie den Wunsch dazu verspürten. Da
sie nun nicht minder als Andere bösen Versuchungen zugänglich
sind, so muß die vornehme und feine Welt die Verantwortung für
diejenigen übernehmen, die sie aufreiben oder umkommen lassen
hinter ihren schweren seidenen Portièren. Vergessen aber die Bevorzugten der Natur ihr Recht, zum Gott des Himmels emporzusteigen,
so verlangt die Gerechtigkeit, daß man mit ihnen zugleich auch die
verdamme, die, da sie nicht zu hören verstehen, wenn Jene die
Stimmen einer bessern Welt ertönen lassen, sich damit begnügen,
das Talent derselben auszubeuten, ohne Achtung für den göttlichen
Funken in ihnen.

Bei Hofe ist man zu zerstreut, um dem Gedanken des Künstlers,
dem Fluge des Dichters immer zu folgen; zu beschäftigt, um sich
an ihr Wohl und die Bedürfnisse ihrer gesellschaftlichen Stellung zu
erinnern (eine trotz alledem verzeihliche und begreifliche Thatsache).
Zu Gunsten des Vergnügens, der Eitelkeit, des Ruhms nutzt man
sie ohne Erbarmen und ohne Gewissensbisse aus. Doch es kommt
ein Augenblick — wir wissen nicht wann —, wo, nachdem die Zerstreuung aufhört, die Beschäftigung nachläßt, ein Jeder daselbst den
Künstler und Dichter so versteht wie Niemand anderwärts, wo der
Herrscher ihm lohnt, wie man ihm nirgend sonst zu lohnen vermöchte, — und dieser Augenblick, der einigen Auserwählten strahlte,
leuchtet fortan in den Augen Aller wie ein Pharus, ein Polar-
stern, von dem Jeder glaubt, daß er auch für ihn leuchte. Ver-
gebliche Hoffnung!

Die Parvenus, die nicht säumen ihre befriedigte Eitelkeit zu
bezahlen, da sie sich nur durch die von ihnen verausgabten Geld-
summen groß fühlen, mögen immerhin mit weitgeöffneten Ohren
und Augen hören und sehen, sie verstehen doch Nichts von wahrer

Poesie und Kunst. Auf sie üben die sogenannten positiven Inter=
essen eine zu mächtige, Alles absorbirende Gewalt, als daß sie sich
mit den ernsten Freuden der Entsagung, mit den Opfern, welche
die Ehre fordert und die Begeisterung verschönt, mit der edlen Ver=
achtung irdischer Glücksgüter, genug mit all den Gefühlen bekannt
machten, welche die Poesie und Kunst nähren; auch wenn sie sich
nicht mehr der aus ihren Rechnungsbüchern gelernten Vorsichts=
maßregeln erinnern. Von ihnen werden Dichter und Künstler nur
in einer sie herabsetzenden Weise zu niederem Vortheil ausgebeutet.

Da nun der vom Thron ausgehende Sonnenstrahl vielleicht nie=
mals zu ihnen den Weg findet, da der Goldregen, den die Bank=
noten ausstreuen, die Muse einschläfert, was Wunder, wenn in dieser
Voraussicht Künstler und Dichter, statt ihre Offenbarungen den
Verständnislosen zu künden, es oftmals vorzogen, Hunger und Frost
zu leiden an Leib und Seele und in unfruchtbarer Einsamkeit zu
verharren; ihrer eigensten Natur zum Trotz, die des Lichtes und
der Wärme, eines Echos und Wiederscheins bedarf, soll sie Glauben
an sich selber gewinnen? Was Wunder, wenn sie lieber Shakespeare's
oder Camoëns' Loos erwählten, statt die Narren vergeblicher Hoff=
nung, oder gleichgültiger Bewunderung zu sein, oder auch statt im
Materialismus unterzugehen? Kann Etwas Wunder nehmen, so ist
es sicher die Thatsache, daß viele dieser Bevorzugten nicht also
handeln, daß sie sich vielmehr so weit erniedrigen, den Kerzenglanz
und das Einkommen eines Gaukler=Gewerbes einem einsamen Leben
und Sterben vorzuziehen! Ihre unselige Charakterschwäche nur trägt
Schuld daran. Die Einbildungskraft, die sie zu Künstlern macht,
treibt mit ihnen ihr verführerisches Spiel, indem sie sie bald in den
Himmel erhebt, bald inmitten höfischer Pracht, bald im Luxus der
hohen Finanzwelt verweilen läßt und so von ihrem wahren Berufe
ablenkt.

Ein richtiges Vorgefühl leitete den Grafen Joseph de Maistre,
als er den „aufgeklärten Aristokraten" als geeigneten Richter im Reiche
des Schönen bezeichnete. Nur ließ er seinen Gedanken unvollständig.
Die Aristokratie als solche hat keineswegs die sociale Aufgabe, nach
englischer Weise Glossen über Homer, Monographien über diesen

vergessenen arabischen Dichter oder jenen wiederaufgefundenen Trou-
babour zu verfassen; oder gründliche Studien über Phidias, Apelles,
Michel Angelo, Raphael, eingehende Nachforschungen über Josquin
des Près, Orlando di Lasso, Monteverde, Feo u. s. w. anzustellen.
Ihr Vorrecht besteht vielmehr darin, die ihre Zeit erfüllende Begeisterung, die dem gegenwärtigen Geschlecht eigenen Bestrebungen,
Schmerzen und Empfindungen, welche ihren ergreifendsten und weit-
tragendsten Ausdruck in den Accenten des Musikers oder Dramatur-
gen, den Visionen des Malers und Bildhauers finden, eigenhändig
zu leiten. Sie kann diese Leitung freilich nur in ihrer Hand behalten,
wenn sie zur wahren Vorsehung von Poesie und Kunst wird. Eben
darum aber auch dürfte sie die Protektion, die sie dem Künstler und
Dichter schuldet, nicht dem zufälligen Geschmack eines Jeden überlassen. Sie müßte Männer in ihrer Mitte haben, die nicht minder
als mit der Geschichte ihres Landes, ihrer Familie und verschiedener
Wissenschaften, mit der der schönen Künste, mit ihren Epochen und
Stilen, ihren Umwandlungen und Kämpfen vertraut wären, damit
dem vornehmen Mann bei der kürzesten Unterhaltung mit einem
Künstler nicht allerhand artistisch-orthographische Fehler, naive, gegen
Syntax und Grammatik schlimm verstoßende Betrachtungen ent-
schlüpfen; — eine Gefahr, der er gewöhnlich nur dadurch entgeht,
daß er sich hinter eine Unbedeutendheit verschanzt, die den Künstler
nur noch mehr reizt.

Eine geheiligte Tradition auch müßte es der Aristokratie zum
Gesetz machen, all' die kleinen, wohlfeilen künstlerischen Erzeugnisse,
welche in Form banaler Lieder, seichter Klavierkompositionen, bunter Photographien, schlechter Bilder und Skulpturen, gemalter,
steinerner, gesungener und gespielter Spielereien, zur Unehre der
Künstler selber fabricirt werden, zu verachten und, sie in niedrigere
Sphären verweisend, aus ihren Häusern zu verbannen, deren Por-
tal ein hundertjähriges Wappen schmückt. Eine verständige Tradition müßte es ihr zur Pflicht machen, sich nur in der edelsten Kunst-
richtung zu gefallen; nur die Dichter und Künstler zu beschützen,
welche die heldenmüthigsten und zartesten, die reinsten und selbst-
losesten Empfindungen, kurz Alles das zum Ausdruck bringen, was

die Seele in jene höheren, durchgeistigteren Regionen emporträgt,
die über den eigennützigen und epikuräischen Vorurtheilen erhaben
sind, welche die Pflege materieller oder specieller Interessen in anderen
Gesellschaftsklassen erweckt und nährt. Ja sogar in denen der Wissenschaft, wo die Leidenschaften nicht immer die Ungerechtigkeiten der
Reizbarkeit und die Gelüste ungezügelter Eitelkeit genügend zurück-
weisen, um zu den erhabeneren und reinen Sphären der hohen
Poesie und Kunst zu gelangen.

Ferner müßte die Aristokratie sich von dem thörichten Joch
der Mode frei machen, deren unedle Abkunft sie nicht zu kennen
vorgiebt und deren unnatürlichen Despotismus sie in ihren extra-
vaganten „Kostümen", ihren trivialen Belustigungen, ihren jeder
Vornehmheit baren Manieren, die keinen Unterschied mehr zwischen
ihr und dem „guten Bürger von Paris" erkennen lassen, ohne
Murren, ja mit Bereitwilligkeit erträgt. Sie müßte endlich, sich zu
der ihr zukommenden Höhe erhebend, ihr angeborenes Recht, „den
Ton anzugeben", wieder aufnehmen, um in der That den „guten
Ton" einzuführen, dessen Wesen es ist, Achtung und Ehrerbietung
vor denjenigen einzuflößen, die zu denken und zu urtheilen ver-
stehen; gleichzeitig aber Panurg's großer Schafherde von Salon-
Nullen, denen bereitwillige Bewunderer und einträgliche Renten zu
Gebote stehen, eine Richtschnur zu geben.

Doch wäre es bei Chopin auch anders gewesen, als es thatsächlich der Fall war, hätte er in jenen berühmten Salons, wo nur
der gute Geschmack herrschen soll, in jenen höchsten Kreisen, deren
Glieder sich einbilden, aus anderem Thon als die übrigen Sterblichen geformt zu sein, das ihm gebührende volle Maß von Huldigungen und Bewunderung empfangen; hätte er, wie so viele Andere, vor
allen Nationen, in allen Zonen seine glänzenden Triumphe gefeiert;
wäre er von Tausenden gerührter Zuhörer statt nur von Hunderten
gekannt und anerkannt worden: wir würden uns doch nicht bei diesem
Theil seiner Laufbahn aufhalten, um deren Erfolge aufzuzählen.

Was gelten Blumen dem, dessen Stirn nach unsterblichem
Lorbeer verlangt? Vorübergehende Sympathien, gelegentliche Lob-
spenden sind kaum des Nennens werth Angesichts eines Grabes, das

reicheren Ruhm erheischt. Chopin's Schöpfungen sind berufen, fernen Völkern und Zeiten die Freuden und Tröstungen, all' die wohl- thuenden und erhebenden Empfindungen zuzuführen, welche die Werke der Kunst in den leidenden und kranken oder gläubig ausharrenden Gemüthern erwecken, denen sie gewidmet sind. Sie bilden solcher- gestalt ein stetes Band zwischen den höher angelegten Naturen, die, in welcher Epoche oder in welchem Erdenwinkel sie auch lebten, von ihren Zeitgenossen in ihrem Schweigen wie in ihrem Reden miß- verstanden wurden.

„Es giebt verschiedene Kränze", sagt Goethe; „es giebt selbst solche, die man bequem während eines Spazierganges pflücken kann!" Diese können wohl für einige kurze Augenblicke durch ihre balsa- mische Frische entzücken; doch dürfen wir sie nicht mit denen ver- gleichen, die Chopin durch unablässige Arbeit, durch ernste Kunstliebe und schmerzliches Durchleben der so schön von ihm dargestellten Gemüthsbewegungen sich mit schweren Mühen erworben hat. Nicht mit kleinlicher Gier trachtete er nach jenen billigen Kränzen, mit denen Mancher von uns sich bescheiden genug brüstet. Als ein reiner, groß- sinniger, guter und mitfühlender Mensch, den die edelste aller irdischen Empfindungen: die Vaterlandsliebe, beseelte, hat er gelebt; als ein geweihter Schatten alles dessen, was Polen an Poesie besitzt, wandelte er unter uns; — darum hüten wir uns, seinem Gedächtnis die gebüh- rende Ehrerbietung schuldig zu bleiben! Nicht Gewinde künstlicher Blumen laßt uns ihm flechten! Nicht vergängliche Kränze niederlegen auf sein Grab! Erheben wir unsere Gefühle Angesichts dieses Sarges!

Wir Alle, die wir zum Künstlerthum von Gottes Gnaden be- rufen, zu Verkündern des ewig Schönen von der Natur auserwählt wurden, die wir durch Eroberungs-, wie durch Geburtsrecht unsres geweihten Amtes walten, sei es daß unsere Hand den Marmor oder die Bronze gestaltet, daß sie den glanzvollen Pinsel oder den schwar- zen Stichel führt, der langsam seine Linien für die Nachwelt ein- gräbt, sei es daß sie über die Tasten gleitet oder mit dem Dirigen- tenstab den Orchestermassen gebietet, daß sie den Urania entliehenen Kompas des Architekten, oder Melpomene's blutgetränkte Feder, oder Polyhymniens thränenfeuchte Rolle, oder die von Wahrheit und

7 *

Gerechtigkeit gestimmte Leier Klio's hält: lernen wir von ihm, den wir nun verloren, Alles von uns zu weisen, was nicht den höchsten Bestrebungen der Kunst gilt, und unsere ganze Kraft auf Ziele zu richten, die die Woge des Tages nicht spurlos hinwegspült! Entsagen wir in der traurigen Zeit künstlerischer Seichtheit und Verderbtheit, in der wir leben, auch für uns selber Allem, was der Kunst unwürdig ist, was nicht die Bedingungen der Dauer, Nichts vom Wesen der ewigen idealen Schönheit in sich trägt, deren leuchtenden Glanz die Kunst zu verbreiten hat, damit sie selber leuchte und glänze!

Gedenken wir des alten Gebetes der Dorier, dessen einfache Formel von so frommer Poesie erfüllt war, wenn sie die Götter anflehten, ihnen „das Gute durch das Schöne" zu spenden! Anstatt uns so sehr zu mühen, die Menge anzuziehen und ihr um jeden Preis zu gefallen, bestreben wir uns lieber gleich Chopin, ein himmlisches Echo dessen, was wir empfunden, geliebt und gelitten, zurückzulassen! Lernen wir endlich von ihm und seinem Beispiel, uns das abzufordern, was der Kunst und uns selber in ihrem mystischen Reich zur Ehre gereicht; nicht aber, ohne Achtung vor der Zukunft, um die wohlfeilen Kränze der Gegenwart zu werben, die, kaum gesammelt, schon verwelkt und vergessen sind! . . .

Statt ihrer wurden die schönsten Palmen, die der Künstler bei Lebzeiten empfangen kann, durch gefeierte Kunstgenossen in Chopin's Hände gelegt. Enthusiastische Bewunderung ward ihm von einem noch ausschließlicheren Publikum als dem der musikalischen Aristokratie, deren Salons er besuchte, dargebracht. Es bestand aus einer Gruppe berühmter Namen, die sich vor ihm neigten, wie Könige verschiedener Reiche, welche sich versammeln, um Einen ihres Gleichen zu feiern, um in die Geheimnisse seiner Macht eingeweiht zu werden und die Herrlichkeit seiner Schätze und Lande, die Werke seiner Schöpfung zu betrachten. Sie zollten ihm voll und ganz den schuldigen Tribut. Wie konnte es in Frankreich auch anders sein, das mit so feinem Takt den Rang seiner Gäste unterscheidet?

Die hervorragendsten Geister von Paris begegneten sich häufig in Chopin's Salon. Wenn auch nicht in jenen periodisch wiederkehrenden phantastischen Künstlervereinigungen, wie sie die müßige

Einbildungskraft gewisser ceremoniös gelangweilter Zirkel sich vor-
stellt und wie sie doch nie existirten, da Frohsinn, Aufgelegtheit
und Begeisterung Niemandem und wohl am wenigsten dem wahren
Künstler zu festgesetzter Stunde kommen. Alle leiden sie ja mehr
oder weniger an der „heiligen Krankheit", verletztem Ehrgeiz, oder
menschlicher Ohnmacht, deren Betäubung und Lähmung sie erst
abschütteln, deren kalte Schmerzen sie vergessen müssen, um sich an
jenen Feuerwerkspielen zu zerstreuen, in denen sie sich vor Anderen
auszeichnen und die das Staunen der gaffenden Menge erregen,
wenn sie von Weitem ein buntes bengalisches Feuer, eine Flammen-
kaskade, eine phantastische Lichtgestalt erblickt, ohne doch den Geist
dieser Feste zu verstehen.

Leider sind Frohsinn und Aufgelegtheit auch bei Dichter und
Künstler dem Zufall unterworfen. Einige Bevorzugte unter ihnen
haben allerdings die glückliche Gabe ihr inneres Mißbehagen zu
überwinden, sei es um ihre Last leichter zu tragen und mit ihren
Reisegefährten über die Beschwerden des Weges zu scherzen, oder
sei es um eine milde Heiterkeit zu bewahren, die als Pfand der
Hoffnung und des Trostes die Traurigsten erhebt, die Muthlosesten
aufrichtet und ihnen, so lange sie in dieser linden Atmosphäre verweilen, eine Freiheit des Geistes verleiht, die um so leichter über-
schäumt, je mehr sie mit ihrer gewohnten Bekümmernis und Übel-
launigkeit kontrastirt. Doch die allzeit offenen und heiteren Naturen
sind Ausnahmen, sie bilden die schwache Minderheit. Die große Überzahl der mit Einbildungskraft Begabten, der allen Eindrücken leicht
Zugänglichen und dieselben künstlerisch Gestaltenden entzieht sich einer
sicheren Berechnung in allen Dingen, zumal bezüglich der Heiterkeit.

Chopin gehörte im Grunde weder zu denen, die beständig aufgelegt sind, noch zu denen, die die Aufgelegtheit Anderer anzuregen
wissen. Aber er besaß jene angeborene Grazie des polnischen Be-
willkommnens, die den, der Besuche empfängt, nicht allein den
Gesetzen und Pflichten der Gastfreundschaft unterwirft, sondern ihn
auch nöthigt, allen Rücksichten auf die eigene Person zu entsagen,
um sich den Wünschen und Neigungen seiner Gäste anzupassen.
Man kam gern zu ihm, weil man sich bei ihm wie von einem

Zauber umfangen und heimisch fühlte. Man fühlte sich aber so
wohl, weil er seine Gäste gleichsam zu Herren seines Hauses machte,
sich selbst und Alles, was er besaß, zu ihren Diensten stellte. Er
that dies mit jener rückhaltlosen Freigebigkeit, die selbst der einfache
Bauer slawischer Rasse nicht verleugnet, wenn er, eifriger noch als
der Araber unter seinem Zelt, Gäste in seiner Hütte bewirthet und
das, was seinem Empfang an Glanze abgeht, durch einen Sinn-
spruch ersetzt, den auch der Reiche nach dem üppigsten Gastmahl nie
zu wiederholen versäumt: »Czym bohat, tym rad!« Vier Worte,
deren Sinn dahin lautet: „Mein ganzer bescheidener Besitz gehört
Euch!"[1] Dieser Spruch wird mit der eigenen nationalen Anmuth
und Würde von jedem Hausherrn, der die umständlichen aber
romantischen Gewohnheiten der alten polnischen Sitten beibehält,
zu seinen Gästen gesprochen.

Kennt man die gastfreundlichen Gebräuche seines Vaterlandes,
so giebt man sich besser von alledem Rechenschaft, was unseren
Zusammenkünften bei Chopin die Ungezwungenheit und geistige Be-
lebtheit gab, die keinen faden oder bitteren Nachgeschmack hinterläßt
und keine Reaktion übler Laune hervorruft. Obgleich er sich schwer
von der Gesellschaft heranziehen ließ und noch weniger geneigt war,
sie zu empfangen, legte er eine liebenswürdige Zuvorkommenheit an
den Tag, wenn man ihn in seinem Hause aufsuchte. Während er
sich scheinbar um Niemanden bekümmerte, gelang es ihm, Jeden auf
die ihm angenehmste Weise zu beschäftigen und ihm einen Beweis
seiner Höflichkeit und Dienstfertigkeit zu geben.

Es galt eine fast misanthropische Abneigung zu überwinden,
bevor man Chopin dahin vermochte, sein Haus und sein Klavier
wenigstens seinen nächsten Freunden zu öffnen, die ihn dringend
darum angingen. Mehr als Einer der Betheiligten erinnert sich

---

[1] Der Pole behält in seinem Höflichkeitsformular die Übertreibungen der
orientalischen Sprache bei. Die Titel „sehr mächtiger" und „sehr erleuchteter Herr"
(Jasnie Wielmożny, Jasnie Oswiecony Pan) sind noch jetzt gebräuchlich. Im
Gespräch redet man einander mit „Wohlthäter" (Dobrodzij) an, und der übliche
Gruß zwischen Männern oder Mann und Frau lautet: „Ich lege mich zu Ihren
Füßen" (padam do nóg). Dagegen ist der des Volkes von antiker Feierlichkeit und
Einfachheit: „Ehre sei Gott!" (Slawa Bohu.)

ohne Zweifel noch der erſten, troß ſeines Sträubens bei ihm im-
proviſirten Abendgeſellſchaft, als er noch in der Chaussée-d'Antin
wohnte. Sein Zimmer, darin man ihn plötzlich überfiel, war nur von
einigen Kerzen erleuchtet, die an einem Pleyel'ſchen Flügel brannten,
welche Inſtrumente er wegen ihres ſilbernen, ein wenig verſchleierten
Klanges und leichten Anſchlags beſonders liebte. Ihm entlockte er
Töne, die einer jener Harmonikas anzugehören ſchienen, welche die
alten Meiſter durch Vermählung von Kryſtall und Waſſer ſo ſinnreich konſtruirten und deren poetiſches Monopol das romantiſche
Deutſchland bewahrt.

Die dunkel gelaſſenen Ecken ſchienen den Raum bis ins Grenzen-
loſe auszudehnen; es war als ob er in der Finſternis zerflöſſe. Im
Halbdunkel ſah man ein mit weißlicher Hülle bekleidetes Möbel
unbeſtimmter Form ſich aufrichten wie ein Geiſt, der herbeigekommen, um den Tönen, die ihn riefen, zu lauſchen. Das um den
Flügel koncentrirte Licht fiel auf das Parket. Gleich einer ſich
ergießenden Welle glitt es darüber hin und vereinigte ſich dem un-
unruhigen Leuchten des Kaminfeuers, das zuweilen in rothgelben
Flammen aufflackerte und ſich zur Geſtalt neugieriger Gnomen zu
verdichten ſchien, die die Laute ihrer Sprache herbeilockten. Ein
einziges Portrait, das eines Pianiſten, eines ſympathiſchen und
bewundernden Freundes, der diesmal gegenwärtig war, nur ſchien
eingeladen, der beſtändige Zuhörer der auf- und abflutenden Töne
zu ſein, die ſingend und träumend, ſeufzend und grollend auf den
Taſten des Inſtrumentes erſtarben, neben dem es ſeinen Platz hatte.
Durch ein geiſtreiches Spiel des Zufalls ſtrahlte der Spiegel, um
es vor unſern Augen zu verdoppeln, nur das ſchöne Oval und die
Seidenlocken der Gräfin d'Agoult wieder, die ſo viele Maler kopir-
ten und die auch der Kupferſtich für die Verehrer ihrer eleganten
Feder vervielfältigte.

In dem Lichtkreiſe rings um den Flügel unterſchied man mehrere
Köpfe von außergewöhnlicher Bedeutung. Heine, der trübſinnigſte
aller Humoriſten, lauſchte mit dem Antheil eines Landsmannes
Chopin's Erzählungen über das geheimnisvolle Land, in dem auch
ſeine ätheriſche Phantaſie gern verweilte und deſſen liebliche Gefilde

sie durchstreift hatte. Chopin und er verstanden sich mit wenig
Worten und Tönen. Der Musiker beantwortete in seiner Sprache die
leise gestellten Fragen des Dichters nach den unbekannten Regionen,
von denen er Kunde begehrte; nach der „lächelnden Nymphe“, von
der er hören wollte, ob sie „noch immer ihr grünliches Haar so
reizvoll kokett mit dem Silberschleier umhülle?“ Vertraut mit dem
Geplauder und der galanten Chronik jenes Reichs, verlangte er zu
wissen, „ob der Meergott mit langem weißen Bart die widerspenstige
Najade noch immer mit seiner lächerlichen Liebe verfolge?“ Bekannt
mit all' der feenhaften Herrlichkeit, die man „da unten“ schaut, fragte
er: „ob die Rosen dort noch immer in so feuriger Pracht erglühten,
ob die Bäume im Mondenschein noch immer so harmonisch rauschten?“

Chopin antwortete. Nachdem sie sich lange und vertraulich von
den Reizen dieses luftigen Reiches unterhalten, versanken sie in trübes
Schweigen, vom Heimweh übermannt, das Heine heimsuchte, als er
sich dem holländischen Kapitän des „Geisterschiffes“ verglich, das mit
seiner Mannschaft ewig umhertreiben muß auf den kalten Wogen.
„Vergebens nach den Gewürzen, den Tulpen, Hyacinthen, Meer-
schaumpfeifen und chinesischen Porzellantassen sich sehnend, ruft er
aus: „„Amsterdam, Amsterdam! Wann sehen wir dich wieder?““
während der Sturm im Takelwerk heult und ihn bald dahin, bald
dorthin wirft über dem wässerigen Höllenschlund.“ — „Ich begreife“,
fügt Heine hinzu, „die Verzweiflung, mit der der unglückliche Kapitän eines Tages in die Worte ausbrach: „„O, sollte ich je nach
Amsterdam zurückkehren, so will ich lieber ein Prellstein an einer
seiner Straßenecken werden, als diese Straßen jemals wieder verlassen!““ Armer van der Decken! Sein Ideal war Amsterdam!“...

Heine glaubte auf Haaresbreite die Leiden und Erfahrungen
des „armen van der Decken“ während seiner end- und rastlosen Fahrt
über den Ocean zu kennen, der seine Krallen in das unverwüstliche
Gewände seines Schiffes hineingrub und es festgebannt hielt an
seinen schwankenden Grund mit unsichtbarem Anker, dessen Kette der
kühne Seemann nicht zu finden und zu zerbrechen vermochte. War
der satyrische Dichter aufgelegt, so erzählte er uns von den Schmerzen und Hoffnungen, den verzweifelten Qualen der Unglücklichen,

die dies unselige Schiff bewohnten. Er selbst hatte ja seine fluch-
beladenen Planken unter Führerschaft einer verliebten Undine betreten,
die an Tagen, wo der Gast ihres Korallenhains und Perlmutter-
palastes sich noch mürrischer und beißender als gewöhnlich vom
Lager erhob, ihm zur Erheiterung irgend ein Schauspiel bot, das
dessen würdig war, der reichere Wunder noch zu träumen verstand
als ihr Königreich umschloß.

Von solch gefeitem Kiele getragen, durchschifften Heine und
Chopin gemeinsam die Polarkreise, wo das Nordlicht, die strahlende
Leuchte der langen Nächte, seinen weiten Lichtkreis in den riesigen
Stalaktiten des ewigen Eises spiegelt; die Tropen, wo während der
kurzen Dunkelheit des Zodiakallichts wundersamer Glanz den brennenden Sonnenschein ersetzt. Sie durchzogen im Fluge die Breiten, wo
das Leben verkümmert und wo es sich rasch verzehrt, und lernten unter-
wegs all' die Himmelswunder kennen, welche die Bahn der Seefahrer
bezeichnen, die kein Hafen erwartet. Von ihrem steuerlosen Schiffe aus
betrachteten sie die zahllosen Sternbilder, von den beiden Bären, die
den nördlichen Himmel beherrschen, bis zu dem prächtigen Kreuz des
Südens, hinter dem sich zu Häupten und Füßen die Wüste des Süd-
pols zu dehnen beginnt, die dem Auge nur noch einen öden, licht-
losen Himmel über uferlosen Meeresfluten zeigt. Zuweilen verfolgten
sie die flüchtigen Spuren der Sternschnuppen, dieser Leuchtkäfer des
Himmels, am azurnen Gewölbe; oder die Kometen mit ihrer unbe-
rechenbaren Bahn, deren fremdartigen Glanz man fürchtet und deren
einsamer Irrwandel doch so traurig und harmlos ist. Sie schauten
Aldebaran, dies ferne Gestirn, das, wie ein feindselig funkelndes
Auge, unserem Erdball aufzulauern scheint, aber ihm doch nicht zu
nahen wagt, und wiederum die strahlenden Plejaden, die dem fragenden Blick einen freundlich tröstenden Lichtgruß wie eine räthsel-
hafte Verheißung herniedersenden.

Alles das hatte Heine in wechselnder Mannigfaltigkeit geschaut.
Und dazu noch vieles Andere, wovon er uns in dunklen Gleichnissen
berichtete. Der rasenden Kavalkade der Herodias hatte er beige-
wohnt und an Erlkönigs Hofe Zutritt gehabt; er hatte manch'
goldenen Apfel im Garten der Hesperiden gepflückt und verkehrte

vertraulich an all' den Orten, die dem Sterblichen nur zugänglich
sind, wenn ihm eine Fee zur Pathin geworden, welche es sich zur
Lebensaufgabe macht, die bösen Mächte in Schach zu halten und
die Kleinodien ihres Zauberschreins über ihn auszustreuen. Da er
Chopin häufig von seinen Streifereien im übernatürlichen Reich der
Poesie unterhielt, wiederholte uns dieser seine Gespräche und Schil=
derungen, offenbarte uns das Vernommene, und Heine ließ ihn ge=
währen und vergaß unsere Gegenwart, während er ihm lauschte.

An jenem Abend, von dem wir sprechen, saß an Heine's Seite
Meyerbeer, für den alle Ausdrücke der Bewunderung schon längst
erschöpft sind. Er, der Urheber harmonischer Cyklopenbauten, konnte
stundenlang mit Wohlgefallen dem leichten Spiel der Arabesken
folgen, die Chopin's Gedanken wie mit durchsichtigem Blondenschleier
umhüllten.

Etwas entfernter saß Adolf Nourrit, der edle, enthusiastische und
doch so strenge Künstler. Ein aufrichtiger, ja fast ascetischer Ka=
tholik, träumte er mit der Inbrunst eines mittelalterlichen Meisters
von einer Zukunft der Kunst, die das Schöne in all' seiner Reinheit
wiedergestalten und verherrlichen sollte. Während seiner letzten Le=
bensjahre verweigerte er bei allen Werken oberflächlicher Art seine
Mitwirkung, um in keuscher und begeisterter Andacht der Kunst zu
dienen, deren mannigfache Manifestationen er stets wie ein heiliges
Tabernakel betrachtete, „dessen Schönheit in der Wahrheit beruht".
Heimlich unterwühlt von einer melancholischen Leidenschaft für das
Schöne, schien auf seiner marmorbleichen Stirn schon der verhäng=
nisvolle Schatten zu lagern, über den leider immer erst die aus=
brechende Verzweiflung die Menschen aufklärt, die so neugierig nach
den Geheimnissen des Herzens forschen und sie doch so wenig zu
errathen vermögen.

Auch Hiller war zugegen. Seine Begabung war der der da=
maligen Neuerer, insbesondere Mendelssohn verwandt. Wir kamen
häufig bei ihm zusammen. Indeß er seine später veröffentlichten
großen Kompositionen, als erste derselben sein bemerkenswerthes Ora=
torium „Die Zerstörung Jerusalems" vorbereitete, schrieb er die
Klavierstücke: »Fantômes«, »Reveries« und seine Meyerbeer gewid=

meten vierundzwanzig Etüden. In ihrem kraftvollen Entwurf und
ihrer vollendeten Zeichnung erinnern diese Letzteren an jene Baum-
schlagstudien, in denen die Landschaftsmaler oft ein ganzes kleines
Idyll von Licht und Schatten durch einen einzigen Baum, ein
Haidekraut, ein Büschel Waldblumen oder Moose, ein einziges glücklich behandeltes Motiv flüchtig hinwerfen.

Eugène Delacroix, der Rubens der damaligen romantischen
Schule, stand verwundert und in sich gekehrt vor den Erscheinungen,
welche die Luft ringsum erfüllten und deren leise Berührung man
zu spüren vermeinte. Fragte er sich, welche Palette, welche Pinsel
und Leinwand er wählen müsse, um ihnen das Leben seiner Kunst
zu leihen? Ob er dazu wohl einer von Arachne gewebten Leinwand,
eines aus den Augenwimpern einer Fee gefertigten Pinsels, einer
mit dem Farbenduft des Regenbogens bedeckten Palette bedürfe?
Lächelte er über sich selbst bei solchen Gedanken, oder gefiel es ihm,
sich ganz dem Eindruck, der sie hervorrief, hinzugeben, da auch er,
gleich andern großen Talenten, sich gerade durch die mit ihm kon-
trastirenden Erscheinungen angezogen fühlte?

Mit finster schweigendem Ernst und marmorner Bewegungs-
losigkeit hörte der bejahrte Niemcewicz, der unter uns Allen dem Grab
am nächsten zu stehen schien, seinen eigenen „historischen Gesängen"
zu, die Chopin für ihn, den zurückgebliebenen Zeugen einer vergangenen Zeit, mit dramatischem Leben beseelte. In den volksthümlichen Versen des polnischen Barden hallen Waffenlärm, Siegeslieder,
festliche Hymnen, Wehklagen erlauchter Gefangenen, Preisgesänge
gefallener Helden wieder. Sie rufen vereint eine lange Reihe von
Ruhmesthaten und Siegen, von Königen, Königinnen, Hetmans
in die Erinnerung zurück — und vor dem Geiste des Greises ent-
schwand die Gegenwart wie ein Trugbild, er glaubte die Vergangenheit wieder auferstanden, so belebt erschienen ihre Schatten unter
Chopin's Händen! —

Von den Andern getrennt, düster und stumm, hob sich Mickiewicz' unbewegliche Silhouette ab. Dem Dante des Nordens dünkte
stets „bitter das Salz der Fremde und ihre Stufen schwer zu er-
klimmen." Umsonst mochte ihn Chopin an »Grażyna« und »Wallen-

rod« mahnen — dieser „Conrad" blieb anscheinend taub für seine
schönen Melodien; seine Gegenwart allein bezeugte, daß er sie verstand.
Mehr, so meinte er mit Recht, dürfe Niemand von ihm verlangen.

Mit aufgestütztem Arm in einen Sessel zurückgelehnt, sah man
Frau George Sand, in regster Aufmerksamkeit gefesselt. Auf Alles,
was sie hörte, verbreitete sich der Wiederschein ihres feurigen Genius,
dem die nur wenigen Auserwählten verliehene Fähigkeit gegeben war,
in allen Gestaltungen der Kunst und Natur das Schöne herauszuerkennen. War dies vielleicht jenes Hellsehen (seconde vue), dessen
höhere Kräfte alle Nationen in inspirirten Frauen erkannten? Jener
Zauberblick des geistigen Auges, vor dem alle Schalen und Hüllen
der Contour herabfallen, um die darin inkarnirte Seele des Dichters,
das Ideal, das der Künstler in Tönen oder Farben, in Marmor
oder Stein, in Liedern oder Dramen heraufbeschwor, in seiner innersten Wesenheit zur Anschauung zu bringen? Die Meisten von
denen, die sie besitzen, ahnen diese Gabe kaum, deren höchste Offenbarung sich durch eine Art divinatorischen Orakels bezeugt, das der
Vergangenheit bewußt, die Zukunft prophetisch kündet. Weit weniger
verbreitet, als man annehmen möchte, enthebt sie die von ihr erleuchteten Naturen der lästigen Bürde technischen Wissens, mit der
Andere mühselig zu den geheimen Regionen empordringen, die sie
im ersten Anlauf erreichen. Weniger dem Studium der Geheimnisse
wissenschaftlicher Analyse als dem vertrauten Verkehr mit den wun-
derreichen Synthesen der Natur und Kunst dankt diese Fähigkeit
ihren Aufschwung.

Im intimen Umgang mit der Schöpfung, der den eigentlichsten
Reiz des Landlebens bildet, gewinnt man der Natur und zugleich
der Kunst die Lösung der Räthsel ab, die sie in der unendlichen
Harmonie ihrer Linien, Töne und Lichter, ihres Donners und Säu-
selns, ihrer Lust und ihrer Schrecken birgt. Unternimmt es der
Muth, der vor keinem Geheimnis, keiner Schwierigkeit zurückbebt,
der Fülle dieser Erscheinungen nachzuforschen, so gelingt es zuweilen,
diesen Verwandtschaften und Gleichförmigkeiten, den Wechselbezie-
hungen zwischen unseren Sinnen und Empfindungen auf die Spur zu
kommen und gleichzeitig mit den verborgenen Bändern, welche das

Verwandte und doch Unähnliche, das Gleiche und doch Wider-
sprechende mit einander verknüpfen, auch die Abgründe zu erkennen,
die durch eine schmale aber unüberschreitbare Kluft von einander
trennen, was sich nahen, aber nicht vereinen, gleichen, aber nicht
vermischen soll. Frühzeitig die leisen Stimmen der Natur zu vernehmen, durch welche sie ihre Lieblinge in ihre Mysterien einweiht,
ist des Dichters beneidetes Vorrecht. Von ihr aber gelernt zu haben,
auch in die Träume des Menschen einzudringen, wenn er auf seine
Weise den Schöpfer spielt und ihr in seinen Werken die Töne des
Schreckens und der Lust ablauscht, ist eine noch seltenere Gabe,
welche die Dichterin, vermöge eines zwiefachen Rechts: den Instinkt
ihres Herzens und ihres Genius, besitzt.

Nachdem wir diejenige genannt, deren energische Persönlichkeit
und zaubermächtiges Wesen der schwachen und zarten Natur Chopin's
eine Bewunderung einflößte, die ihn verzehrte. — gleichwie zu feuriger Wein das zerbrechliche Gefäß zerstört, darin er aufbewahrt wird
— wollen wir keine anderen Namen mehr aus dem Vorhimmel der
Vergangenheit heraufrufen, den so viele unbestimmte Bilder und
Sympathien, so viele unsichere Pläne und Hoffnungen umschweben
und in dem Jeder von uns die Züge eines ohne Lebensfähigkeit
geborenen Gefühls erkennen könnte. Ach! wie viele von all' den
Interessen, Bestrebungen und Wünschen, Neigungen und Leidenschaften, die eine Epoche erfüllen, während welcher der Zufall mehrere
hochgeartete Geister zusammenführte, tragen denn genügende Lebenskraft in sich, um die mannigfachen Vernichtungsgefahren siegreich
zu überwinden, wie sie die Wiege einer jeden Idee, eines jeden Gefühls, eines jeden Individuums umstehen? Wie Viele sind ihrer
denn, auf die nicht zu irgend einer Zeit ihres längeren oder kürzeren
Daseins das traurige Wort Anwendung gefunden hätte: „Wohl
ihm, wenn er gestorben, und noch mehr, wenn er nie geboren wäre!"
Wie viele von all' den Empfindungen, die ein edles Herz höher
schlagen ließen, verfielen denn nicht diesem grausamen Fluche? Es
giebt vielleicht keinen Einzigen, der, wenn seine Asche sich wieder
belebte und er emporstieg aus seinem Grabe, um, wie der als Selbst-
mörder gefallene Liebhaber im Gedicht von Mickiewicz, am Aufer-

stehungstage sein Leben von Neuem zu beginnen und seine Leiden
noch einmal zu erdulden, ohne Wundenmale und Verstümmelungen
erscheinen würde, die seine ursprüngliche Schönheit und Reinheit ent=
stellten und befleckten.

Wie Viele aber fänden sich wohl unter diesen wiederkehrenden
Schatten, deren Schönheit und Reinheit bei ihren Lebzeiten solch'
mächtigen Zauber und himmlischen Glanz ausstrahlten, daß sie nicht
fürchten müßten, nach ihrem Tode von denen verleugnet zu werden,
deren Freude und Qual sie gewesen? Welch' unabsehbare Leichen=
schau müßte man anstellen, um Alle einzeln aufzurufen und ihnen
Rechenschaft abzufordern über das Gute und Böse, was sie an den
sie bereitwillig aufnehmenden Herzen Anderer und an deren Welt
gethan, die sie verschönten oder verunstalteten, verherrlichten oder
verwüsteten, je nach ihrer Laune Spiel!

Wenn aber unter den Menschen, die diese Gruppen bildeten,
von denen jeder Einzelne die Aufmerksamkeit Vieler auf sich zog und
in seinem Gewissen den Sporn großer Verantwortlichkeit trug, Einer
ist, der diese Ausstrahlungen vereinter Geister vor Vergessenheit be=
wahrte, der, alles Unreine aus seinem Gedächtnis verbannend, der
Kunst nur das unberührte Erbtheil seiner heiligsten Empfindungen
hinterließ, so erkennen wir in ihm einen jener Auserwählten, deren
Existenz die Volkspoesie durch den Glauben an gute Geister be=
stätigt. Wird, wenn sie solchen den Menschen zugethanen Wesen eine
höhere Natur als den gewöhnlichen zuschreibt, dies nicht durch einen
Ausspruch des großen italiänischen Dichters Manzoni bekräftigt, der
in dem Genius ein „stärker ausgeprägtes Stempel der Göttlichkeit"
erblickt? Beugen wir uns denn vor Allen, die mit dem mystischen
Siegel gezeichnet sind; aber bringen wir vornehmlich denen unsere
Liebe und Verehrung dar, die wie Chopin ihre Überlegenheit nur
dazu anwandten, den schönsten Empfindungen Leben und Ausdruck
zu verleihen!

ine natürliche Neugier wendet sich dem äußeren Leben hervorragender Menschen zu, deren Denken und Empfinden in Werken der Kunst Gestalt gewonnen, in denen es nun meteorengleich vor den Augen einer erstaunten und entzückten Menge strahlt.

Gern überträgt diese letztere die von ihnen erregten bewunderungsvollen und sympathischen Eindrücke auf ihre Namen, die sie alsbald vergöttert und zum Symbol der Vornehmheit und Größe machen möchte, in der Voraussetzung, daß die, welche so reine schöne Gefühle ausgesprochen, überhaupt keiner anderen fähig seien. Diesem freundlichen Wohlwollen, dieser vorgefaßten günstigen Meinung aber verbindet sich nothwendig das Bedürfnis, sie durch das Leben derer, auf welche sie sich beziehen, gerechtfertigt zu sehen. Wenn man in den Werken des Dichters seinen seelenvollen Schilderungen der zartesten und verschwiegensten Empfindungen folgt, wenn man seinen Genius belauscht, wie er, große Situationen beherrschend, sich ruhig über der Menschen Schicksale erhebt, die Verschlingungen der scheinbar unentwirrbarsten Knoten löst und über alle Größen und Katastrophen der Welt sich zu höchsten Höhen emporschwingt, wenn man ihn mit dem Geheimnis der ganzen Gefühlsskala und ihren Modulationen vertraut sieht: so liegt die Frage wohl nahe, ob diese staunenswerthe Divination das Wunder des aufrichtigen Glaubens an diese Gefühle, oder vielmehr eine geschickte Abstraktion des Gedankens, ein Spiel des Geistes ist?

Man fragt und forscht unwillkürlich, worin das Dasein dieser in den Dienst des Schönen gebannten Menschen sich von dem des gemeinen Haufens unterschied? Wie sich der dichterische Stolz in ihnen bewährte, sobald er mit der Prosa des Lebens und den materiellen Interessen in Widerstreit geriet? Ob die Liebesgefühle, von denen der Dichter singt, sich in Wahrheit rein erhielten von der Bitterkeit und Eigensucht, die sie gemeinhin vergiften? Ob sie nichts von Flüchtigkeit und Unbestand gewußt, die sie im alltäglichen Leben so häufig des Werthes berauben? Man begehrt zu wissen, ob sie, die so gerechte Entrüstung empfunden, selbst allzeit gerecht gedacht? Ob sie, die die Unbestechlichkeit priesen, niemals ihr eigenes Gewissen verhandelten? Ob sie, die die Ehre feierten, sich nie verzagt gezeigt? Ob sie, die die Tapferkeit so bewundernswerth schilderten, nie ihrer eigenen Schwäche im Stillen gedachten?

Viele haben ein Interesse daran, die Verträge zu kennen, die auf Kosten von Ehre, Redlichkeit und Zartgefühl, zu Gunsten ehrgeiziger Bestrebungen und materiellen Gewinns von denen geschlossen wurden, denen die schöne Aufgabe zufiel, unseren Glauben an edle und große Gefühle aufrecht zu erhalten, indem sie denselben, auch wenn ihnen anderwärts keine Zuflucht mehr bliebe, in der Kunst eine dauernde Stätte bereiten. Denn Vielen dienen ja diese traurigen Verträge, welchen sich Geister unterwerfen, die das Erhabene so hehr darzustellen, das Niederträchtige so zu brandmarken wissen, als unwiderleglicher Beweis dafür, daß es Unmöglichkeit oder Thorheit wäre, dieselben von sich zu weisen. Sie machen diesen Beweis zur willkommenen Grundlage ihrer Behauptung, daß derlei Übereinkünfte zwischen dem Edlen und Unedlen, zwischen dem Großen und Armseligen, dem Häßlichen und dem sittlich Schönen von der Schwachheit unseres Wesens und der zwingenden Macht der Dinge unzertrennlich sind, da sie zugleich aus der Natur der Menschen und der Dinge hervorgehen.

Bieten nun unselige Beispiele den „Realisten" in der Moral eine beklagenswerthe Stütze für ihre lächerlichen Behauptungen, wie schnell sind sie dann damit fertig, die schönsten Eingebungen des Dichters als eitle Truggebilde zu bezeichnen! Wie überweise dünken sie sich, wenn sie die kluge Lehre von einer honigsüßen und doch rohen Heuchelei, von einem beständigen geheimen Zwiespalt zwischen Worten und Thaten predigen! Mit welch' grausamer Freude führen sie diese Beispiele den Schwachen und Schwankenden vor, deren jugendliche Bestrebungen oder abnehmende Kraft sich, Dank einer bessern Überzeugung, noch solchem Vertrag zu entziehen suchen! Wie tief entmuthigend aber wirkt es auf diese Letzteren, wenn sie bei jeder durch eine Wendung des Lebenswegs bedingten Entschei- dung oder Lockung daran gemahnt werden, daß die, welche dem Schönen, Guten und Wahren so ganz hingegeben schienen, doch in ihren Thaten den Gegenstand ihres Kultus und ihrer künstlerischen Begeisterung verleugneten! Müssen sie Angesichts solch' schreiender Widersprüche nicht peinvolle Zweifel ergreifen?

Am schmerzlichsten freilich wohl berührt der bittere Spott, der sich über ihre Qualen ergießt, wenn jene Anderen, die Kunst lästernd und verneinend sagen: „Poesie ist Etwas, was sein könnte, aber nicht ist!" Und doch! Die Gottheit bezeugt, jedes Gewissen wieder- holt es, die Gerechten erkennen, alle fühlenden Herzen empfinden es, alle Helden und Heiligen thun es kund: die Poesie ist nicht nur ein Schatten, den unsere Einbildungskraft in ungemessener Ver- größerung auf den luftigen Grund des Unmöglichen wirft. Poesie und Wirklichkeit, Dichtung und Wahrheit sind nimmermehr zwei unvereinbare Elemente, die nur neben einander hergehen, aber sich niemals durchdringen können! Zeugt doch selbst Goethe's Wort dafür, wenn er von einem zeitgenössischen Dichter sagt: „Er lebte dichtend und dichtete lebend." Goethe selbst war viel zu sehr Dichter, um nicht zu wissen, daß die Poesie ihren Daseinsgrund und ihre ewige Wahrheit in den schönsten Trieben des menschlichen Herzens findet. Das eben ist das Geheimnis, das der „olympische Greis" in seinen alten Tagen „hineingeheimnißte" in sein mächtiges Faust- gedicht, dessen letzte Scene uns zeigt, wie die Poesie, die durch die Einbildungskraft entfesselt, sich den Erdball gewinnt, durch die Phantasie emporgetragen, alle Gebiete der Geschichte beherrscht, in himmlische Sphären zurückkehrt, von der Wahrheit der Liebe und des Leids, der Buße und Fürbitte geleitet.

Wir haben früher einmal an anderer Stelle ausgesprochen: „Nicht minder als der Adel verpflichtet das Genie"[1]). Heute möchten wir sagen: „Mehr als der Adel noch verpflichtet das Genie". Denn der Adel ist wie Alles, was von Menschen kommt, seiner Natur nach unvollkommen; das Genie dagegen würde wie alles von Gott Kommende naturgemäß vollkommen sein, wenn nicht eben der Mensch es unvollkommen machte. Er allein entstellt es und würdigt es herab, seinen Leidenschaften und Illusionen zu Gefallen. Der Genius hat seine Mission; schon sein Name besagt es, der an die himmlischen Wesen gemahnt, die zu Boten der Vorsehung ausersehen sind. Es ist nicht die Aufgabe des dem Künstler und Dichter verliehenen Genies, das Wahre zu lehren, das Gute zu gebieten. Einer göttlichen Offenbarung allein steht eine solche Macht zu, und eine edle Philosophie bringt sie dem menschlichen Verstand und Gewissen näher. Der Genius der Poesie und Kunst hat vielmehr die Mission, die Schönheit der Wahrheit vor der entzückten und erhobenen Einbildungskraft leuchten zu lassen; durch das Schöne zum Guten Alle anzuregen, die sich zu jenen hohen Regionen des sittlichen Lebens hingezogen fühlen, wo die Großmuth zur Freude, das Opfer zur Lust, der Heldenmuth zum Bedürfnis wird, wo das Mitleid an die Stelle der Leidenschaft tritt und die Liebe nichts fordert, da sie in sich selber genug zum Geben findet. Kunst und Poesie sind eben die Bundesgenossen von Offenbarung und Philosophie, und sie sind ihnen gerade so unentbehrlich, als der Glanz der Farben und die Harmonie der Töne es der vollkommenen Einheit der Natur sind.

Gleich dem Verkünder des Wahren und göttlich Guten, dem Dolmetscher des menschlichen Verstandes und Gewissens, soll auch der Vermittler des Schönen in Poesie und Kunst nicht allein durch die Werke seiner Intelligenz, seiner Einbildungskraft und Eingebung, sondern auch durch die Thaten seines Lebens handeln; er soll sein Singen und Sagen, sein Denken und Thun in Übereinstimmung bringen. Das schuldet er sich selbst, schuldet er seiner Kunst und

---

1) Über Paganini, nach seinem Tode.

Muse, dafern man seine Poesie nicht eine Truggestalt, seine Kunst nicht ein kindisches Spiel heißen soll. Das Genie des Dichters und Künstlers kann der Poesie und Kunst nur dann wirkliche Wahrheit und Majestät verleihen, wenn sich ihren höchsten und reinsten Bestrebungen die Fruchtbarkeit des Beispiels gesellt, das dem Ausdruck ihrer Begeisterung das Siegel des Glaubens aufdrückt. Ohne das Beispiel des Künstlers und Dichters wird die Majestät der Kunst erniedrigt und verhöhnt, die Wahrheit der Poesie angezweifelt und verleugnet.

Die kalte Erhabenheit oder Uneigennützigkeit einiger strenger Charaktere mag der Bewunderung ruhiger und überlegter Naturen genügen. Leidenschaftlichere, beweglichere Organisationen jedoch, denen jedes laue Mittelmaß abgeschmackt dünkt, die die Freuden der Ehre oder die um jeden Preis erkaufte Lust eifrig erstreben, lassen es nicht bei Beispielen bewenden, deren steifer Form so ganz der Reiz des räthselhaft Anziehenden gebricht. Zu jenen Anderen vielmehr wenden sie den fragenden Blick, die vom siedend heißen Quell des Schmerzes getrunken, der am Fuße der Klippen hervorsprudelt, auf denen sich die Seele ihren Horst erbaut. Sie sagen sich gern los von den greisenhaften Autoritäten und bestreiten deren Kompetenz. Sie klagen sie an, daß sie zu Gunsten ihrer vertrockneten Leidenschaften die Welt an sich reißen, daß sie über Wirkungen gebieten wollen, deren Ursachen sie nicht kennen, daß sie Gesetze ausrufen in Sphären, die ihnen doch unzugänglich sind. Und an denen gehen sie vorüber, die mit schweigsamer Würde das Gute üben, aber der Begeisterung für das Schöne nicht fähig sind.

Nimmt sich die heißblütige Jugend wohl Zeit, ihr Schweigen zu deuten, ihre Probleme zu lösen? Zu rasch ist der Schlag ihres Herzens, um ihr einen tieferen Einblick in die geheimnisvollen Kämpfe und Leiden, das einsame Ringen zu verstatten, die sich zuweilen hinter dem ruhigen Blick des edlen Mannes verbergen. Die stille Einfalt des Gerechten, das heroische Lächeln des Stoicismus verstehen diese erregten Gemüther kaum. Exaltation, Aufregungen sind ihnen Bedürfnis. Ein Bild überredet, Gleichnisse überzeugen sie, Thränen gelten ihnen als Beweise. Lieber als ermüdenden

8*

Argumenten geben sie der Sprache der Begeisterung Gehör. So wie sich aber der Sinn für Recht und Unrecht nur langsam bei ihnen abstumpft, gehen sie auch nicht ungestüm vom Einen zum Andern über. Sie richten ihren neugierigen Blick auf die Dichter und Künstler, deren Bilderreichthum sie hinriß, deren Gestalten und Gedankenschwung sie bewegte und entzückte. Von ihnen begehren sie Aufschluß über die Kräfte, bie in ihnen wirken.

In Stunden der Verzweiflung, wo inmitten von Schicksals= stürmen, der innere Sinn für Recht und Unrecht, das betäubte, wenn auch noch nicht schlafende Gewissen einem schweren lästigen Schatze gleicht, der die schwache Barke eines Schicksals oder einer Leidenschaft dem Untergange weiht, wenn man ihn nicht über Bord wirft, versäumt wohl Keiner, der die drohende Gefahr eines grau= samen Schiffbruchs bestand, die Schatten ruhmreicher Verstorbenen anzurufen, um von ihnen zu erfahren, ob ihre Bestrebungen immer aufrichtig und dauernd gewesen, um zu unterscheiden, was bei ihnen nur Belustigung, Spekulation des Geistes, oder was eine stete Gewohnheit ihrer Empfindungen war? — Zu solchen Stunden taucht auch die Verleumdung, die zu anderen Zeiten zurückgewiesen wurde, wieder auf. Jetzt bleibt sie nicht müßig; gierig bemächtigt sie sich der Schwächen, der Fehler und Versäumnisse derer, welche die Fehler und Schwächen geißelten — und nicht eine einzige ent= geht ihrem Scharfblick. Sie reißt ihre Beute an sich und spürt den Handlungen nach, um mit scheinbarem Recht die Begeisterung verachten zu dürfen, der sie keinen andern Zweck zugesteht, als uns eine angenehme Unterhaltung, eine Zerstreuung für Fein= schmecker zu gewähren, wie sie sich die Vornehmen aller Länder zu Zeiten einer erhöhten Civilisation verschaffen. Hartnäckig be= streitet sie der Inspiration des Dichters und Künstlers die Macht, unser Handeln und Entschließen, unser Wollen und Versagen zu beeinflussen.

Die höhnische, schamlose Verleumdung versteht es trefflich, der Geschichte Ernte zu sichten! Das gute Korn läßt sie fallen, indeß sie die Spreu sorglich sammelt, um ihre schwarze Saat über die glanzvolle Schöpfung des Dichters auszustreuen, aus der das reinste

Herzensverlangen, die edelsten Phantasiegebilde sprechen. Dann fragt sie in spöttischer Siegesgewißheit: „Was nützen diese Ab=schweifungen in ein Gebiet, auf dem man keine Frucht erntet? Welchen Werth haben diese Aufregung, dieser Enthusiasmus, die nur auf Berechnung des Vortheils hinauslaufen, während sie die eigennützige Absicht verdecken? Was ist's um diese reine Saat, der nur die Hungersnoth entkeimt? Was ist's um diese schönen Worte, die nur unfruchtbare Gefühle erzeugen? Ein Zeitvertreib für Paläste, den Bürgerstand und Hütte theilen, wenngleich nur naive Ge=müther das Erdichtete für Ernst nehmen, im gutmüthigen Glauben, daß Poesie zur Wirklichkeit werden könne!"

Mit welch' anmaßendem Spott weiß die Verleumdung dann wieder den edlen Aufschwung und die unwürdige Herablassung des Dichters, den schönen Gesang und die strafbare Leichtfertigkeit des Künstlers hervorzuheben! Wie überlegen blickt sie herab auf den löblichen Fleiß der „guten Leute", die sie wie Schalthiere betrachtet, welche über die Unbeweglichkeit einer dürftigen Organisation nicht hinauskommen; nicht minder auf den Stolz der Stoiker, die es noch weniger als jene Ersten über sich gewinnen, der athemlosen Jagd nach dem Glücke mit seinen eitlen Freuden und Augenblicks=Genüssen zu entsagen! Wie bevorzugt fühlt sich die Verleumdung in der logischen Übereinstimmung ihres Strebens und Verneinens! Wie rasch triumphirt sie über das Zaudern, die Unentschiedenheit, das Widerstreben derer, welche die Gaben der Phantasie, des Geistes und Herzens für vereinbar mit einem unbescholtenen Charakter und einem Wandel halten, der in seiner makellosen Reinheit nie das poetische Ideal verleugnet!

Wie müßte uns demnach nicht tiefe Traurigkeit überkommen, so oft wir den Dichter ungehorsam sehen gegen die Eingebungen der Musen, die ihm doch so gut lehren könnten, aus seinem Leben das schönste seiner Gedichte zu gestalten? Welch' unglückselige Zweifelsucht, welche Entmuthigung und Glaubensuntreue haben oft die Schwächen des Künstlers zur Folge! Wie Viele, die an der göttlichen Offenbarung, welche sie nicht kennen, zweifeln, be=lächeln voll bitterer Verachtung die menschliche Philosophie und

wiſſen nicht mehr, woran ſie ſich halten, an was ſie glauben ſollen,
wenn nicht an die Macht des Schönen, nicht an den Genius!.

Und dennoch wäre es Gotteslästerung, wollte man gegen derartige Verirrungen den gleichen Bannſtrahl ſchleudern, der die
Sklavendemuth der Gemeinheit oder die prahleriſche Schamloſigkeit
trifft. Es wäre Gotteslästerung; denn wenn die That des Dichters
zuweilen auch ſeinen Geſang Lügen ſtrafte, hat ſein Geſang nicht
mehr noch ſeine That beſchämt? Vermag ſein Werk nicht viel ent-
ſchiedener noch heilſam und tugendförderlich zu wirken als ſeine
Handlung vielleicht nachtheilig wirkt? Es iſt wahr, das Böſe iſt
anſteckend; das Gute aber iſt fruchtbar! Und wenn auch die Zeit-
genoſſen das frevelnde Genie, den durch unrechtmäßig erworbenen
Luxus befleckten Dichter, den durch ſeine Thaten ſein Ideal be-
ſchimpfenden Künſtler verurtheilen, die Nachwelt vergißt dieſe böſen
Könige im Reiche des Gedankens, wie ſie den böſen König vergaß,
der in Uhland's Ballade die geweihte Perſon des Sängers mißkannte. Sie überantwortet ihr Gedächtnis dem Hochgericht des
Nicht-Seins. Ihre Geſchichte kennt Keiner mehr, während ihre erhabenen Werke von Jahrhundert zu Jahrhundert die Seelen er-
quicken, die nach dem Schönen dürſten.

Der ſeinem Glauben abtrünnige Dichter und Künſtler iſt demgemäß nimmermehr mit denen zu vergleichen, deren Tod nur die
ſchlimme Spur ihrer Laſter, nur die Trümmer hinterläßt, die ſie
aufhäuften, als ſie, die „den Wind geſäet, den Sturm ernteten".
Sie ſühnen nicht das vergängliche Unrecht, das ſie gethan, durch
einen bleibenden Segen, den ſie geſtiftet. Ungerecht wäre es
alſo, Dichter und Künſtler zu ſchmähen, ohne zuvor auf die ſchwere
Schuld derer hinzuweiſen, die ihnen erſt den Weg dazu bahnten;
auf den Fürſten, der ſeinen berühmten Namen unwürdig trägt, den
Finanzmann, der Ströme Goldes in den unerſättlichen Rachen der
Verderbnis hinabſchüttet. Auf ihre Stirn drücke man zuvörderſt
der Schande Brandmal! Dann mag man auch Dichter und Künſtler
richten; doch nicht früher! Mögen die voranſchreiten durch das
kaudiniſche Joch der Schande, die auf dem Theater der großen
Welt, auf der Marktſchreierbühne einer ſchmarotzenden Mode und

eines unehrenhaften Erfolgs die Ersten waren, und die kein Löse-
geld aufweisen können, das sie von dem Urtheilsspruch einer heiligen Entrüstung loszukaufen vermöchte! Dichter und Künstler sind
im Besitz solchen Lösegeldes. Mögen sie niemals auf dasselbe
rechnen, aber möge man es ihnen auch nie streitig machen!

Selbst wenn der Dichter, statt seinen Adlerflug zur Sonne zu
nehmen, seine Überzeugungen unwürdigen Leidenschaften und Vor-
theilen unterordnet, hat er darum doch nichtsdestoweniger Gesin-
nungen verherrlicht, die, auch wenn sie sein Leben verdammen, doch
seine Werke durchdringen und diesen einen ungleich weittragenderen
Einfluß als seinem Privatleben verleihen. Selbst wenn der Künstler
den Versuchungen einer unreinen oder strafbaren Liebe unterliegt,
wenn er Wohlthaten und Gunstbezeigungen annimmt, die ihn erröthen machen und bemüthigen, hat er doch nichtsdestoweniger das
Ideal der Liebe, entsagungsvoller Tugend und unschuldiger Reinheit
mit einem unsterblichen Glorienschein geschmückt. Seine Schöpfungen
überleben ihn. Sie werden die Liebe zum Wahren, das Streben
zum Guten noch in Tausenden von Seelen verbreiten, nachdem die
seine anderwärts die hier begangenen Sünden abgebüßt hat und sich
im Lichte des Guten sonnt, das sie geträumt. In Wahrheit, mehr
Trost und Erhebung haben des Dichters und Künstlers Werke ge-
spendet als die Schwankungen ihres äußeren Daseins Unheil zu
wirken vermochten!

Die Kunst ist mächtiger als der Künstler. Seine Gestalten
und Helden haben ein von seinem unsteten Willen unabhängiges
Leben; denn sie sind eine Offenbarung des unwandelbar Schönen.
Minder vergänglich als er, gehen sie in unverwelklicher Jugend
von Generation zu Generation über, eine erlösende Kraft für ihren
Urheber in sich tragend. Wie man jede gute That auch eine schöne
nennen kann, kann man jedes schöne Werk eben so wohl als ein gutes
bezeichnen. Offenbart sich das Wahre nicht nothwendig auf irgend
eine Weise auch im Schönen, während das Falsche aus sich selbst
nur das Häßliche erzeugen kann? Und geht für die Naturen, die
mehr vom Gefühl als vom Verstand beherrscht werden, das Gute
aus dem Schönen nicht fast eben so nothwendig hervor als aus

dem Wahren, da es doch eben die Quelle des Einen wie des Andern ist?

Wenn nun leider Manche von denen, welche die Thaten ihrer künstlerischen Begeisterung unsterblich machten, gleichwohl ihre Begeisterung erstickten und ihr Ideal mit Füßen traten, so daß ihr trauriges Beispiel Vielen verderblich ward, so haben sie dagegen vielen Anderen durch ihr Genie Kräftigung und Ermuthigung, Stärkung im Wahren und Guten geboten. Nachsicht wäre darum ihnen gegenüber wohl nur Gerechtigkeit. Wie schwer aber ist es Gerechtigkeit zu fordern! Wie mißlich ist es, vertheidigen zu sollen, wo man nur bewundern, entschuldigen, wo man nur verehren möchte!

Welche Genugthuung gewährt es daher dem Freund, ein Leben ins Gedächtnis zurückzurufen, in dem man keinen verletzenden Mißlaut, keinen Nachsicht erheischenden Widerspruch, keinen schwer entschuldbaren Irrthum, kein störendes Extrem zu beklagen hat! Wie stolz nennt der Künstler den Namen dessen, deß Leben bezeugt, daß nicht nur die apathischen Naturen — die, keiner Verführung wie keiner Täuschung fähig, sich leicht auf die strenge Beobachtung ehrbarer Gesetze beschränken — eine Seelengröße zu behaupten im Stande sind, welche keinem Schicksalschlage unterliegt und sich in keinem Augenblick des Lebens verleugnet! Das eben macht Chopin's Andenken nicht allein den Freunden und Künstlern, denen er auf seinem Lebensweg begegnete, sondern auch den unbekannten Freunden seines Schaffens, wie den Künstlern doppelt theuer, die seiner Nachfolge werth zu sein trachten.

Nicht in der verstecktesten Falte seines Herzens barg Chopin eine Regung, einen Gedanken, die nicht vom zartesten Ehrgefühl, von der edelsten Harmonie der Empfindungen eingegeben gewesen wären. Und doch schien nie eine Natur mehr berufen, sich wunderliche Einfälle, plötzliche Sonderbarkeiten, verzeihliche aber unerträgliche Schwächen vergeben zu lassen. Seine Einbildungskraft war glühend, sein Empfinden steigerte sich bis zur Heftigkeit — seine körperliche Organisation war schwach und kränklich. Wer mag die aus solchem Gegensatz entspringenden Leiden ergründen? Sie waren

ſicherlich peinvoll genug, und dennoch trug er ſie nie zur Schau.
Wie ein Heiligthum hütete er ſein eigenes Geheimniß und verbarg
ſeine Leiden vor Aller Blicken unter der undurchbringlichen Heiterkeit
einer ſtolzen Reſignation.

Die Zartheit ſeines Körpers wie ſeiner Seele legte ihm das
weibliche Märtyrerthum ewig uneingeſtandener Qualen auf und gab
ſeinem Schickſal einige weibliche Züge. Durch ſeine ſchwache Ge-
ſundheit vom Kampfplatz gewöhnlicher Thätigkeit ausgeſchloſſen,
ohne Neigung, ſich dem unnützen Schwarm ſummender Horniſſen
und Bienen zu einen, die den Überfluß ihrer Kraft vergeuden, ſchuf
er ſich eine Zelle abſeits der gebahnten und betretenen Wege. Weder
Abenteuer, noch Verwicklungen, noch Epiſoden zeichneten ſein Leben
aus; er vereinfachte daſſelbe vielmehr nach Kräften, ſo wenig günſtig
ſich ihm hierbei die Umſtände erwieſen. Seine Empfindungen und
Eindrücke bildeten für ihn die Ereigniſſe, die ihm wichtiger und
bedeutſamer erſchienen als die Wechſelfälle der Außenwelt. Mit den
Stunden, die er regelmäßig und beharrlich ertheilte, erfüllte er
gleichſam ſeine tägliche häusliche Aufgabe, der er mit Gewiſſenhaf-
tigkeit und Befriedigung oblag. Er ergoß ſein ganzes Herz in ſeine
Kompoſitionen, wie Andere es im Gebet ergießen. Da ſtrömte er
all' die zurückgedrängten Gefühle, all' die unausſprechliche Traurigkeit und Bekümmerniß aus, welche die fromme Seele im ſtillen
Zwiegeſpräch mit ihrem Gott laut werden läßt. Was jene nur
knieend ſtammelt, das künden uns ſeine Werke: die Geheimniſſe der
Leidenſchaft und des Schmerzes, die der Menſch ohne Worte ver-
ſteht, da es ihm nicht gegeben ward, ſie mit Worten zu benennen.

Die Sorgfalt, mit der Chopin das unruhige (den Deutſchen
wohl als unäſthetiſch geltende) Hin und Her, jede überflüſſige Ab-
ſchweifung und Zerſplitterung des Lebens vermied, hat es mit ſich
gebracht, daß das ſeine arm an äußeren Ereigniſſen blieb. In un-
beſtimmten Linien erſcheint ſein Bild, wie von einem blauen Duft
umfloſſen, der ſich verflüchtigt, wenn ihn die neugierige Hand zu
greifen vermeint. An keiner hervorragenden That, an keinem Drama,
keiner Knotenſchürzung und -Löſung hat er ſich betheiligt. Auf
keine Exiſtenz hat er entſcheidenden Einfluß geübt. Seine Leiden-

schaft griff nie in Anderer Wünsche ein; seines Geistes Herrschaft schädigte und unterdrückte keinen Anderen. Den Despotismus des Herzens hat er nie geübt, nie die erobernde Hand an ein fremdes Schicksal gelegt: er suchte Nichts und Etwas zu fordern hätte er verschmäht. Wie von Tasso konnte man von ihm sagen:

Brama assai, poco spera, nulla chiede.
(Viel ersehnt er, wenig hofft er, nichts verlangt er.)

Aber er entschlüpfte auch allen Verbindungen, allen Freund-schaftsverhältnissen und Fesseln, die ihn mit fortzureißen und in unruhvollere Kreise zu ziehen drohten. Bereit, Alles zu geben, gab er sich selbst doch nicht. Vielleicht war er sich bewußt, welch' rück-haltlose Hingebung und Liebe er verdiene und zu theilen fähig sei. Vielleicht auch dachte er wie manche Anspruchsvolle, daß Liebe und Freundschaft Nichts sind, wenn sie eben nicht Alles sind. Wer weiß, ob es ihm nicht mehr kostete, sich mit solcher Theilung zu begnügen, als es ihm gekostet haben würde, an diesen Gefühlen vorüberzugehen und sie nur in unrealisirbarem Ideale zu kennen! War dem also, so hat doch Keiner sicher darum gewußt; denn er sprach kaum von Liebe und Freundschaft. Er war nicht anspruchs-voll, gleich Jemandem, dessen Rechte und begründete Anforderungen Alles weit übersteigen würden, was man ihm zu bieten vermöchte. In das Allerheiligste seines Herzens drangen selbst seine nächsten Bekannten nicht ein und, dem äußeren Leben abgekehrt, verschloß er es so wohl, daß man kaum seine Existenz ahnte.

Im geselligen Verkehr und Gespräch schien er sich nur für das zu interessiren, was die Andern beschäftigte; er hütete sich, sie aus dem eigenen Kreis in den seinigen hinüberzuziehen. Opferte er wenig von seiner Zeit, so gab er die, welche er opferte, auch ganz und ohne Vorbehalt. Was er geträumt und gewünscht, erstrebt und errungen hätte, wenn seine schlanke weiße Hand den goldenen Saiten seiner Leier eherne zu vermählen vermocht hätte, darnach fragte ihn Niemand, Niemand behielt ja in seiner Gegenwart Muße, daran zu denken. Seine Unterhaltung wandte sich selten aufregen-den Gegenständen zu. Er glitt über dieselben hinweg, und da er haushälterisch mit seinen Minuten umging, war das Gespräch leicht

durch die Ereignisse des Tages ausgefüllt. Sorglich wehrte er
namentlich jede Redewendung ab, die ihn zum Gegenstand nehmen
konnte. Doch forderte seine Individualität die fraglustige oder
grübelnde Neugier keineswegs heraus. Das Wohlgefallen an ihm
war ein zu unwillkürliches, als daß es zur Reflexion Zeit ließ.

Seine ganze persönliche Erscheinung schien in ihrer Harmonie
keines Kommentars zu bedürfen. Sein blaues Auge war mehr
geistvoll als träumerisch; sein Lächeln fein und mild, nie bitter.
Sein Teint war zart und durchsichtig, sein blondes Haar seiden-
artig, seine gebogene Nase ausdrucksvoll, seine Gestalt von mittlerer
Größe, sein Gliederbau schwach. Seine Bewegungen zeigten sich
anmuthig und wechselreich; die Stimme klang ein wenig gedämpft,
oft fast erstickt. Haltung und Manieren trugen ein so vornehmes
Gepräge, daß man ihn unwillkürlich wie einen Fürsten behandelte.
Seine ganze Erscheinung erinnerte an die Winde, deren auf zartem
Stiel sich wiegender Kelch von wunderbarer Farbenpracht, aber
von so duftigem Gewebe ist, daß er bei der leisesten Berührung
zerreißt.

Im Verkehr mit der Welt bewahrte er eine Gleichmäßigkeit der
Stimmung, die sich durch keinen Verdruß stören läßt, da sie sich
auf keinen Wunsch, keine Erwartung stützt.

Meist war er heiter. Mit raschem Blick entdeckte sein scharfer
Geist das Lächerliche, auch wo es nicht allen Augen sichtbar auf
der Oberfläche lag. Im Gebärdenspiel entfaltete er eine nicht leicht
zu erschöpfende spaßhafte Laune. Er vergnügte sich oft damit, in
scherzhaften Improvisationen die musikalischen Formeln und eigenthümlichen Gewohnheiten gewisser Virtuosen wiederzugeben, ihre
Bewegungen und Gebärden, wie ihren Gesichtsausdruck mit einer
Geschicklichkeit nachzuahmen, die augenblicklich die ganze Persönlichkeit vergegenwärtigte. Seine Züge wurden dann völlig unkenntlich,
so fremdartig wußte er sie umzugestalten. Aber selbst wenn er das
Häßliche und Groteske darstellte, verlor er nicht seine natürliche
Anmuth; selbst der Grimasse gelang es nicht, ihn unschön erscheinen
zu lassen. Seine Heiterkeit war um so pikanter, als er sie stets innerhalb der maß- und taktvollsten Grenzen hielt. Ein unpassendes

Wort, eine unangebrachte Lebhaftigkeit erachtete er selbst im ver-
traulichen Kreis für anstößig.

Schon in seiner Eigenschaft als Pole war Chopin nicht ohne
Malice. Sein beständiger Umgang mit Berlioz, Hiller und anderen nicht weniger schlagfertigen und sarkastischen Berühmtheiten
der Zeit verfehlte nicht, seine schneidenden Bemerkungen, seine iro-
nischen und doppelsinnigen Antworten noch mehr zu verschärfen.
Beißende Entgegnungen hatte er unter Anderem für Solche bereit,
die sein Talent in indiskreter Weise auszubeuten suchten. So erzählte sich ganz Paris eines Tages die Abfertigung, die er einem
übelberathenen Gastgeber zu Theil werden ließ, als dieser ihm,
nachdem man den Speisesaal verlassen, ein geöffnetes Klavier zeigte.
Für sein voreiliges Versprechen, seinen Gästen das seltene Dessert
einiger von Chopin ausgeführter Musikstücke vorzusetzen, mußte er
erfahren, daß er die Rechnung ohne den Wirth gemacht hatte.
Chopin weigerte sich Anfangs. Als aber die Bitten immer lästiger
und zudringlicher wurden, sagte er mit fast erstickter Stimme, wie
um die Wirkung seiner Worte noch zu verstärken: „Ach, mein Herr,
ich habe ja fast gar nichts gegessen!" — Gleichwohl war diese Art
Schlagfertigkeit bei ihm mehr angeeignete Geschicklichkeit als natürliches Vergnügen. Er verstand das Rappier und den Degen zu
führen, anzugreifen und zu pariren. Hatte er seinem Gegner aber
die Waffe entwunden, so warf er Handschuh und Visir hinweg und
dachte nicht weiter daran.

Dadurch daß er das Gespräch von seiner eigenen Person ein-
für allemal abwandte und über sein Empfinden unverbrüchliches
Schweigen beobachtete, hinterließ er der vornehmen Menge so
willkommenen Eindruck einer Persönlichkeit, die uns unwiderstehlich
anzieht, ohne daß wir hinter ihren Lichtseiten dunkle Schatten, im
Gefolge ihrer liebenswürdigen Heiterkeit unbequeme Schmerzensaus-
brüche befürchten müßten — eine Reaktion, wie sie bei jenen Naturen unvermeidlich ist, von denen das Wort gilt: Ubi mel, ibi
fel (Wo Honig ist, ist Galle). Obgleich die Welt dem eine derartige Reaktion verursachenden Schmerz eine gewisse Ehrerbietung
nicht versagen kann, obgleich er sogar den Reiz des Unbekannten

auf sie übt und ihr eine Art Bewunderung abfordert, mag sie denselben doch nur aus der Ferne. Sie flieht seine ruhefeindliche Nähe und legt zwar bei seiner Schilderung tiefe Rührung an den Tag, kehrt aber seinem Anblick den Rücken. Chopin's Gegenwart war daher jederzeit hochwillkommen. In dem Wunsch, unerrathen zu bleiben, jede Mittheilung über sein Ich verschmähend, beschäftigte er die Gesellschaft mit Allem, nur nicht mit sich selbst; so daß seine innere Persönlichkeit unberührt und unter ihrer glatten Außenseite, die bei aller Höflichkeit keine Annäherung gestattete, unzugänglich blieb.

Ob auch selten gab es doch Augenblicke, wo wir ihn in tiefer Bewegung überraschten. Wir sahen wie er sich dermaßen entfärbte, daß er das Ansehen einer Leiche gewann. Trotz der größten Erregtheit jedoch blieb er gefaßt. Er verhielt sich dann nach seiner Gewohnheit wortkarg über das, was in ihm stürmte. Eine Minute der Sammlung verbarg sofort das verrathene Geheimnis des ersten Eindruckes. Seine unmittelbar darauf folgenden Bewegungen schon — eine so anmuthige Natürlichkeit er denselben auch zu geben verstand — waren das Ergebnis einer Reflexion, deren energischer Wille den Widerstreit zwischen moralischer Gewalt und physischer Schwäche beherrschte. Diese seiner inneren Heftigkeit beständig gebietende Herrschaft erinnerte an die melancholische Überlegenheit mancher Frauen, die ihre Kraft in der Zurückhaltung und Einsamkeit suchen, da sie die Unfruchtbarkeit ihrer Zornesausbrüche kennen und das Geheimnis ihrer Leidenschaft zu eifersüchtig hüten, um es ohne Noth Preis zu geben.

Chopin war großmüthig im Verzeihen. Kein Groll gegen den, der ihn beleidigt hatte, blieb in seinem Herzen zurück. Wie aber derartige Verletzungen ihm tief ins Herz schnitten, gährten sie in unbestimmten Schmerzen und Qualen in ihm fort, so daß, auch wenn er des Anlasses längst nicht mehr gedachte, er noch die verborgene Wunde fühlte. Dessenungeachtet gelangte er, kraft des Zwanges, den er seinem Empfinden in strenger Pflichtübung auferlegte, selbst dahin, für die Dienste einer mehr wohlwollenden als feinfühligen Freundschaft dankbar zu sein, auch wenn dieselbe ihn im Stillen verletzte. Gerade die Kränkungen der Taktlosigkeit sind am schwersten für nervöse Naturen zu ertragen, die durch beständige Unterdrückung ihrer Gefühlsregungen einer Reizbarkeit verfallen, welche, obgleich sie sich nie gegen die wahren Motive richtet, doch mit Unrecht für eine unmotivirte gelten würde. Die Linie der feinen Sitte nur um eines Schrittes Breite zu überschreiten, war eine Versuchung, die Chopin, wie es scheint, nicht kannte, und gleicherweise hütete er sich, stärkeren, barscheren Naturen als die seine gegenüber, das Mißbehagen spüren zu lassen, das ihm die Berührung mit ihnen verursachte.

Seine Zurückhaltung im Gespräch erstreckte sich auf alle die Gegenstände, an welche sich der Fanatismus der Meinungen heftet. Einzig daraus, daß er sie nicht in den engen Kreis seiner Wirksamkeit zog, konnte man seine Ansicht über eine Sache folgern. Aufrichtig religiös und dem Katholicismus ergeben, berührte Chopin doch nie diese Dinge; er behielt seinen Glauben für sich, ohne ihn nach außen zur Schau zu tragen. Man konnte lange mit ihm bekannt sein und doch von seinen Ansichten in dieser Beziehung keine genaue Vorstellung haben. Es ist selbstredend, daß er in den Kreisen, in die er durch seine näheren Bekannten allmählich hineingezogen wurde, darauf verzichten mußte, die Kirche zu besuchen, mit der Geistlichkeit zu verkehren, kurz seinem religiösen Drange in natürlicher Weise zu genügen, wie dies in seinem Vaterlande üblich ist, wo jeder anständige Mensch erröthen und es als ärgste Beleidigung betrachten würde, wenn man ihn für einen schlechten Katholiken hielte, oder von ihm sagte, daß er nicht als guter Christ handle. Andererseits ist es natürlich, daß wenn man sich häufig und lange der religiösen Gebräuche enthält, man denselben nothwendig endlich mehr oder weniger entfremdet. Obgleich er nun, um seinen neuen Bekannten durch Begegnung mit einer Soutane in seinem Hause kein Ärgernis zu bereiten, seinen Verkehr mit den in Paris lebenden polnischen Geistlichen einstellte, hörten diese doch nie auf, in ihm einen ihrer edelsten Landsleute zu verehren und durch ihre gemeinsamen Freunde Kunde von ihm zu empfangen.

Sein Patriotismus bezeugte sich in der Richtung seines Ta-

lentes, in der Wahl seiner Freunde, der Vorliebe für seine polnischen Schüler, in den häufigen und wichtigen Diensten, die er seinen
Landsleuten erwies. Wir erinnern uns jedoch nicht, daß er je
Vergnügen daran gefunden hätte, seine patriotischen Gefühle auszusprechen, von Polen, seiner Vergangenheit, Gegenwart oder Zukunft des Längeren zu reden, oder historische Fragen, die sich daran
knüpften, zu berühren. Leider nährten sich die politischen Gespräche,
welche Polen zum Gegenstand hatten, nur zu oft vom Haß gegen
den Eroberer, von der Entrüstung über eine Ungerechtigkeit, die um
Rache gen Himmel schreit, von den Wünschen und Hoffnungen einer
glänzenden Wiedervergeltung, die dem Sieger den Untergang bereitet.
Chopin, der, innerhalb einer Art Waffenstillstandes in der langen
Leidensgeschichte Polens, so gut gelernt hatte, sein Vaterland über
Alles zu lieben, hatte nicht Zeit gehabt, hassen zu lernen, von
Rache zu träumen, sich der Hoffnung auf Züchtigung eines tückischen
Siegers hinzugeben. Er begnügte sich damit, den Besiegten zu
lieben, mit dem Unterbrückten zu weinen, das, was er liebte, in
Tönen zu verherrlichen, ohne sich kampflustig mit diplomatischen
und militärischen Voraussagungen zu befassen, deren revolutionäre
Tendenz seiner Natur antipathisch war. Die Polen, die jede Aussicht, das famose auf die Theilung ihres Landes basirte „europäische
Gleichgewicht" zu zerbrechen, mehr und mehr dahinschwinden sahen,
waren der Überzeugung, daß die Welt Angesichts eines derartigen
Verbrechens gegen das beleidigte Christenthum aus ihren Fugen
gehen müsse. Ob sie damit allzusehr Unrecht hatten, wird die Zukunft lehren. Chopin aber, der eine solche Zukunft noch nicht vorauszusehen vermochte, wich unwillkürlich vor Hoffnungen zurück, die
ihm Menschen und Dinge zu Verbündeten gaben, die er nur als
Faktoren ansah.

Unterhielt er sich ja zuweilen über die in Frankreich so vielfach erörterten Ereignisse, über die eben so lebhaft angegriffenen als
warm vertheidigten Meinungen und Ideen, so geschah dies mehr,
um das ihm daran falsch und irrig Erscheinende zu bezeichnen, als
um eine eigene Ansicht geltend zu machen. Zu mehreren der hervorragendsten Fortschrittsmänner unserer Tage in fortgesetzte Be-

ziehung gebracht, ging er im Verkehr mit denselben, trotz der Übereinstimmung ihrer Ideen nicht über eine wohlwollende Gleichgültigkeit hinaus. Oft genug ließ er sie stundenlang unter einander das
Wort führen und sich erhitzen, indeß er dabei im Zimmer auf und
ab spazierte, ohne nur die Lippen zu öffnen. Manchmal wurden
seine Schritte ungleichmäßig; doch achtete Niemand darauf als die
minder vertrauten Gäste dieses Kreises. Sie beobachteten auch, wie
er beim Anhören gewisser Ungeheuerlichkeiten nervös zusammenzuckte.
Seine Freunde aber erstaunten, wenn man ihnen davon sprach.
Sie bemerkten nicht, daß er nur n e b e n, aber nicht m i t ihnen
lebte und ihnen weder Etwas von seinem „besseren Ich" gab, noch
auch immer das annahm, was man ihm gegeben zu haben meinte.

Wir sahen ihn oft inmitten der lebhaftesten Gespräche in
Schweigen versunken. Die Aufregung der Redenden ließ diese seine
Anwesenheit vergessen. Wir aber verloren häufig den Faden ihrer
Raisonnements, um unsere Aufmerksamkeit seinem Antlitz zuzuwenden. Unmerkbar verzog und umdüsterte es sich, wenn Gegenstände,
welche die ersten Bedingungen der socialen Existenz betreffen, vor
ihm mit einem energischen Eifer verhandelt wurden, als hinge die
augenblickliche Entscheidung unsers Schicksals, Tod und Leben davon ab. Hörte er Unvernünftiges so ernsthaft besprechen, leere und
falsche Argumente so unerschütterlich vorbringen, so schien er körper-
lich zu leiden, als habe er eine Folge von Dissonanzen, eine musikalische Kakophonie gehört. Zu andern Malen auch ward er traurig
und träumerisch. Dann erschien er wohl wie ein Reisender am Bord
eines Schiffes, das der Sturm auf hoher See dahin treibt. Horizont
und Sterne betrachtend, vom fernen Vaterlande träumend, folgt er
den Bewegungen der Matrosen; er gewahrt ihre Fehlgriffe, aber
er schweigt, da ihm die Kraft gebricht, mit eigner Hand in die Taue
des Segelwerks einzugreifen.

Sein feiner Verstand hatte ihn bald von der Unfruchtbarkeit der
meisten politischen, philosophischen und religiösen Reden und Erör-
terungen überzeugt. So gelangte er frühzeitig dahin, die Lieblings-
maxime eines ausgezeichneten Mannes auszuüben, die wir, als Ergebnis der misanthropischen Weisheit seines Alters, häufig von ihm

aussprechen hörten und die, während sie damals unsere Unerfahren=
heit in Staunen setzte, uns späterhin durch ihre traurige Wahrheit
überrascht hat. „Sie werden sich eines Tages gleich mir überzeugen,
daß es kaum möglich ist, über irgend Etwas mit irgend Jemandem
zu reden," pflegte der Marquis Jules de Noailles den jungen Leuten,
die er mit seinem Wohlwollen beehrte, zuzurufen, wenn sie sich in
naiven Meinungskämpfen zu allzugroßem Eifer hinreißen ließen.
Il mondo va da se! (Die Welt geht von selbst) schien Chopin zu
sich selber zu sagen, so oft er die vorübergehende Neigung, ein Wort
in den Streit hineinzuwerfen, unterdrückte, als wolle er seine müßige
Hand trösten und mit seiner Laute versöhnen.

Die Demokratie stellte sich seinen Augen als ein Gemisch zu
verschiedenartiger, unruhiger und wilder Elemente dar, um ihm sym=
pathisch zu sein. Zwei Jahrzehnte früher bereits hatte man das
Auftauchen der socialen Fragen einem neuen Barbareneinfall ver=
glichen. Chopin ward besonders peinlich von diesem ihn erschreckenden
Vergleich getroffen. Er sah von den modernen Hunnen und ihren
Attila's nicht das Heil Roms und das mit diesem zusammenhängende
Heil Europa's kommen. Er gab sich nicht der Hoffnung hin, daß
unter ihren Zerstörungen und Verwüstungen die zur europäischen
gewordene christliche Civilisation erhalten bleiben werde. Er ver=
zweifelte daran, daß vor ihren Verheerungen die Kunst mit ihren
Denkmälern, die Möglichkeit jenes verfeinerten Lebens zu retten sei,
das Horaz besingt und das die Brutalitäten eines agrarischen Ge=
setzes nothwendig tödten, da sie in Ermangelung von Freiheit und
Gleichheit den Tod geben. Aus der Ferne verfolgte er die Ereig=
nisse, und eine Schärfe des Blicks, die man ihm kaum zugetraut
hätte, ließ ihn oftmals Dinge voraussagen, die selbst Besserunter=
richteten unerwartet kamen. Entschlüpften ihm Bemerkungen dieser
Art, so pflegte er dieselben doch nicht weiter auszuführen. Erst
nachdem sie ihre thatsächliche Bestätigung erfahren, ward man auf
sie aufmerksam.

In einem einzigen Falle nur wich Chopin von seiner vorsätz=
lichen Schweigsamkeit und Neutralität ab. In Sachen der Kunst
entsagte er der gewohnten Zurückhaltung; hier gab er unter allen

Umständen sein Urtheil klar und bündig kund, machte er seinen
Einfluß und seine Überzeugung geltend. Es war gleichsam ein
stummes Zeugniß seiner großen Künstlerautorität, deren er sich in
diesen Fragen vollbewußt war. Indem er den letzteren durch seine
Kompetenz zu erhöhtem Ansehen verhalf, ließ er über seine Auf=
fassungsweise derselben niemals in Zweifel. Mehrere Jahre hin=
durch legte er bei Vertheidigung seiner Sache einen leidenschaftlichen
Eifer an den Tag. Es war dies zur Zeit des auf beiden Seiten
mit gleicher Lebhaftigkeit geführten Kampfes zwischen der romanti=
schen und klassischen Richtung. Offen gesellte er sich den Vertretern
der ersteren bei, ob er auch nichtsdestoweniger den Namen Mozart's
auf seine Fahne schrieb. Gewohnt sich mehr an den Grund der
Dinge als an Worte und Namen zu halten, genügte es ihm, in
dem unsterblichen Schöpfer des Requiem, der Jupitersymphonie und
andrer großer Werke die Grundlagen, Keime und Anfänge aller der
von ihm selbst gebrauchten Freiheiten zu erkennen, um in ihm einen
der Ersten zu ehren, die seiner Kunst neue Gesichtskreise eröffneten.
Erweiterte er dieselben doch selbst durch Entdeckungen, welche die
alte Welt mit einer neuen bereicherten.

Im Jahre 1832, kurz nach seiner Ankunft in Paris, bildete
sich in der Musik wie in der Litteratur eine neue Schule und junge
Talente traten hervor, die in Aufsehen erregender Weise das Joch
der alten Formen abschüttelten. Kaum war die politische Gährung
der ersten Jahre nach der Julirevolution gedämpft, als sie sich mit
aller Macht auf die Fragen der Litteratur und Kunst übertrug, die
sich der Aufmerksamkeit und Theilnahme Aller bemächtigten. Die
Romantik war an der Tagesordnung, und mit Erbitterung wurde
der Kampf für oder wider dieselbe geführt. Da gab es keinen
Waffenstillstand zwischen denen, die keine andere Kompositionsweise
als die bisher übliche zulässig fanden, und jenen Andern, die be=
züglich der Wahl der seiner Idee anzupassenden Form volle Freiheit
für den Künstler forderten, von der Meinung ausgehend, daß wenn
das Gesetz der Form in deren Übereinstimmung mit dem auszu=
drückenden Gefühl zu finden sei, jede verschiedene Gefühlsweise auch
nothwendig eine verschiedene Ausdrucksweise bedinge.

Die Einen, die an die Existenz einer unwandelbaren Form, die in ihrer Vollkommenheit das absolut Schöne repräsentirt, glaubten, beurtheilten jedes Werk aus diesem voreingenommenen Gesichtspunkt. Mit der Behauptung, daß die großen Meister bereits die äußersten Grenzen der Kunst und deren höchste Vollendung erreicht hätten, ließen sie den ihnen nachfolgenden Künstlern keine andere Ruhmesaussicht übrig, als sich durch Nachahmung Jenen mehr oder minder zu nähern. Selbst um die Hoffnung, ihnen ebenbürtig zu werden, betrog man sie; da die Vervollkommnung eines Stils doch nimmer dem Verdienst der Erfindung gleichkommen kann. Die Anderen dagegen stellten in Abrede, daß dem Schönen eine feste und absolute Form beizumessen sei. Die verschiedenen in der Geschichte der Kunst auftretenden Stile erschienen ihnen wie Zelte, die man auf dem Weg zum Ideal errichtete: zeitweilige Ruhepunkte, die das Genie von Epoche zu Epoche erreicht und die seine Erben bis zur letzten Konsequenz ausnutzen, die aber seine rechtmäßigen Nachkommen zu überspringen berufen sind. Die Einen wollten die Inspirationen der verschiedensten Zeiten und Naturen in den gleichen symmetrischen Raum einzwängen. Die Andern begehrten für jede derselben das Recht, sich ihre eigene Sprache und Ausdrucksweise zu schaffen. Einzig und allein der Regel mochten sie sich unterwerfen, die sich aus der unmittelbaren Wechselbeziehung zwischen Idee und Form ergiebt und die Gemäßheit Beider gebietet.

So bewundernswerth die vorhandenen Muster auch sind und sein mögen, den hellsehenden Augen Chopin's schien es doch, als ob in ihnen weder alle Empfindungen, denen die Kunst ihr verklärendes Leben zu verleihen vermag, noch alle Formen, über die sie verfügt, erschöpft seien. Nicht bei der Vortrefflichkeit der Form an sich verweilte er. Er erstrebte sie nur in so weit als ihre tadellose Gestaltung für die vollkommene Offenbarung des Gefühlsinhaltes unentbehrlich ist; denn er wußte, daß dieser letztere nur mangelhaft zum Ausdruck gelangt, wenn eine unvollkommene Form, gleich undurchsichtigem Schleier, seine Ausstrahlung auffängt. Der poetischen Inspiration ordnete er die Arbeit des Handwerks unter, indem er dem Genie die mühereiche Aufgabe stellte, selbstschöpferisch eine Form zu bilden, welche den Erfordernissen des auszusprechenden Gefühls genügt. Seinen klassischen Gegnern aber machte er den Vorwurf, daß sie die Begeisterung in ein Prokrustesbett zwängen, wenn sie nicht zugestehen, daß gewisse Gedanken und Empfindungen innerhalb gewisser vorausgegebener Formen unausdrückbar sind. Er klagte sie an, daß sie die Kunst somit von vorn herein aller der Werke berauben, welche ihr neue Ideen in Gestalt neuer Formen zugeführt haben würden, wie solche sich aus der immer fortschreitenden Entwickelung des Menschengeistes, der seinen Gedanken verbreitenden Instrumente, der materiellen Hilfsquellen der Kunst ergeben.

Chopin wollte eben so wenig, daß man mit dem griechischen Giebel auch den gothischen Thurm niederreiße, oder zu Gunsten der phantastischen maurischen Bauten die reine Grazie italiänischer Architektur zerstöre, als er an Stelle der Birke die Palme, statt der tropischen Agave die nordische Lärche zu setzen wünschte. Er behauptete, den „Ilyssus“ des Phidias und Michel Angelo's „Pensieroso“, ein „Sakrament“ Poussin's und den „Danteskischen Nachen“ von Delacroix, Palestrina's „Improperien“ und die „Königin Mab“ von Berlioz unbeeinträchtigt neben einander genießen zu können. Für alles Schöne forderte er das Daseinsrecht, und den Reichthum der Mannigfaltigkeit bewunderte er nicht minder als die Vollendung der Einheit. Von Sophokles und Shakespeare, Homer und Firdusi, Racine und Goethe verlangte er gleicherweise die Motivirung ihres Daseins aus der Schönheit ihrer Form, der Erhabenheit ihrer Idee, welche einander so gemäß erscheinen. wie die Höhe des sich in bunten Farben brechenden Wasserstrahls der Tiefe seines Quells gemäß ist.

Diejenigen, die das alte wurmstichige Formengerüst von den Flammen des Talents unmerklich verzehrt sahen, schlossen sich der musikalischen Schule an, deren begabtester und kühnster Repräsentant Berlioz war. Chopin verband sich derselben rückhaltlos und zählte zu denen, die sich am beharrlichsten der sklavischen Herrschaft des konventionellen Stils, wie dem Charlatanismus entzogen, der an Stelle der alten Mißbräuche nur neue, noch lästigere setzt; — oder wäre die Extravaganz nicht unerträglicher noch als die Monotonie?

Field's Nocturnes, Dussek's Sonaten, Kalkbrenner's lärmende und
äußerliche Virtuosenstücke dünkten ihm unzulänglich und antipathisch;
er konnte sich weder von der blumigen, zierlichen Weise der Einen
angezogen finden, noch die verwirrte Weise der Andern gut heißen.

So lange der sich über mehrere Jahre erstreckende Feldzug der
Romantik währte, aus dem statt bloßer Versuche Meisterthaten her-
vorgingen, blieb Chopin in seiner Vorliebe wie in seiner Abneigung
unveränderlich. Ohne Verlangen, die Kunst zu Gunsten des Handwerks auszubeuten, ohne Streben nach billigen, der Überraschung
der Zuhörer abgewonnenen Effekten und Erfolgen, bezeigte er sich
unnachsichtig gegen die, die seiner Ansicht nach den Fortschritt nicht
genügend vertraten, ihm nicht aufrichtig genug anhingen. Er zerriß
selbst ihm werthe Bande, wenn er sich durch sie in seiner Bewegung
behindert fühlte und sie als alt und morsch geworden erkannte.
Andrerseits weigerte er sich entschieden, mit jungen Leuten Beziehungen anzuknüpfen, deren nach seiner Meinung übertriebener
Erfolg ihr zweifelhaftes Verdienst zu sehr in den Vordergrund
stellte. Nicht das leiseste Lob brachte er über seine Lippen, wenn
er sich nicht einer wirklichen Errungenschaft für die Kunst, einem
ernsten Erfassen der Aufgabe des Künstlers gegenüber sah.

In seiner Uneigennützigkeit lag seine Stärke; sie bildete eine
Art von Festung um ihn. Denn da er die Kunst nur um der
Kunst willen wollte, wie man das Gute um des Guten willen erstrebt, war er unverwundbar und somit unerschütterlich. Weder von
den Einen noch von den Andern mochte er gepriesen sein, oder jene
heimlichen Rücksichten und Koncessionen geübt sehen, welche die verschiedenen Schulen sich in ihren leitenden Persönlichkeiten angedeihen
zu lassen pflegen. Führen dieselben doch, inmitten der Rivalitäten,
der Ein- und Übergriffe der verschiedenen Stile in den verschiedenen
Kunstzweigen, Unterhandlungen und Vergleiche herbei, die, eben so
wie die davon unzertrennlichen Kunstgriffe und Überlistungen, an
die Art der Diplomaten erinnern. Indem er es verschmähte, für
die günstige Aufnahme seiner Schöpfungen irgend welche äußere
Hilfe in Anspruch zu nehmen, gab er deutlich kund, daß er ihrem
Werthe hinlänglich vertraute, um sicher zu sein, daß sie sich selb-

ständig Geltung verschaffen würden. Es lag ihm wenig daran,
ihre unmittelbare Anerkennung zu erleichtern und zu beschleunigen.

Gleichwohl war Chopin so ganz und innerst von den Empfindungen durchdrungen, deren verehrungswürdigste Typen er in seiner
Jugend gekannt zu haben glaubte und die er nun ausschließlich der
Kunst anvertraute; er betrachtete diese letztere so unveränderlich aus
einem und demselben Gesichtspunkte, daß seine künstlerischen Neigungen nothwendig davon beeinflußt werden mußten. In den großen
Meisterwerken der Kunst fragte er einzig nach dem, was seiner Natur
entsprach. Was sich derselben näherte, gefiel ihm; dem aber, was
ihr ferner lag, ließ er kaum Gerechtigkeit widerfahren. Die oft un-
vereinbaren Gegensätze von Leidenschaft und Anmuth in sich ver-
einend, besaß er trotz seines träumerischen Wesens eine große
Sicherheit des Urtheils und hütete sich vor kleinlicher Parteilichkeit.
Doch selbst die größten Schönheiten und Verdienste fesselten ihn
nicht, sobald sie die eine oder andere Seite seiner poetischen Auffassung verletzten. So große Bewunderung er auch für Beethoven's
Werke hegte, einzelne Theile derselben dünkten ihm zu schroff gestaltet. Ihr Bau war zu athletisch, ihr Ausdruck zu gewaltig, um
ihm zu gefallen. Die Leidenschaft schien ihm eine zu gewaltsame,
Alles überfluthende. Das Löwenmark, das sich in jeder musikalischen
Phrase findet, war ihm ein zu substantieller Stoff und die seraphi-
schen Töne und raphaelischen Profile, die inmitten der mächtigen
Schöpfungen dieses Genius auftauchen, berührten ihn zufolge des
schneidenden Kontrastes zeitweilig nahezu peinlich.

Ungeachtet des Zaubers, den einige der Melodien Schubert's
auf ihn übten, hörte er doch jene nicht gern, deren Umrisse seinem
Ohr zu scharf erschienen, wo das Gefühl sich gleichsam entblößt
zeigt, wo man so zu sagen den körperlichen Ausdruck des Schmerzes
fühlt. Alles Harte, Wilde flößte ihm Abneigung ein. In der
Musik, wie in der Litteratur und im Leben war ihm Alles, was
an das Melodrama erinnert, ein Gräuel. Die wahnwitzigen Ausschreitungen der Romantik waren ihm zuwider; Überraschungen durch
sinnlose Effekte und Excesse däuchten ihm unerträglich. „Selbst
Shakespeare liebte er nur mit starken Einschränkungen. Er fand

feine Charaktere zu sehr dem Leben abgelauscht, die Sprache, die sie
redeten, zu wahr; er zog die epischen und lyrischen Synthesen vor,
die die armseligen Kleinlichkeiten der Menschheit im Schatten lassen.
Darum auch sprach er wenig und hörte selten aufmerksam zu, da
er nur dann seine Gedanken aussprechen, oder die Anderer auf=
nehmen mochte, wenn sie auf eine gewisse Bedeutung Anspruch er=
heben konnten."[1]

Diese sich selbst so vollkommen bemeisternde, so zart zurückhaltende
Natur, welcher die Divination, die Ahnung den die feinfühligen
Dichter so anziehenden Reiz des nur halb Ausgesprochenen darboten,
konnte gegenüber der Unkeuschheit des Empfindens, die nichts zu
errathen, nichts zu ergänzen übrig läßt, nur Mißbehagen fühlen.
Hätte er sich in diesem Punkte geäußert, so würde er, glauben wir,
bekannt haben, daß nach seinem Dafürhalten Gefühle nur in so weit
zum Ausdruck kommen dürfen, daß ihr bester Theil zu errathen
bleibt. Wenn das, was man in der Kunst als „klassisch" zu be=
zeichnen pflegt, ihm zu methodische Beschränkungen aufzuerlegen
schien, wenn er sich weigerte, sich durch Fesseln binden und sein
Empfinden durch ein konventionelles System gleichsam vereisen zu
lassen, wenn er nicht in einen symmetrischen Käfig eingesperrt sein
mochte, so geschah es, weil er sich aufwärts zu den Wolken schwang,
um dort, dem Himmel näher, wie die Lerche aus voller Brust zu
singen und nie aus reineren Höhen hernieder steigen zu müssen.
Dem Paradiesvogel gleich, von dem man ehemals behauptete, daß
er nur mit ausgebreiteten Flügeln, vom Hauch der Lüfte gewiegt,
im blauen Äthermeer schlummere, wollte auch er nur in höheren
Regionen schwebend der Ruhe genießen. Weder in die von thieri=
schen Lauten erfüllten Höhlen des Waldes begehrte er einzudringen,
noch die schreckensreichen Wüsten zu durchforschen und Wege daselbst
zu bahnen, die ein treuloser Wind hinter den Schritten des ver=
wegenen Pfadfinders spottend verweht.

Alles, was in der italiänischen Musik so natürlich und licht=
voll, so frei von künstlicher Mache und gelehrtem Apparat erscheint,

---

[1] George Sand, Lucrezia Floriani.

Alles, was in der deutschen Kunst den Stempel des Populären, wenn auch Machtvollen trägt, behagte ihm gleich wenig. In Bezug auf Schubert äußerte er eines Tages: „das Erhabene werde verdunkelt, wenn das Gemeine oder Triviale ihm folge". Unter den Klavierkomponisten gehörte Hummel zu denen, mit deren Werken er sich am liebsten beschäftigte. Sein Ideal, der Dichter par excellence war ihm Mozart; denn seltner als irgend Einer ließ er sich herab, die Linie zu überschreiten, welche die Vornehmheit von der Gemeinheit trennt. Gerade das liebte er an Mozart, was diesem nach einer Vorstellung des „Idomeneo" den Tadel seines Vaters zuzog: „Du hast Unrecht, daß du Nichts für die Langohren hineingebracht!" An der Heiterkeit Papageno's entzündete sich die seinige; Tamino's Liebe und die geheimnißvollen Proben, auf die sie gestellt wird, schienen ihm seiner Theilnahme würdig; Zerline und Masetto vergnügten ihn durch ihre raffinirte Naïvetät. Donna Anna's Rache war ihm verständlich, da sie ihre Trauer mit noch dichterem Schleier umhüllt. Gleichwohl ging sein Sybaritismus der Reinheit, seine Empfindlichkeit gegen Gemeinplätze so weit, daß er selbst im „Don Juan", diesem unsterblichen Meisterwerk, Stellen entdeckte, deren Existenz er uns gegenüber beklagte. Seine Verehrung für Mozart wurde dadurch nicht vermindert, sie erschien nur gleichsam traurig gestimmt. Er konnte, was ihn abstieß, wohl vergessen; sich damit auszusöhnen aber war ihm unmöglich. Unterlag er hierin nicht der unversöhnlichen Macht eines Instinktes, der keine Überredung, kein Beweis jemals auch nur die Nachsicht der Gleichgültigkeit gegen Dinge abzugewinnen vermögen, die ihm antipathisch sind und eine an Idiosynkrasie grenzende Abneigung in ihm erregen?

Unsern Versuchen, unsern damals noch unsicheren, an Irrungen und Übertreibungen reichen Kämpfen, die mehr „kopfschüttelnden Weisen" als ruhmvollen Gegnern begegneten, gab Chopin die Stütze einer seltenen Überzeugungsfestigkeit, eines unerschütterlich ruhigen Verhaltens, einer gegen Lässigkeit wie gegen Verlockung gleicherweise gewappneten Charakterstärke, wie den wirksamen Nachdruck seiner unsere Sache vertretenden hochbedeutenden Werke. Die Kühnheiten Chopin's traten mit so viel Reiz, Maß und Gelehrsamkeit auf, daß das Vertrauen auf sein einziges Genie durch die unmittelbare Bewunderung, die er erregte, gerechtfertigt schien. Die soliden Studien und ernsten Gewohnheiten seiner Jugend, der Kultus für die klassischen Meisterwerke, in dem er erzogen worden, bewahrten ihn, seine Kraft an unglücklichen und halben Versuchen zu vergeuden, wie sich deren mehr als ein Vertreter der neuen Ideen schuldig gemacht.

Der ausdauernde Fleiß, den er auf Ausarbeitung und Vollendung seiner Kompositionen verwandte, schützte ihn vor einer unbilligen Kritik, welche die Meinungsverschiedenheit böswillig verschärft, indem sie kleine Nachlässigkeits- und Unterlassungssünden zu ihrem Vortheil ausnutzt und so leichte Siege erringt. Frühzeitig an Gesetz und Regel gewöhnt, sich selbst in mancher seiner schönen Arbeiten streng an dieselben bindend, streifte er sie doch zur rechten Zeit mit weise erwogener Berechtigung ab. Seinen Principien getreu schritt er immer vorwärts, ohne sich zu Übertreibungen hinreißen, noch zu Verträgen verlocken zu lassen; die theoretischen Formeln gab er gern Preis, um einzig ihre Resultate zu verfolgen. Sich weniger mit den Streitigkeiten der Schule und ihren Schlagwörtern als vielmehr mit der praktischen Beweisführung durch seine Werke befassend, hatte er das Glück, persönliche Feindseligkeiten und verdrießliche Verhandlungen zu vermeiden.

Später, nachdem der Sieg seiner Ideen ihn der Verpflichtung überhob, dieselben öffentlich zu vertreten, suchte er nie wieder Gelegenheit, sich an die Spitze irgend einer Partei zu stellen. In jenem einzigen Falle aber, wo er sich selbst thätig am Kampfe betheiligte, gab er Beweise absoluter, unbeugsam fester Überzeugungen, wie sie sich gerade bei verschlossenen, wenig ausgiebigen Naturen zu entwickeln pflegen. Sobald er sah, daß seine Ansicht genügende Anhänger gefunden hatte, um Gegenwart und Zukunft zu beherrschen, zog er sich aus dem Gedränge zurück und überließ es seinen Mitkämpfern, sich in Scharmützeln zu ergehen, die weniger der Sache nützten, als vielmehr denen angenehm waren, die sich gern um jeden Preis schlagen, selbst auf die Gefahr hin, geschlagen zu werden. Als echter grand seigneur und echter Parteiführer hütete er sich, einen im Rückzug begriffenen Feind zu überfallen und zu verfolgen;

er verhielt sich wie ein siegreicher Fürst, dem es genügt, seine Sache außer Gefahr zu wissen, um sich nicht weiter unter die Kämpfenden zu mischen.

Bei modernen, schlichteren, minder ekstatischen Äußerlichkeiten, weihte Chopin der Kunst den Kultus, den ihr die ersten Meister des Mittelalters zollten. Wie diesen galt auch ihm die Kunst als schöner, heiliger Beruf. Wie sie war auch er stolz darauf, zu ihm erwählt zu sein, und mit frommer Andacht gab er sich ihrem Dienste hin. In seiner Todesstunde noch offenbarte sich dies in einer Anordnung, über deren volle Bedeutung uns die polnischen Sitten Aufklärung geben. Einem in unsern Tagen wenig verbreiteten, aber doch noch hin und wieder vorkommenden Brauch zufolge, wählten Sterbende häufig die Kleider, in denen sie begraben zu werden wünschten und die man oft lange im Voraus hergerichtet hatte [1]). Ihre liebsten, tiefinnersten Gedanken verriethen sich da zum letzten Male. Weltliche Personen wählten oftmals Klostergewänder; die Männer begehrten oder verwarfen ihre Amtstracht, je nachdem sich ruhmvolle oder unfrohe Erinnerungen daran knüpften. Chopin, der, zu den ersten Künstlern seiner Zeit gehörend, doch die wenigsten Koncerte gab, wollte gleichwohl in den Kleidern, die er bei denselben getragen, ins Grab gelegt sein. Ein natürliches, dem unversieglichen Quell seiner Kunstbegeisterung entstammendes Gefühl gab ihm ohne Zweifel diesen letzten Wunsch ein, als er, die letzten Pflichten des Christen fromm erfüllend, von Allem Abschied nahm, was er nicht mit sich in das Jenseits zu nehmen vermochte. Lange schon bevor der Tod ihm nahte, hatte seine Liebe zur Kunst, sein Glaube an dieselbe die Weihe der Unsterblichkeit empfangen. Nun wollte er noch einmal, als er sich zur letzten Ruhe niederlegte, durch ein stummes Symbol Zeugnis ablegen von der Begeisterung, die

---

1) Der Verfasser von »Julie et Adolphe« (einem der „Neuen Heloise" nachgebildeten Roman, der bei seinem Erscheinen viel Aufsehen erregte), General K., der, über achtzig Jahre alt, zur Zeit unseres Aufenthaltes in jener Gegend auf einem Gut im Gouvernement Wolhynien lebte, hatte sich nach oben erwähntem Brauch seinen Sarg anfertigen lassen, der schon seit dreißig Jahren neben der Thür seines Schlafgemachs stand.

ihn durchglühte und die er rein erhalten hatte sein ganzes Leben
hindurch. Er starb sich selber treu, in inbrünstiger Verehrung der
mystischen Größe der Kunst und ihrer noch mystischeren Offen=
barungen.

Indem Chopin sich, wie bereits erwähnt, aus dem gesellschaft=
lichen Strudel zurückzog, übertrug er seine ganze Sorge und Zärt=
lichkeit auf den Kreis seiner Familie, seiner Jugendfreunde und
Landsleute. Mit ihnen unterhielt er einen ununterbrochenen eifrigen
Verkehr. Vor Allen war ihm seine Schwester Louise theuer; eine
gewisse Ähnlichkeit ihrer Geistes= und Gefühlsart brachte sie ein=
ander besonders nahe. Zu wiederholten Malen unternahm sie die
Reise von Warschau nach Paris um ihn zu sehen, und während der
drei letzten Monate seines Lebens umgab ihn ihre treue Fürsorge.

In den Beziehungen zu den Seinigen legte Chopin eine ge=
winnende Liebenswürdigkeit an den Tag. Nicht nur daß er mit
ihnen einen lebhaften Briefwechsel unterhielt, er benützte auch seinen
Pariser Aufenthalt, um ihnen durch allerhand Neuheiten und zier=
liche Kleinigkeiten tausenderlei Überraschungen zu bereiten. Er suchte
Alles heraus, von dem er glaubte, daß es in Warschau willkommen
sein werde und schickte fortwährend bald dieses bald jenes neue
Nichts, irgend ein Putzstück oder eine Spielerei. Er hielt darauf,
daß man diese Dinge, so geringfügig sie sein mochten, aufbewahrte,
als sollten sie ihn selber dem Kreise derer vergegenwärtigen, denen
sie zugedacht waren. Aber auch er seinerseits legte auf jeden Beweis
von Zuneigung, den er von seinen Angehörigen empfing, großen
Werth. Eine Nachricht, ein Erinnerungszeichen von ihnen bereitete
ihm eine wahre Festfreude. Theilte er dieselbe auch mit Niemandem,
so verrieth sie sich doch durch die Sorgfalt, mit der er alle ihm
von dieser Seite kommenden Gegenstände behandelte. Selbst die
unbedeutendsten derselben waren ihm kostbar, ja er wehrte nicht nur
Andern sich ihrer zu bedienen, die bloße Berührung derselben schon
war ihm sichtlich unangenehm.

Wer immer aus Polen kam, bei ihm war er willkommen. Ob
mit oder ohne Empfehlungsbrief, er ward mit offenen Armen auf=
genommen, als ob er zur Familie gehörte. Selbst Unbekannten,

wenn sie aus seiner Heimat kamen, gestattete Chopin, was er Keinem unter uns gewährt haben würde: das Recht, ihn in seinen Gewohn= heiten zu stören. Er richtete sich nach ihnen, er führte sie spazieren, besuchte wohl zwanzig Mal hinter einander dieselben Orte, um ihnen die Sehenswürdigkeiten von Paris zu zeigen, ohne in seinem Amt als Cicerone oder müßiger Zuschauer jemals Ermüdung oder Lange= weile zu bekunden. Landsleute, von deren Existenz er Tags zuvor noch nichts gewußt, lud er zum Mittagsessen ein; er sparte ihnen alle kleinen Ausgaben und lieh ihnen Geld. Und mehr noch als das! Man sah ihm an, wie gern er es that, wie glücklich er war, seine Muttersprache zu sprechen, sich unter den Seinigen zu wissen und durch sie in die heimatliche Atmosphäre zurückversetzt zu fühlen, die er an ihrer Seite noch immer zu athmen vermeinte. Man sah, mit welcher Theilnahme er ihren traurigen Berichten lauschte; welche Freude es ihm gewährte, sie in ihrem Schmerz zu zerstreuen und von ihren blutigen Erinnerungen abzulenken, indem er ihren tiefen Kummer durch die Verheißungen beredter Hoffnung tröstete.

Seinen Angehörigen schrieb Chopin regelmäßig, aber auch nur ihnen. Eine seiner Sonderbarkeiten bestand darin, sich im Übrigen jedes Brief= oder Billettwechsels zu enthalten. Man hätte glauben mögen, er habe ein Gelübde gethan, nie eine Zeile an Fremde zu richten. Zu allen erdenklichen Auskunftsmitteln nahm er seine Zu= flucht, nur um der Nöthigung zu entgehen, einige Worte auf das Papier zu werfen. Oftmals durchmaß er lieber Paris von einem Ende zum andern, um eine Einladung abzulehnen oder irgend eine unwesentliche Nachricht mitzutheilen, nur um sich die Mühe eines schriftlichen Wortes zu ersparen. Der Mehrzahl seiner Freunde blieben seine Schriftzüge fast unbekannt. Nur zu Gunsten seiner schönen in Paris ansässigen Landsmänninnen, in deren Besitz sich mehrere polnische Autographen von ihm finden, wich er, so sagt man, von seiner Gewohnheit ab. Diese Ausnahme von der Regel erklärt sich durch seine Vorliebe für seine Muttersprache, die er be= sonders gern gebrauchte und deren ausdrucksvollste Redensarten er Andern gern verdolmetschte. Wie die Slawen im Allgemeinen, war er des Französischen vollkommen mächtig; in Betracht seiner fran=

zösischen Abkunft hatte man ihn darin überdies mit besonderer Sorgfalt unterrichtet. Aber es sagte ihm nicht zu und er warf ihm vor,
daß es frostigen Geistes und geringen Wohlklangs sei.

Dies Urtheil über die französische Sprache ist übrigens unter
den Polen ziemlich verbreitet. Sie bedienen sich derselben zwar mit
großer Leichtigkeit, sprechen sie viel unter einander, ja oft besser als
ihre eigene; hören aber gleichwohl nie auf, sich denen gegenüber,
welche nicht Polnisch verstehen, zu beklagen, daß sie die ätherischen
Nüancen des Gedankens, das tausendfältige Schillern des Gefühls
in keinem andern Idiom als dem ihren wiederzugeben vermögen.
Bald ist es die Majestät, bald die Leidenschaft, bald die Anmuth,
die nach ihrer Ansicht den französischen Worten mangelt. Fragt
man sie nach dem Sinn eines von ihnen citirten polnischen Wortes
oder Verses, so lautet die erste, dem Fremden zu Theil werdende
Antwort unausbleiblich: „O, das ist unübersetzbar!" Zur Erläu-
terung derselben folgen dann Kommentare, welche alle Feinheiten,
versteckten Andeutungen und Gegensätze, die in den „unübersetzbaren"
Worten enthalten sind, erklären. Wir nannten bereits einige Beispiele, die in Verbindung mit anderen uns zu der Annahme führten,
daß diese Sprache den Vorzug hat, die abstrakten Hauptwörter zu
versinnlichen und daß sie es im Laufe ihrer Entwickelung dem poetischen Geist der Nation verdankt, wenn sich durch Ableitungen und
Synonyme eine überraschend richtige Wechselbeziehung der Ideen
bildete. So fällt, wie Licht oder Schatten, auf jeden Ausdruck
gleichsam ein farbiger Widerschein.

Man könnte demnach behaupten, daß die Worte dieser Sprache
nothwendig einen ungeahnten enharmonischen Ton, oder vielmehr
den korrespondirenden Ton einer Terz, der sofort den Dur- oder
Mollcharakter des Gedankens bestimmt, im Geiste in Schwingung
versetzen. Ihr Reichthum an Worten läßt die Wahl des Tones
frei; doch dieser Reichthum gerade bringt seine Schwierigkeiten mit
sich und nicht mit Unrecht dürfte dem in Polen so verbreiteten Gebrauch fremder Sprachen die Trägheit des Geistes zuzuschreiben sein,
die dem mühsamen Gebrauch einer Ausdrucksgewandtheit entrinnen
möchte, welche gleichwohl unentbehrlich ist in einer Sprache, deren

Tiefe und energischer Lakonismus dem Ungefähr und der Banalität wenig oder keinen Raum läßt. Die vagen Anklänge unklarer Gefühle lassen sich nicht dem starken Gefüge ihrer Grammatik einordnen. Der Gedanke kommt über eine eigenthümliche Armuth und Blöße nicht hinaus, so lange er diesseits der Grenzen des Gemeinplatzes bleibt; hinwiederum erheischt er eine seltene Bestimmtheit des Ausdruckes, um nicht, sobald diese Grenzen überschritten sind, barock zu erscheinen. Die polnische Litteratur hat weniger klassische Autoren als andere aufzuweisen; fast jeder Einzelne derselben jedoch beschenkte sie mit einem Werke unvergänglichen Werthes. Dem stolzen, anspruchsvollen Charakter ihres Idioms mag sie es verdanken, daß die Zahl ihrer Meisterwerke im Verhältnis zu der ihrer Schriftsteller sich größer als anderwärts herausstellt. Man fühlt sich als Meister, sobald man diese schöne und reiche Sprache zu beherrschen wagt[1]).

---

1) Mangel an Harmonie und musikalischem Reiz läßt sich dem Polnischen nicht zum Vorwurf machen. Die Härte einer Sprache wird keineswegs immer und unbedingt durch die Überzahl der Konsonanten, sondern vielmehr durch deren Verbindungsweise bewirkt; man könnte sogar behaupten, daß aus manchem Idiom eigene matte, kalte Kolorit auf den Mangel an bestimmten und stark markirten Lauten zurückzuführen ist. Nur die unharmonische Verbindung ungleichartiger Konsonanten verletzt ein feines und gebildetes Ohr in empfindlicher Weise. Die öftere Wiederkehr gewisser, wohl an einander gefügter Konsonanten giebt der Sprache Schattirung, Rhythmus, Kraft; während das Vorwiegen der Vokale eine gewisse bleiche Färbung erzeugt, die durch dunklere Tinten gehoben zu werden verlangt. Die slavischen Sprachen verwenden allerdings viel Konsonanten, jedoch im Allgemeinen mit wohlklingender Zusammenstellung, die dem Ohr zuweilen schmeichelt und selbst wo sie mehr überraschend als melodisch wirkt, fast nirgend entschieden mißtönend auftritt. Ihre Laute sind reich, voll, sehr nüancirt. Sie bewegen sich nicht innerhalb der Grenzen einer engen Tonlage, sondern breiten sich mit der Mannigfaltigkeit bald höherer, bald tieferer Intonationen über einen weiten Umfang aus. Je mehr man sich dem Orient nähert, um so auffälliger wird dieser philologische Zug. Man begegnet ihm in den semitischen Sprachen; im Chinesischen z. B. nimmt dasselbe Wort, je nach dem höheren oder tieferen Ton, in dem man es ausspricht, einen völlig verschiedenen Sinn an. Das slavische L, dieser für Alle, die ihn nicht von Kindheit an erlernten, kaum auszusprechende Buchstabe, hat nichts Trockenes. Es übt auf das Ohr einen Eindruck, wie ihn die Berührung rauhen und doch geschmeidigen Wollensammets auf unseren Finger übt. Da die Verbindung rasselnder Konsonanten im Polnischen selten, die Assonanz dagegen sehr vielfältig vorkommt, dürfte sich dieser Vergleich auf den Gesammteindruck, den es auf den Fremden hervorbringt, anwenden lassen. Wir begegnen

Die äußerliche Eleganz war Chopin nicht minder natürlich als die geistige. Sie verrieth sich eben so wohl in den ihm angehörenden

hier vielen Worten, welche das eigenthümliche Geräusch der von ihnen bezeichneten Gegenstände nachahmen. Die häufigen Wiederholungen des ch (unser deutsches h), des sz (unser sch), des rz, cz, die dem uneingeweihten Auge so fürchterlich dünken und deren Klang doch meist nichts Barbarisches an sich hat (sie werden ungefähr wie das französische g vor e und i und tche ausgesprochen), erleichtern diese Nachahmung. Das Wort dzwięk, Ton, (man lese dzwienque) bietet hierzu ein charakteristisches Beispiel. Schwerlich vermöchte man die Empfindung, welche das Anschlagen der Stimmgabel dem Ohre erregt, treffender durch den Klang eines Wortes zu bezeichnen. Zwischen die Konsonanten = Gruppen, die sehr verschiedenartige, bald metallische, bald summende, brummende oder pfeifende Töne erzeugen, mischen sich zahlreiche Diphthonge, so wie oft etwas nasal klingende Vokale, indem das von einer cédille begleitete a und e, ą und ę, wie das französische on und in ausgesprochen werden. Neben dem sehr weich gesprochenen c (tse), zuweilen auch ć (tsie) hat das accentuirte s, ś, etwas Zwitscherndes. Das z ist, dem Dreiklange eines Tons vergleichbar, dreifach verschiedenen Lautes: ż (franz. jais), z (franz. zed) und ź (franz. zied). Das y ist ein Vokal von eigenthümlich ersticktem Laut (franz. eu), der eben so wenig als das ł in anderer Sprache wiedergegeben werden kann, der aber eben so wohl wie dieses dem Polnischen ein nicht auszudrückendes Schillern verleiht. — Diese feinen ungebundenen Elemente gestatten den Frauen, im Gespräch einen singenden oder gedehnten Accent anzunehmen, den sie gewöhnlich auch auf andere Sprachen übertragen, wobei aber der Reiz, zum Fehler werdend, weniger anziehend als ungünstig wirkt. Wie viele Menschen und Dinge vertragen es eben nicht, aus ihrem natürlichen Boden in einen fremden versetzt zu werden! Was zuvor gewinnend, ja unwiderstehlich an ihnen war, wird nun reizlos und befremdend, einzig der veränderten Beleuchtung zufolge, in der die Schatten an Tiefe, die Lichtreflexe an Glanz und Klarheit Einbuße erleiden. Sprechen die Polinnen ihre Sprache, so pflegen sie — war der sie beschäftigende Gegenstand ernst und melancholisch — einer Art improvisirter Recitative und Threnodien ein dem Geschwätz der Kinder nicht unähnliches, lispelndes, unartikulirtes Geplauder folgen zu lassen. Wollen sie vielleicht im selben Augenblick, wo sie sich dazu verstehen, ernst wie ein Senator, weise wie ein Staatsminister, tiefsinnig wie ein Gottesgelahrter, spitzfündig wie ein deutscher Philosoph zu sein, die Privilegien ihrer weiblichen Oberherrlichkeit beweisen und bewahren? Ist aber die Polin nur einigermaßen heiter gelaunt und gestimmt, ihre Reize strahlen, den Duft ihres Geistes ausströmen zu lassen — wie die Blume, die ihren Kelch dem Strahl der Frühlingssonne neigt, um die Luft mit ihrem Wohlgeruch, man möchte sagen mit ihrer Seele zu erfüllen, die der Sterbliche gern wie einen Glückshauch aus paradiesischen Regionen einathmen möchte — so scheint sie sich nicht mehr die Mühe zu nehmen, ihre Worte deutlich auszusprechen, wie andere demüthige Bewohner dieses Jammerthals. Der Nachtigall gleich beginnt sie zu flöten; die Phrasen werden zu Läufen, die zur höchsten Höhe eines wunderbaren Soprans emporsteigen; oder

Gegenständen als in seinen vornehmen Manieren. In der Einrich=
tung seiner Zimmer entfaltete er eine gewisse Koketterie. Immer
waren dieselben mit Blumen, die er sehr liebte, geschmückt. Doch
trieb er diesen Luxus nicht so weit wie einige Pariser Berühmt=
heiten jener Zeit; auch in dieser Beziehung wie in der Liebhaberei
für kostbare Stöcke, Nadeln, Knöpfe, damals modische Schmuck=

---

vielmehr die Perioden wiegen sich auf Trillern, die man dem Zittern eines Thau=
tropfens vergleichen möchte. Welch reizende Triumphe und noch reizendere Unter=
brechungen; dazwischen kurze Ausrufe und perlendes Gelächter! Dann folgen
in den höchsten Tönen der Stimmlage kleine Kabenzen, die plötzlich, man weiß
nicht in welcher chromatischen Folge von Halb= und Viertelstönen, herabgleiten,
um auf einer gehaltenen Note zu verweilen und sich in endlosen, originellen Mo=
dulationen zu ergehen, welche das an solches Gezwitscher nicht gewöhnte Ohr durch
einen dem Gesang der Spottvögel abgelauschten Ausdruck irre leiten. Wie die
Venetianerinnen zwitschern die Polinnen gern, und pikante Intervalle, undeutliche
Laute, reizvolle Tonübergänge mischen sich völlig naturgemäß ihrem lieblichen Ge=
plauder, das ihren Lippen Worte entgleiten läßt, die bald wie Perlen, die man
auf silbernem Becken ausstreut, bald wie Funken erscheinen, deren Aufleuchten und
Erlöschen man neugierigen Blickes folgt. Immer aber, in welcher Weise sie sich
ihrer auch bedienen mögen, klingt die polnische Sprache im Munde der Frauen
ungleich süßer und einschmeichelnder als in dem der Männer. Bemühen sich diese
Letzteren mit Eleganz zu reden, so verleihen sie ihr einen männlichen Wohlklang,
der sich der vormals in Polen so gepflegten Kunst der Beredtsamkeit energisch an=
paßt. Die Poesie schöpft aus diesem reichen und vielgestaltigen Material eine
Mannigfaltigkeit des Rhythmus und der Prosodie, einen Überfluß an Reimen
und Gleichklängen, die es ihr ermöglichen, gewissermaßen musikalisch dem Kolorit
der von ihr geschilderten Empfindungen und Scenen nicht nur in kurzen Klang=
nachahmungen, sondern selbst in langen Reden zu folgen. — Mit Recht hat man
das Verhältnis der polnischen zur russischen Sprache mit dem der lateinischen zur
italiänischen verglichen. Die russische hat in der That etwas Melismatischeres,
Schmachtenderes. Ihr Tonfall eignet sich so vorzugsweise zum Gesang, daß ihre
schönen Dichtungen — wie beispielsweise diejenigen Zukowski's und Puschkin's —
eine durch das Metrum der Verse bereits vorgezeichnete Melodie zu enthalten
scheinen. Von manchen Stanzen, wie „der schwarze Shawl", der „Talisman" und
vielen anderen, meint man ein Arioso, oder ein liebliches Kantabile einfach ab=
lösen zu können. — Wesentlich verschiedenen Charakters ist das alte Slawonisch,
die Sprache der griechisch=katholischen Kirche. Majestät ist ihr Gepräge. Reicher
an Gutturallauten als die anderen von ihr abstammenden Idiome, ist sie streng
und von erhabener Monotonie, wie die byzantinischen Gemälde, die der mit ihr
verwachsene Kultus aufbewahrt. Sie trägt die Physiognomie einer heiligen Sprache,
die nur einem einzigen Gefühl diente und nicht durch profane Leidenschaften ge=
modelt und entnervt, nicht durch gemeine Bedürfnisse herabgewürdigt wurde.

gegenstände, hielt er zwischen dem Zuviel und Zuwenig unbewußt die rechte Mitte, die seine Grenze des comme il faut ein.

Gewöhnt, seine Zeit, seine Gedanken, seine Wege von denen Andrer abzuschließen, war ihm der Umgang mit Frauen oft bequemer, insofern er ihn weniger zu fortgesetzten Beziehungen verpflichtete. Wie er sich seine schöne Seelenreinheit in den Stürmen des Lebens unbefleckt erhielt, wie der Sinn für das Edle, der Glaube an das Heilige nie von ihm wichen, so verlor Chopin auch nie die jugendliche Naivetät, die sich in Kreisen wohlfühlt, die Tugend und Rechtschaffenheit als beste Reize zieren. Das harmlose Geplauder von Leuten, die er achtete, mochte er gern; er vergnügte sich an den kindlichen Freuden der Jugend. Ganze Abende brachte er damit hin, mit jungen Mädchen Blindekuh zu spielen, ihnen kurzweilige, drollige Geschichten zu erzählen und ihnen jenes ausgelassene Lachen zu entlocken, dem man noch lieber als dem Gesang der Grasmücke lauscht.

Alles das vereint bewirkte, daß Chopin, obgleich mehreren der hervorragendsten Persönlichkeiten der damaligen künstlerischen und litterarischen Bewegung so nahe verbunden, daß er mit ihnen völlig Eins zu sein schien, nichtsdestoweniger inmitten derselben ein Fremdling blieb. Mit keiner anderen Individualität verschmolz sich die seine. Niemand unter den Parisern war im Stande, die in den höchsten Regionen des Seins vollzogene Einigung zwischen den Bedürfnissen des Genies und der Reinheit der Wünsche zu begreifen, wie er sie repräsentirt. Und noch weniger vermochte man den Reiz dieser angeborenen Noblesse und männlichen Keuschheit zu verstehen, die um so größer war, je weniger sie selbst sich ihrer Verachtung der gemeinen Sinnenlust da bewußt ward, wo doch Alle ringsum glaubten, daß die Einbildungskraft sich nur in die Formen eines Meisterwerks ergießen könne, wenn sie zuvor in den Schmelzöfen der Sinnlichkeit in Gluth gebracht worden sei.

Aber wie es eins der köstlichsten Vorrechte innerer Lauterkeit ist, das Raffinement nicht zu errathen, am Cynismus der Schamlosigkeit achtlos vorüberzugehen, so fühlte sich Chopin zwar wohl bedrückt durch die Nähe gewisser Menschen, deren Auge nicht offen, deren Athem unrein war, deren Lippen sich satyrartig kräuselten; aber er war weit entfernt zu muthmaßen, daß Handlungen, die er als Verirrungen des Genies bezeichnete, auf den Schild erhoben wurden und dem Kultus der Göttin Materie zur Verherrlichung dienten. Hätte man es ihm tausend Mal gesagt, man hätte ihn doch nimmer überzeugt, daß die barocke Roheit der Manieren, der ungezügelte Ausdruck unwürdiger Gelüste, die mißgünstige Beurtheilung der Reichen und Vornehmen etwas Andres seien, als Mangel an Erziehung, wie er sich in niederen Sphären äußert. Nie hätte er geglaubt, daß jeder schlüpfrige Gedanke, jeder habsüchtige Wunsch, jedes mörderische Gelübde der diesem gemeinen Götzen dargebrachte Weihrauch sei und daß jeder seiner übelriechenden Dämpfe in den scheingoldenen Rauchgefäßen einer lügnerischen Poesie, als Huldigung der gotteslästerlichen Apotheose aufgenommen ward.

Das Leben auf dem Lande sagte ihm derart zu, daß er, um dasselbe zu genießen, auch eine Gesellschaft, die ihm nicht behagte, in den Kauf nahm. Man könnte daraus schließen, daß es ihm leichter fiel, seinen Geist von den ihn umgebenden Menschen und ihrem geräuschvollen Geschwätz, als seine Sinne von der drückenden Luft, dem trüben Licht, den prosaischen Bildern der Stadt abzulenken, wo die Leidenschaften auf jedem Schritt gereizt und überreizt werden und dem Sinn wenig Erfreuliches begegnet. Was man hier sieht, hört und fühlt, regt auf statt zu beruhigen; bringt uns außer uns, statt uns zu uns selber kommen zu lassen. Chopin litt darunter, ohne sich Rechenschaft zu geben, was ihn bedrückte, so lange man in befreundeten Kreisen seiner harrte und der litterarische und artistische Meinungskampf ihn lebhaft beschäftigte. Die Kunst konnte ihm die Natur vergessen machen. Die Schönheit menschlicher Schöpfungen konnte ihm eine Zeit lang für die Schönheit der Schöpfungen Gottes Ersatz bieten; auch liebte er Paris. Und dennoch war er glücklich, so oft er dasselbe weit hinter sich zurücklassen konnte. Kaum war er auf dem Lande angekommen, kaum sah er sich von Gärten, Bäumen, Gräsern und Blumen umgeben, so schien er verwandelt, ein anderer Mensch. Der Appetit kam ihm zurück, seine Heiterkeit, sein Witz sprudelte über. Er vergnügte sich an Allem mit Allen und war erfinderisch in neuer Kurzweil und wechselvoller Ausschmückung eines Aufenthaltes, den er, im Genuß frischer Luft und ländlicher Freiheit, als einen wohlthätig belebenden empfand. Spaziergänge langweilten ihn nicht; er konnte viel gehen, auch fuhr er gern. Selten äußerte er sich über ländliche Scenen und Landschaften; doch konnte man leicht bemerken, welch' tiefen Eindruck sie auf ihn machten. Aus wenigen Worten, die ihm entschlüpften, hörte man heraus, daß er sich inmitten von Feld und Wiese, Hecke und Wald, die ja überall den gleichen Duft aushauchen, seiner Heimat näher fühlte. Lieber sah er sich unter Landleuten, Mähern und Schnittern, die in allen Ländern eine gewisse Ähnlichkeit haben, als zwischen den Straßen und Häusern, den Gossen und der Straßenjugend von Paris, die sicherlich nirgend ihres Gleichen finden und keine Erinnerung ins Gedächtnis zurückrufen; so erdrückend wirkt das riesige, bisweilen unharmonische Ganze der „Weltstadt" auf sensitive schwächliche Naturen.

Überdem liebte Chopin auf dem Lande zu arbeiten. Sein Organismus, der in der Dunst- und Staubatmosphäre der Stadt verkümmerte, kräftigte sich in dieser reinen und gesunden Luft. Mehrere seiner besten Werke, die während solch sommerlichen Aufenthaltes geschaffen wurden, umschließen wohl das Andenken seiner glücklichsten Tage jener Zeit.

hopin wurde im Jahre 1810 zu Zelazowa Wola bei Warschau geboren. Durch einen bei Kindern seltenen Zufall war er sich während seiner ersten Lebensjahre seines Alters nicht bewußt, und lediglich durch eine Uhr, die ihm die berühmte Catalani im Jahre 1820 mit der In= schrift: „Madame Catalani dem zehnjährigen Frédéric Chopin" zum Geschenk machte, wurde, wie es scheint, das Datum seiner Geburt in seinem Gedächtnis festgehalten. Das Vorgefühl der begabten Frau gab dem schüchternen Kinde vielleicht die Vorahnung seiner Zukunft. Nichts Außergewöhnliches bezeichnete im Übrigen den Verlauf seiner Kindheit. Seine innere Entwickelung durchlief wahr= scheinlich nur wenig Phasen, that sich nur in wenig Äußerungen kund. Da er zart und kränklich war, koncentrirte sich die Aufmerk= samkeit seiner Familie auf seine Gesundheit. Seit jener Zeit ohne Zweifel schon eignete er sich jene Freundlichkeit und Liebenswürdig= keit des Wesens, jene Verschwiegenheit über Alles, was ihm Schmer= zen verursachte, an, die in dem Wunsche, Andern Sorgen zu ersparen, ihren Ursprung fanden.

Keine frühzeitige Reife der Befähigung, kein Vorzeichen einer auffallenden Entfaltung stellte in seiner ersten Jugend eine künftige Überlegenheit der Seele, des Geistes oder des Talentes in Aussicht. Sah man dies kleine duldende und lächelnde, immer geduldige und heitere Wesen, so wußte man es ihm dermaßen Dank, daß es nie

übellaunig, noch eigensinnig ward, daß man sich wohl damit begnügte, diese seine Vorzüge zu lieben, ohne darnach zu fragen, ob es
sein Herz auch ohne Rückhalt öffne und das Geheimnis aller seiner
Gedanken offenbare. Es giebt Seelen, die beim Eintritt in das
Leben reichen Wanderern gleichen, welche das Schicksal zu einfachen
Hirten führt, die außer Stande sind, den hohen Rang ihrer Gäste
zu erkennen. So lange diese höher gearteten Wesen bei ihnen weilen,
überhäufen sie dieselben mit Gaben, die zwar im Verhältnis zu ihrem
eigenen Überfluß wenig bedeuten, dennoch aber die Bewunderung
unschuldiger Herzen erregen und über ihr schlichtes Leben Glück
verbreiten. Diese Bevorzugten geben an Liebe ungleich mehr als
jene Anderen, die ihre Umgebung bilden; man empfängt es darum
dankbar und glücklich, man hält sie für großmüthig, während sie
doch in Wahrheit ziemlich haushälterisch mit ihren Schätzen sind.

In den Gewohnheiten eines schlichten, ruhigen, thätigen Fami-
lienlebens wuchs Chopin, wie von sicherer Wiege umfangen, auf,
und die Vorbilder der Einfachheit, der Frömmigkeit und inneren
Vornehmheit, die ihm als Kind voranleuchteten, blieben ihm sein
Leben lang über Alles lieb und theuer. Häusliche Tugenden, reli-
giöse Gebräuche, werkthätige Liebe, strenge Bescheidenheit bildeten
die reine Lebensluft, in der seine Einbildungskraft jene sammet-
artige Zartheit der Pflanzen gewann, die nichts vom Staub der
großen Heerstraße wissen.

Frühzeitig unterrichtete man ihn in der Musik. Mit neun
Jahren begann er sie zu erlernen und wurde alsbald einem begeisterten Anhänger Sebastian Bach's, Zywna mit Namen anvertraut,
der seine Studien Jahre lang nach den Grundsätzen einer streng
klassischen Schule leitete. Als seine Familie in Übereinstimmung
mit seinem eigenen Wunsch und Beruf ihn zur Laufbahn eines
Musikers bestimmte, blendete vermuthlich kein phantastisches Traum-
bild einer ruhmreichen Zukunft ihre Augen und Hoffnungen. Man
hielt ihn zu ernster, gewissenhafter Arbeit an, damit er einst ein
tüchtiger und erfahrener Meister werde; aber man sorgte sich nicht
übermäßig um den mehr oder minder lauten Erfolg, den die Früchte
dieses Unterrichts und dieser pflichttreuen Arbeit einst ernten würden.

Ziemlich jung ward er, Dank der edlen und verständnisvollen Protektion, die Fürst Anton Radziwill stets den Künsten und jungen Talenten gewährte, deren Tragweite er mit dem Scharfblick eines ausgezeichneten Menschen und Künstlers erkannte, einem der ersten Gymnasien Warschaus übergeben. Fürst Radziwill trieb die Musik nicht nur als Dilettant; er war ein vortrefflicher Komponist. Seine vor vielen Jahren veröffentlichte schöne Musik zum „Faust" wird noch allwinterlich von der Berliner Singakademie aufgeführt. Durch die innige Art, mit der sie sich der Gefühlsweise der Epoche anpaßt, welcher der erste Theil des Gedichtes entstammt, scheint sie uns andern ähnlichen Versuchen ihrer Zeit überlegen.

Indem er den ziemlich beschränkten Verhältnissen der Familie Chopin's zu Hilfe kam, verlieh der Fürst diesem den unschätzbaren Segen einer guten, nach keiner Richtung hin vernachlässigten Erziehung. Denn er, dessen hochherziger Sinn ihn in den Stand setzte, alle Erfordernisse der Laufbahn eines Künstlers zu ermessen, war es, der vom Eintritt seines Schützlings ins Lyceum an bis zur gänzlichen Vollendung seiner Studien, die Kosten durch Vermittelung eines Freundes, Anton Korzuchowski, der in dauernden herzlichen Beziehungen zu Chopin blieb, bestritt. Oft auch zog der Fürst den Letzteren zu den von ihm veranstalteten Landpartien und Festlichkeiten zu, und manche Anekdote verknüpfte sich im Gedächtnis des jungen Mannes jenen reizvollen Stunden, die das ganze Feuer polnischer Heiterkeit belebte. Er spielte durch seinen Geist wie sein Talent dort oftmals eine pikante Rolle und nahm die Erinnerung an mehr als eine flüchtig an ihm vorüberschwebende Schönheit mit sich hinweg. Unter ihnen die junge Prinzessin Elise, die Tochter des Fürsten, die in erster Jugendblüthe sterbend, ihm das liebliche Bild eines Engels, der nur für kurze Zeit auf diese Welt verbannt war, zurückließ.

Der liebenswürdige verträgliche Charakter, den Chopin in die Schule mitbrachte, gewann ihm rasch die Liebe seiner Kameraden, insbesondere die des Prinzen Calixt Czetwertynski und seiner Brüder. Mit ihnen gemeinsam verlebte er oft die Fest= und Ferienzeit bei ihrer Mutter, der Fürstin Idalie Czetwertynska, die die Musik mit

feinem Verständnis pflegte und in dem Musiker gar bald den Poeten
zu entdecken wußte. Sie auch war es wohl, die Chopin zuerst den
Reiz kennen lehrte, zu gleicher Zeit gehört und verstanden zu werden.
Die Fürstin war noch immer schön, und ihren hohen Tugenden
und reizvollen Eigenschaften verband sich ein sympathischer Geist.
Ihr Salon war einer der glänzendsten und gesuchtesten Warschaus.
Chopin begegnete daselbst den vornehmsten Frauen der Hauptstadt.
Dort lernte er jene verführerischen Schönheiten kennen, die dazumal,
als man Warschau noch um die Pracht, die Eleganz und Anmuth
seiner Gesellschaft beneidete, einer europäischen Berühmtheit genossen.
Durch Vermittelung der Fürstin Czetwertynska ward er bei der
Fürstin von Lowicz eingeführt, wie er auch der Gräfin Zamoyska,
der Fürstin Micheline Radziwill, der Fürstin Therese Jablonowska,
all' jenen Zauberinnen näher trat, die von so vielen anderen, minder
berühmten Schönheiten umgeben waren.

Sehr jung noch durfte er am Klavier mit seinen Accorden ihre
Schritte beim Tanze begleiten. Während dieser festlichen Vereini-
gungen, die der Versammlung von Feen glichen, enthüllten sich ihm
im Wirbel des Tanzes ungeahnt die süßesten Herzensgeheimnisse.
Mühelos konnte er in den Seelen derer lesen, die sich freundschaft-
lich und verlockend zu seiner Jugend herabneigten. Hier erfuhr er,
aus welch' bittersüßer Mischung sich das Ideal der Frauen seines
Volkes zusammensetzt. Wenn seine Finger zerstreut über die Tasten
glitten und ihnen plötzlich ein paar rührende Accorde entlockten,
ward er der Zeuge verstohlener Thränen, welche die Augen liebe-
glühender junger Mädchen, vernachlässigter Frauen, ruhmdürstiger
Männer benetzten. Stahl sich nicht aus den zahlreichen Gruppen
manchmal ein holdes Kind in seine Nähe, um ihn um ein einfaches
Präludium zu bitten? Auf den Flügel gelehnt, ihr träumerisches
Antlitz mit ihrer schönen Hand stützend, deren feine Durchsichtigkeit
durch die Juwelen ihrer Ringe und Armbänder noch gehoben ward,
ließ sie unbewußt in einem thränenfeuchten Blick, oder dem begeistert
funkelnden Auge den Gesang ihres Herzens errathen. Geschah es
nicht auch oftmals, daß, um einen Walzer von schwindelnder Geschwindigkeit von ihm zu erlangen, eine ganze Schar, muthwilligen

Nymphen gleich, ihn lächelnd umringte, als wolle sie an ihrer Heiterkeit die seine entzünden?

Hier sah er seine Landsmänninnen ihre ganze keusche Anmuth entfalten und hielt den unauslöschlichen Eindruck ihres hinreißend lebendigen und doch so zurückhaltenden Wesens fest, wenn ihm die Mazurka eines jener Bilder vorführte, die nur der Geist eines ritterlichen Volkes schaffen und der Nation zu eigen machen kann. Hier verstand er was Liebe ist, was sie in Polen ist und was sie dem fühlenden Herzen sein muß, wenn ein junges, schönes Paar, das dem Greis und der Greisin, die schon Alles was die Erde Schönes hat, geschaut zu haben meinen, einen Ausruf der Bewunderung entlockt, durch den Ballsaal schwebt. Es theilt die Luft, durchfliegt den Raum, wie Seelen sich im weiten Weltenraume auf Flügeln ihrer Wünsche von Gestirn zu Gestirn schwingen, nur leise mit den Fußspitzen einen auf seiner Bahn verspäteten Planeten berührend und noch leiser den ihm begegnenden Stern, gleich leuchtendem Kiesel, zurückstoßend — bis der Kavalier, vor Freude und Dankbarkeit seiner nicht mehr mächtig, unbekümmert um die neugierigen Blicke ringsum, auf das Knie sinkt, ohne die Hand seiner Dame aus der seinen zu lösen, die nun wie segnend über seinem Haupte ruht. Dreimal läßt er sie um sich herumdrehen; es ist als wolle er seine Stirn mit dreifacher Krone: bläulichem Lichtschein, flammendem Blumengewinde, goldener Ruhmesglorie, umkränzen. Dreimal willigt sie durch einen Blick, ein Lächeln, eine Neigung des Kopfes ein; dann, als er sie in Folge der raschen, schwindelnden Umdrehung ermüdet sieht, richtet er sich hastig wieder auf, umfaßt sie mit nervigem Arm und hebt sie einen Augenblick empor, um in einem Wirbel von Glück dem phantastischen Treiben ein Ende zu machen.

Als Chopin in den späteren Jahren seines so kurzen Lebens eines Tages eine seiner Mazurken einem befreundeten Musiker vorspielte, der das magnetische Hellsehen, das sich aus seiner Erinnerung loslöste und auf seinem Klavier Gestalt gewann, mehr fühlte als begriff, unterbrach er sich plötzlich, um ihm jene Figur des Tanzes zu beschreiben. Sich sodann dem Pianoforte wieder zuwendend, flüsterte er die Verse Soumet's, des damals beliebten Dichters:

Ich liebe dich,
Semida, und mein Herz folgt deinen Wegen,
Bald fliegt's auf Weihrauchs-, bald auf Sturmesschwingen dir entgegen[1]).

Sein Blick schien durch eine Vision aus vergangenen Tagen gefesselt, die Keiner sieht, als der Eine, der sie wieder erkennt, weil er sie sich während ihrer kurzen Dauer einst unauslöschlich in die Seele prägte. Es war leicht zu errathen, daß Chopin irgend eine Schönheit, in hellem Gewande, schlank und graziös, mit weißem Arm und gesenkten Lidern vor sich sah, deren blaue Augensterne ihr Licht verstohlen über den vor ihr knieenden stolzen Kavalier ergossen, dessen halbgeöffneten Lippen sich ein Seufzer zu entringen schien:

„Bald fliegt's auf Weihrauchs-, bald auf Sturmesschwingen dir entgegen!"

Gern erzählte Chopin später, wenn auch in scheinbarem Gleich- muth, so doch mit der unwillkürlichen inneren Erregtheit, die das Andenken an unsere frühesten Schwärmereien begleitet, daß er den ganzen in den Melodien und Rhythmen der Nationaltänze zum Ausdruck kommenden Gefühlsreichthum zuerst in jenen Tagen erfaßte, wo er bei irgend welchem prächtigen Fest die vornehme weibliche Welt Warschaus mit all' ihrem blendenden Glanze, all' der Koketterie geschmückt sah, deren Feuer das Herz versengt und die Liebe ent- zündet, aber auch blind und unglücklich macht. Statt der duftigen Rosen und Kamelien, die ihre Treibhäuser zeitigten, zierte sie die strahlende Farbenpracht schimmernden Geschmeides. Der bescheide- nere durchsichtige Stoff, den die Griechen als „Luftgewebe" bezeichne- ten, war durch den Prunk golddurchwirkter Gaze, silbergestickten Crêpes, Brabanter und Alençoner Spitzen verdrängt. Und dennoch schien es Chopin, als ob sie beim Klang des Orchesters, mochte es auch noch so vortrefflich sein, minder rasch das Parket streiften, als ob ihr Lachen minder hell, ihr Blick minder strahlend sei, als ob sie schneller ermüdeten als an Abenden, wo der Tanz improvisirt worden war, da er sich an das Klavier setzend, die Zuhörer unver- sehens elektrisirte. Übte er solch elektrisirende Wirkung, so geschah

---

1)   Je t'aime,
Semida, et mon coeur vole vers ton image,
Tantôt comme un encens, tantôt comme un orage!

es, weil er in den seinem Volke eigenen hieroglyphischen Tönen, in
den dem vaterländischen Boden entsprossenen Tanzweisen in für die
Eingeweihten leicht verständlicher Weise das wiederzugeben verstand,
was sein Ohr aus der heimlichen leidenschaftlichen Sprache dieser
Herzen herausgehört hatte, die man der Fraxinella vergleichen
könnte, deren Blüthen ein feines Gas umgiebt, das sich bei der geringsten Gelegenheit entzündet und sie mit plötzlichem Phosphor-
schein umhüllt.

Täuschende Phantasiebilder, wundersame Visionen schaute er in
diesem ätherischen Lichtkreise. Er errieth, welch' ein Schwarm von
Leidenschaften hier ohne Unterlaß umherschwirrt und auf und nieder-
flutet in den Seelen. Mit erregtem Blick verfolgte er diese Leidenschaften, die immer bereit sind sich miteinander zu messen, einander
zu verstehen, zu verwunden, zu veredeln und zu beseligen, ohne daß
ihre geheime Gluth und ihr zitternder Herzschlag nur einen Augenblick
das schöne Gleichmaß der äußeren Anmuth, die imposante Ruhe der
äußeren Erscheinung störten. So lernte er den Werth edler und
maßvoller Manieren schätzen, sobald sie sich mit einer Kraft des
Empfindens paaren, welche verhütet, daß das Feingefühl in Fadheit,
die Zuvorkommenheit in Zudringlichkeit, die Konvenienz in Tyrannei,
der gute Geschmack in Steifheit ausarte und das Gemüthsleben nicht,
wie dies häufig geschieht, jenen harten, kalkigen Pflanzenarten
gleiche, die man unter dem symbolischen Namen „Eisenblumen" —
flos ferri — kennt.

Die strenge Beobachtung des Anstandes in diesen Kreisen diente
nicht dazu, ein hohles oder mißgestaltetes Innere dahinter zu verbergen; sie brachte vielmehr die Nöthigung mit sich, alle Berührun-
gen und Beziehungen zu vergeistigen und zu erhöhen, alle Eindrücke
zu adeln. Was Wunder demnach, wenn seine frühesten, in so vornehmer Umgebung angenommenen Gewohnheiten Chopin zu dem
Glauben führten, daß die gesellschaftliche Konvenienz, anstatt eine
gleichförmige Maske zu sein, welche unter der Symmetrie der gleichen
Linien den Charakter aller Eigenart beraubt, vielmehr dazu dient,
die Leidenschaften in Zaum zu halten, ohne sie zu unterdrücken und
sie vor Ausschreitungen zu bewahren, indem sie „den Schwärmern

für das Unmögliche" lehrt, alle die Tugenden, welche die Erkenntnis des Übels erzeugt, denen zu vereinen, die „fein Dafein in der Liebe vergeffen laffen"[1] und fomit die unmögliche Verwirklichung einer „Eva, die unfchuldig und gefallen, Jungfrau und Geliebte zugleich ift" nahezu zu ermöglichen.

In dem Maße als jene erften Jugendeindrücke Chopin's in feiner Erinnerung zurücktraten, gewannen fie in feinen Augen noch an Anmuth und Zauber und hielten ihn nur um fo mehr in Feffeln, als keine damit in Widerfpruch ftehende Wirklichkeit diefen heimlich in feiner Einbildungskraft verborgenen Zauber zu brechen verfuchte. Je mehr diefe Epoche der Vergangenheit angehörte, je mehr er fich zeitlich von ihr entfernte, um fo mehr begeifterte er fich für die Ge-ftalten, die er aus feinem Gedächtnis heraufbefchwor. Es waren prachtvolle lebensgroße Portraits, oder lächelnde Paftellköpfe, um-florte Medaillons oder Kameen-Profile, Wafferfarbenbilder dunklen Kolorits neben blaffen zarten Bleiftiftfkizzen. Diefe Gallerie von Schönheiten verfchiedenfter Art war feinem Geifte fort und fort ge-genwärtig und vermehrte feinen Widerwillen gegen jene Freiheit des Wefens, jene brutale Herrfchaft der Laune, jene Gier, den Becher der Phantafie bis zur Hefe zu leeren und fich von jeglichem Zufall des Lebens abenteuernd umher treiben zu laffen, denen man in dem fremdartigen, ftets beweglichen Kreife begegnet, welcher als das Parifer Zigeunerthum bezeichnet wird.

Indem wir von diefer, inmitten des Glanzes der damaligen vornehmen Gefellfchaft Warfchaus verbrachten Periode feines Lebens fprechen, wollen wir es uns nicht verfagen, einige Zeilen anzuführen, die Chopin's Weife treffender als andere fchildern, in welchen letz-teren wir nur das Zerrbild einer auf elaftifchen Stoff gezeichneten und nun vielfach verzogenen Silhouette zu erkennen vermögen.

„Sanften, feinfühligen, in jeder Hinficht ausgezeichneten Wefens, verband er mit fünfzehn Jahren die Anmuth der Jugend mit der Würde des reiferen Alters. An Körper und Geift war er zart or-ganifirt. Für die mangelnde Muskelkraft aber entfchädigte ihn die

---

1) Sand. Lucrezia Floriani.

sich gleichbleibende Schönheit einer außergewöhnlichen Physiognomie, die sich weder zu einem bestimmten Alter noch Geschlecht bekannte. Nicht das männlich kühne Äußere eines Abkömmlings der alten Magnaten, die nur zu trinken, zu jagen und Krieg zu führen verstanden, noch die weibliche Lieblichkeit eines rosigen Cherubs war ihm eigen. Etwas den idealen Geschöpfen, welche die mittelalterliche Poesie zur Ausschmückung der christlichen Gotteshäuser schuf, Verwandtes haftete ihm an. Ein Engel schön von Angesicht, wie ein erhabenes schmerzerfülltes Weib, edel und schlank an Gestalt wie ein junger olympischer Gott — so sehen wir ihn vor uns, und diese Erscheinung krönte ein Ausdruck, der zärtlich und streng, keusch und leidenschaftlich zugleich war.

„Und dies war der Grund seines Wesens. Es gab nichts Reineres und dabei doch Exaltirteres als seine Gedanken, nichts Beharrlicheres, Ausschließlicheres, Ergebeneres als seine Neigungen... Aber nur das ihm Gleichgeartete, Verwandte begriff er; alles Übrige existirte für ihn nur wie eine Art lästigen Traums, dem er sich, obwohl inmitten der Welt lebend, zu entziehen trachtete. Allezeit in seine Träumereien verloren, blieb er der Wirklichkeit abhold. Als Kind konnte er kein schneidiges Instrument berühren ohne sich zu verwunden; als Mann vermochte er nicht einem anders gearteten Menschen gegenüberzustehen, ohne sich durch diesen lebendigen Widerspruch verletzt zu fühlen. . . .

„Vor einem fortwährenden Antagonismus bewahrte ihn nur die freiwillige und bald festgewurzelte Gewohnheit, Nichts von alledem zu sehen und zu hören, was ihm im Allgemeinen und ohne seine persönlichen Neigungen zu berühren, mißfiel. Die Menschen, die anders als er dachten, stellten sich seinen Augen wie eine Art Gespenster dar; da ihm aber eine liebenswürdige Artigkeit eigen war, so konnte man für höfliches Wohlwollen nehmen, was bei ihm nur kalte Geringschätzung, ja selbst unüberwindliche Abneigung war. . .

„Nie gestattete er sich eine Stunde der Mittheilsamkeit, ohne sie durch mehrere Stunden der Zurückhaltung zurückzukaufen. Die moralischen Ursachen dessen waren zu zarter Natur, um mit unbewaffnetem Auge erkannt zu werden. Es hätte eines Mikroskops bedurft,

um in seiner Seele zu lesen, in deren Tiefe so wenig vom Lichte
der Lebenden drang. . . .

„Befremdend erscheint es, daß er bei einem derartigen Charakter
Freunde gewann. Und dennoch besaß er deren nicht wenig, und
zwar nicht nur die Freunde seiner Mutter, die in ihm den würdigen
Sohn einer edlen Frau schätzten, sondern auch junge Leute seines
Alters, deren innige Liebe er mit gleicher Liebe vergalt. . . Von
der Freundschaft hatte er eine ideale Vorstellung, und gern gab er
sich in den Jahren der ersten Illusionen dem Glauben hin, daß er
und seine Freunde, die in der gleichen Weise fast und in denselben
Grundsätzen erzogen worden, niemals ihre Ansichten ändern und in
Widerspruch miteinander gerathen könnten. . .

„Sein Äußeres war zufolge seiner guten Erziehung und seiner
natürlichen Anmuth so einnehmend, daß er selbst denen, die ihn
nicht kannten, gefallen mußte. Sein äußerst anmuthiges Antlitz
stimmte von vorn herein für ihn günstig. Die Zartheit seiner Konstitution machte ihn in den Augen der Frauen interessant; die reiche
und gefällige Bildung seines Geistes, die ruhige und einschmeichelnde
Originalität seiner Ausdrucksweise wendete ihm die Aufmerksamkeit
unterrichteter Männer zu. Leute minder feinen Schlags gewann er
durch seine ausgesuchte Höflichkeit, für die sie um so empfänglicher
waren, als sie in ihrer arglosen Gutmüthigkeit nicht begriffen, daß
sie lediglich die Ausübung einer Pflicht für ihn war, an der die
Sympathie keinerlei Antheil hatte.

„Hätten sie ihn durchschauen können, so würden sie ihn mehr
liebenswürdig als liebevoll gefunden haben und hätten von ihrem
Standpunkte auch Recht gehabt. Doch kamen sie nicht auf solchen
Gedanken, da in den seltenen Fällen, wo er sich an Andere anschloß,
seine Zuneigung so lebhaft, so tief und berechtigt war. . . . .

„Bei den kleinen Vorkommnissen des Lebens bethätigte er die
gewinnendsten Umgangsformen. Der Ausdruck des Wohlwollens
nahm bei ihm in jeder Gestalt eine außergewöhnliche Grazie an,
und wenn er seiner Dankbarkeit Worte verlieh, so geschah dies mit
einer inneren Bewegtheit, welche die empfangene Freundschaft mit
Wucherzinsen zurückzahlte.

„Er lebte in der Einbildung seines tagtäglich zu erwartenden
Todes. Darum ließ er sich die Fürsorge eines Freundes gefallen,
ob er ihm auch verhehlte, wie kurze Zeit er derselben zu bedürfen
meinte. Ein starker Muth war ihm nach außen hin eigen, und wenn
er den Gedanken eines nahen Todes nicht mit der heroischen Sorg-
losigkeit der Jugend pflegte, so hegte er doch die Erwartung desselben
mit einer Art bitterer Wollust".[1] . . . .

. . . .
In diese erste Zeit seiner Jugend fällt seine Liebe für ein junges
Mädchen, das ihn ihr Leben lang mit frommer Pietät im Herzen
trug. Der Sturm, der Chopin, gleich einem auf dem Gezweig eines
fremden Baumes überraschten Vogel, auf seinen Schwingen in weite
Ferne führte, trennte diese erste Liebe und beraubte den Verbannten
zu gleicher Zeit der Heimat wie der künftigen treuen Gefährtin seines
Lebens. Nie fand er das Glück, das er mit ihr geträumt, wohl
aber den Ruhm, an den er vielleicht nicht einmal gedacht hatte.
Dies Mädchen war schön und lieblich, wie die Madonnen Luini's
mit den ernsten und doch so sanft blickenden Augen. Ruhig, doch
voll Trauer trug sie ihr Geschick, zumal als sie gewahrte, daß keine
andere Neigung das Dasein dessen versüßen sollte, den sie mit jener
naiv erhabenen Hingebung verehrte, die das Weib in einen Engel
verwandelt.

Diejenigen Frauen, welche die Natur mit den schwer zu tra-
genden Gaben des Genies — einer ungewöhnlichen Verantwortlichkeit und steten Versuchung, dieselbe doch zu vergessen — belastet,
haben wohl, auch wenn sie die Sorgen um ihren Ruhm denen ihrer
Liebe nicht opfern dürfen, das Recht, ihrer Selbstverleugnung
Schranken zu setzen. Gleichwohl kann es geschehen, daß man selbst
Angesichts der glänzendsten Genialität die aus rückhaltloser Hingabe
entspringenden göttlichen Gefühlsregungen vermißt; denn allein die
volle Liebeshingebung, welche das Weib mit ihrem ganzen Dasein,
ihrem Willen und Namen in dem des geliebten Mannes aufgehen
läßt, berechtigt den Mann, wenn er aus dem Leben scheidet, zu dem

---

[1] Lucrezia Floriani.

Bewußtsein, daß er dasselbe mit ihr getheilt und daß seine Liebe
ihr besser als jedwede zufällige oder vorübergehende Verbindung
die Ehre ihres Namens und den Frieden ihres Herzens zu sichern
vermochte.

Unvermuthet von Chopin getrennt, blieb das junge Mädchen,
das ihm zur Braut bestimmt war und ihm doch niemals angehören
sollte, seinem Andenken und Allem, was ihr von ihm zurückblieb,
treu. Mit ihrer kindlichen Freundschaft umgab sie seine Eltern, und
Chopin's Vater duldete nicht, daß ein in jenen hoffnungsvollen Tagen
von ihr gezeichnetes Portrait seines Sohnes jemals durch ein anderes vollenbeteres ersetzt werde. Viele Jahre später noch sahen wir
die bleichen Wangen dieses trauernden Weibes sich leise röthen, wie
den Alabaster ein plötzlicher Lichtschein färbt, als beim Anschauen
dieses Bildes ihr Blick dem eines aus Paris angekommenen Freundes begegnete.

Nach Ablauf der Gymnasialjahre begann Chopin seine Har-
monie-Studien bei Professor Joseph Elsner. Bei ihm lernte er
das schwer zu Erlernende und selten Ausgeübte: streng in den Anforderungen gegen sich selbst zu sein und Geduld und Fleiß bei der
Arbeit zu üben. Als er dann auch seinen musikalischen Kursus zu
glänzendem Abschluß gebracht hatte, sollte er auf Wunsch der Eltern
reisen, um berühmte Künstler sowohl als die Meisterwerke der Ton-
kunst in guten Aufführungen kennen zu lernen. Zu diesem Zweck
nahm er in verschiedenen Städten Deutschlands einen kurzen Aufenthalt. Im Jahre 1830 hatte er, um solch flüchtigen Ausflugs
willen, Warschau verlassen, als die Revolution vom 29. November
zum Ausbruch kam.

In Wien zu bleiben genöthigt, ließ er sich daselbst in mehreren
Koncerten hören. Gerade in diesem Winter aber war das sonst so
verständnisvolle, von allen Feinheiten des Gedankens und der
Ausführung rasch entzündete Wiener Publikum zerstreut. Nicht in
dem Maße als er es mit Recht erwarten durfte, erregte der junge
Künstler Aufsehen. Er verließ Wien, um sich nach London zu begeben; ging zuvor aber nach Paris, in der Absicht, nur kurze Zeit
dort zu verweilen. Seinem nach England visirten Passe hatte er

die Worte beifügen laſſen: »passant par Paris«. Dieſes Wort um=
ſchloß ſeine Zukunft. Viele Jahre ſpäter, als er in Frankreich nicht
nur acclimatiſirt ſondern naturaliſirt ſchien, pflegte er noch lächelnd
zu ſagen: „Ich bin nur en passant hier.“

Nach ſeiner Ankunft in Paris gab er zwei Koncerte, in denen
er ſofort die lebhafte Bewunderung der eleganten Geſellſchaft wie
der jungen Künſtler auf ſich zog. Wir erinnern uns noch ſeines
erſten Auftretens bei Pleyel, wo der rauſchendſte Beifall gegenüber
dieſem Talente, das nach der ideellen wie der formellen Seite ſeiner
Kunſt hin eine neue Phaſe offenbarte, unſerer Begeiſterung kaum
genügte. Im Gegenſatz zur Mehrzahl junger Debütanten, zeigte er
ſich keinen Augenblick durch ſeinen Triumph berauſcht oder geblendet.
Ohne Stolz und ohne falſche Beſcheidenheit nahm er ihn hin, frei
vom Kitzel kindiſcher Eitelkeit, wie ſie die Parvenus des Erfolges
an den Tag legen.

Alle ſeine Landsleute, die ſich zu jener Zeit in Paris befanden,
bereiteten ihm den entgegenkommendſten Empfang. Kaum angelangt
zählte er zu den vertrauten Freunden des Hôtel Lambert, wo der
alte Fürſt Adam Czartoryski mit Frau und Tochter die Trümmer
der polniſchen Geſellſchaft, die der letzte Krieg weit umher geworfen
hatte, um ſich vereinigte. Mehr noch zog ihn die Fürſtin Mar=
celline Czartoryska in ihr Haus. Sie gehörte zu ſeinen liebſten
Schülerinnen: ja ſie war, wie man ſagt, die Bevorzugte, der er die
Geheimniſſe ſeines Spiels und ſeiner magiſchen Träume als recht=
mäßiger Erbin ſeiner Erinnerungen und Hoffnungen zurückließ.

Häufig beſuchte er die Gräfin Louis Plater, geborene Gräfin
Brzoſtowska, „Pani Kaſztelanowa“ genannt. Bei ihr hörte man viel
gute Muſik; verſtand ſie es doch, alle die Talente, welche damals
ihren Aufſchwung zu nehmen und als glänzende Sternbilder zu
leuchten verſprachen, in ermuthigender Weiſe um ſich zu verſammeln.
Da fühlte ſich der Künſtler nie unedler, ja zuweilen barbariſcher
Neugier oder Indiskretion preisgegeben, die im Stillen überrechnet,
wie viele Beſuche, Dîners und Soupers jede Berühmtheit reprä=
ſentirt, um ja nicht zu verfehlen, eine ſolche, falls ſie gerade an
der Mode iſt, „bei ſich zu haben“, ohne an einen weniger bekannten

Namen ihre Großmuth zu verschwenden. Als echte grande dame
im alten Sinne des Worts, demzufolge sie sich als die Beschützerin
eines Jeden betrachtete, der in ihren auserwählten Kreis eintrat,
empfing Gräfin Plater die Gäste ihres Hauses. Balb Fee, balb
Muse, Schutzengel, zarte Wohlthäterin, jede Gefahr erkennend, stets
das rechte Auskunftsmittel errathend, war sie Jeglichem von uns
eine ebenso geliebte als verehrte liebenswürdige Protektorin, die
unsere Inspiration erleuchtete, erwärmte und erhob und unserm Leben fehlte, als sie nicht mehr war.

Viel verkehrte Chopin auch mit Frau von Komar und ihren
Töchtern, Fürstin Ludmilla von Beauveau und Gräfin Delphine
Potocka. Der Letzteren Schönheit und unbeschreibliche Geistesan-
muth erhoben sie zu einer der gefeiertsten Königinnen des Salons.
Ihr widmete er sein zweites Koncert, welches das von uns bereits
an anderer Stelle erwähnte Adagio enthält. Bei der Schönheit
ihrer reinen Linien konnte man sie noch an ihrem Todestage einer
liegenden Statue vergleichen. Immer von Schleiern, Shawls, Wolken
durchsichtiger Gaze umhüllt, die ihr ein eigenthümlich ätherisches
Ansehen gaben, war die Gräfin von einer gewissen Affektirtheit nicht
frei; was sie aber affektirte, war so ausgesucht fein, sie affektirte es
in so vornehmer Weise, war in der Wahl ihrer ihre angeborene
Überlegenheit noch erhöhenden Anziehungsmittel eine so raffinirte
Aristokratin, daß man nicht wußte, sollte man an ihr mehr die Natur
oder die Kunst bewundern. Ihr Talent, ihre unvergleichliche Stimme
übten auf Chopin einen Zauber, dessen holder Macht er sich leidenschaftlich hingab. Diese Stimme aber sollte noch in seiner letzten
Stunde an sein Ohr klingen und für ihn die süßesten Töne der
Erde mit den ersten Accorden himmlischer Musik verschmelzen.

Auch mit vielen jungen Polen stand er in Beziehung: Fontana,
Orda, dem eine große Zukunft zu winken schien und der doch mit
zwanzig Jahren in Algier fiel; die Grafen Plater, Grzymala, Os-
trowski, Szembeck, Fürst Casimir Lubomirski u. A. Da auch die
später in Paris eintreffenden polnischen Familien sich beeilten, seine
Bekanntschaft zu machen, so verkehrte er fortdauernd vorzugsweise
mit einem Kreis, der zum größten Theil aus seinen Landsleuten

bestand. Durch ihre Vermittelung ward er nicht nur von allen Vor=
kommnissen in seinem Vaterland unterrichtet, er blieb auch in einer
Art musikalischer Verbindung mit demselben. Gern ließ er sich die
neuen Dichtungen und Gesänge zeigen, welche die Neuankommenden
nach Frankreich mitbrachten. Gefielen ihm die Worte derselben, so
fügte er ihnen oftmals eine eigene Melodie bei, die sich rasch in
seiner Heimat verbreitete, ohne daß der Name ihres Urhebers immer
bekannt geworden wäre. Nachdem diese nur der Eingebung seines
Herzens entsprungenen Melodien allmählich zu beträchtlicher Anzahl
angewachsen waren, dachte Chopin in seiner letzten Lebenszeit daran,
sie zur Veröffentlichung zusammenzustellen. Leider gebrach ihm die
nöthige Muße dazu, und so bleiben sie nun verloren und verstreut, wie
der Duft von Blumen, die an unbewohnten Orten blühen und nur
den einsamen Pfad des vom Zufall dahin geführten Wanderers mit
Wohlgeruch erfüllen. Wir hörten in Polen mehrere solcher ihm zu=
geschriebener Melodien, die in der That auch seiner würdig wären.
Wer aber möchte es gegenwärtig wagen, zwischen den Inspirationen
des Dichters und seines Volkes eine unsichere Auslese zu halten?

Polen darf sich vieler Sänger rühmen; selbst solcher, die neben
den ersten Dichtern der Welt zu nennen sind. Mehr denn je lassen
es sich seine Schriftsteller angelegen sein, die merkwürdigsten und
ruhmreichsten Blätter seiner Geschichte, die ergreifendsten und male=
rischsten Charakterzüge des Landes und seiner Sitten hervorzuheben.
Chopin aber, der nicht wie sie planmäßig vorging, überragte sie
alle an Originalität. Er hat dies Resultat nicht gesucht und ge=
wollt; nicht im Voraus schuf er sich ein solches Ideal. Seine Kunst
schien sich zuvörderst einer „nationalen Poesie" nicht zuzuneigen;
auch forderte er ihr nicht mehr ab, als sie zu leisten vermochte. Nur
was er singen konnte, sollte sie schildern. Absichtslos, ohne in die
Vergangenheit zurückzugreifen, gedachte er der vaterländischen Ruh=
mesthaten; ohne sie im Voraus zu analysiren, verstand er seiner
Zeitgenossen Liebe und Thränen. Nicht das Resultat langen Sin=
nens und Grübelns war seine polnische Musik; er wäre vielleicht
erstaunt gewesen, sich einen polnischen Musiker nennen zu hören.
Und dennoch war er ein nationaler Musiker par excellence!

Sehen wir nicht zuweilen einen Dichter oder Künstler auftauchen, der den poetischen Sinn und Gehalt einer Gesellschaft und Epoche in sich zusammenfaßt und sammt den Typen, die sie umschloß oder zu verwirklichen trachtete, in seinen Schöpfungen darstellt? Was man durch Homer's Epen, durch Horaz' Satiren, Calderon's Dramen, Terburg's Bilder, Latour's Pastelle bestätigt gefunden, könnte es sich, nur in anderer Weise, nicht auch in der Musik wiederholen? Warum vermöchte nicht auch der Tonkünstler in seinem Stil und Kunstwerk Geist und Empfinden, Leben und Ideal einer Gesellschaft wiederzuspiegeln, die innerhalb einer bestimmten Zeit und eines bestimmten Landes eine besondere charakteristische Gruppe bildete? Chopin war der Dichter des Landes und der Zeit, die ihn geboren. Das seinem Volk ureigene und unter allen seinen Zeitgenossen verbreitete poetische Empfinden faßte er in seiner Phantasie zusammen und brachte es durch sein Talent zu künstlerischem Ausdruck.

Wie alle echten Nationaldichter sang Chopin wahl- und absichtslos, was die Gunst des Augenblicks ihm freiwillig gewährte. So wurden in natürlichster Weise und idealisirtester Form die Empfindungen, die seine Kindheit belebt, sein Jünglingsalter bewegt, seine Jugend verschönt hatten, in seinen Gesängen wieder lebendig. So auch gewann das „wirkliche Ideal" der Seinen, wenn man so sagen darf, das einst in Wahrheit existirende Ideal, dem Alle im Allgemeinen und Jeder im Besonderen sich in irgend einer Weise näherten, unter seiner Feder Gestalt. Anspruchslos vereinigte er die in seinem Vaterland allenthalben unklar empfundenen und fragmentarisch zerstreuten Gefühle zu einer glänzenden Strahlengarbe. Erkennt man den nationalen Künstler nicht eben an der Gabe, die seinem Volke eigenen, wenn auch vielfältig zerstreuten und unbestimmten Bestrebungen in eine allen Völkern verständliche poetische Formel zusammenzufassen?

Ist man gegenwärtig nicht ohne Grund bemüht, die in den verschiedenen Ländern heimischen Melodien sorgfältig zu sammeln, so möchte es uns noch interessanter dünken, dem Charakter, welcher auf das Talent der ganz besonders durch das Nationalgefühl inspirirten Virtuosen und Komponisten bestimmend wirkt, einige Aufmerksamkeit

zu schenken. Nur Wenige sind es bisher, deren hervorragende Werke
sich der allgemeinen Eintheilung in italiänische, französische, deutsche
Musik nicht einordnen lassen. Dessenungeachtet läßt sich vermuthen,
daß bei der erstaunlichen Entwickelung, die dieser Kunst in unserem
Jahrhundert bestimmt zu sein scheint (und die vielleicht die glorreiche
Ära der Malerei des cinque cento für uns erneuert), Künstler her=
vortreten werden, deren Individualität eine feinere, verzweigtere
Klassificirung bedingt; deren Werke den Stempel einer aus der Ver=
schiedenheit der Organisationen geschöpften Originalität tragen, wie
sie die Verschiedenheit der Rassen, des Klimas und der Sitten in
jedem Lande hervorbringt. Die Zeit wird kommen, wo ein ameri=
kanischer Pianist sich von einem deutschen, ein russischer Sympho=
niker von einem italiänischen wesentlich unterscheiden wird. Es ist
vorauszusehen, daß, wie in allen Künsten so auch in der Musik,
die Einwirkungen des Vaterlandes auf große und kleine Meister,
dii minores, erkennbar werden; daß man in den Produktionen
Aller den Volksgeist vollständiger, poetisch wahrer und interessanter
für das Studium abgespiegelt finden wird, als in den abgeleierten,
unkünstlerischen populären Inspirationen, so rührend dieselben auch
ihren Zeitgenossen erscheinen mögen.

Chopin wird dann den ersten Musikern beigezählt werden, die
in dieser Weise, unabhängig vom Einfluß einer Schule, den poeti=
schen Gehalt einer ganzen Nation in sich individualisirten. Und
zwar nicht nur weil er sich des Rhythmusses der „Polonaisen", der
„Mazurken" oder „Krakowiaks" bediente und mit ihrem Namen viele
seiner Arbeiten benannte. Hätte er sich darauf beschränkt, sie zu
vermehren, so würde er stets nur dasselbe Bild, die Erinnerung an
denselben Gegenstand, dieselbe Thatsache dargestellt haben — eine
Reproduktion, die bald langweilig geworden wäre, da sie nur der
Verbreitung einer einzigen, leicht mehr oder minder monoton werden=
den Form gedient hätte. Sein Name wird als der eines wesentlich
polnischen Dichters fortdauern, weil er alle die von ihm benutzten
Formen als Ausdruck einer seinem Volke eigenen, anderwärts nahezu
unbekannten Empfindungsweise anwandte; weil der Ausdruck der
gleichen Empfindungen sich unter allen Formen und allen Namen

wiederfindet, die er seinen Werken gab. Seine „Präludien", seine „Etüden", seine „Nocturnes" zumal, seine „Scherzos", selbst seine „Sonaten" und „Koncerte" — seine kürzesten, wie seine umfangreichsten Kompositionen — athmen die gleiche Empfindungsweise, die, in verschiedenen Steigerungen dargestellt, tausendfach umgestaltet und variirt, doch immer eine und dieselbe bleibt. Als ein in höchstem Grade subjektiver Künstler, beseelte Chopin all' seine Schöpfungen mit dem gleichen Leben, nämlich mit dem ureigenen Leben ihres Schöpfers selbst. Durch die Einheit des Gegenstandes sind demnach alle seine Werke mit einander verbunden. Ihre Schönheiten wie ihre Fehler sind die Folge einer immer gleichen und zwar einer exklusiven Gefühlsweise. Diese aber ist die erste Bedingung für den Dichter, wenn seine Gesänge einen Wiederhall finden sollen in den Herzen seines Volkes[1].

---

[1] Wir führen hier einige Zeilen des Grafen Karl Zuluski, des Enkels jenes Fürsten Oginski, an, dessen wir als Autors der erwähnten, mit der seltsamen Vignette versehenen Polonaise gedachten. Besser wohl als viele Landsleute Chopin's wußte Graf Zuluski, ein vortrefflicher Musiker, Sinn, Geist und Seele seiner Werke zu erfassen. In einem interessanten Aufsatz über Chopin, den eine Wiener Zeitschrift: „Die Dioskuren", II. Band, veröffentlichte, äußert der als Dichter wie als Orientalist sich auszeichnende Diplomat sich folgendermaßen:

„Kein Werk des Meisters ist aber geeigneter, einen Einblick in den erstaunlichen Reichthum seiner Gedanken zu gewähren, als seine Präludien. Diese zarten, oft ganz kleinen Vorspiele sind so stimmungsvoll, daß es kaum möglich ist, beim Anhören derselben sich der heranbringenden poetischen Anregungen zu erwehren. An und für sich bestimmt, musikalische Intentionen mehr anzudeuten als auszuführen, zaubern sie lebhafte Bilder hervor, oder so zu sagen selbstentstandene Gedichte, die dem Herzensdrang entsprechenden Gefühlen Ausdruck zu geben suchen. Bewegt, leidenschaftlich, zuletzt so wehmüthig ruhig ist das Prélude in Fis-Moll, daß man unwillkürlich daran einen deutlichen Gedanken knüpft, indem man sagt:

Es rauschen die Föhren in herbstlicher Nacht,
Am Meer die Wogen erbrausen,
Doch wildere Stürme mit böserer Macht
Im Herzen der Sterblichen hausen.

Denn ruht wohl die See bald und seufzet kein Ast,
Das Herz, ach! muß grollen und klagen,
Bis daß ein Glöcklein es mahnet zur Rast
Und jetzo es aufhört zu schlagen!

Nichtsdestoweniger darf man fragen, ob diese echt nationale, specifisch polnische Musik bei ihrem Erscheinen seitens derer, die sie besang und verherrlichte, einer gleich verständnisvollen und eifrigen Aufnahme begegnete als Mickiewicz', Słowacki's, Krasinski's Dich=tungen? Die Kunst trägt einen so räthselhaften Zauber in sich, ihre Wirkung auf die Herzen ist eine so geheimnisvolle, daß selbst die, welche am meisten von ihr beherrscht werden, das, was sie singt und sagt, nicht allsogleich in Worten oder Bildern wieder=zugeben vermögen. Ganze Generationen müssen diese Poesie erst in sich aufzunehmen, ihren Duft einzuathmen gelernt haben, um endlich ihren ganzen lokalen Reiz zu erfassen und daraus ihre Abkunft zu errathen.

Chopin's Landsleute umdrängten ihn in Menge. Sie nahmen Antheil an seinen Erfolgen, genossen mit ihm seine Berühmtheit, rühmten sich seines Namens als eines ihnen Angehörenden. Wußten sie aber, inwieweit seine Musik ihnen angehörte? Gewiß, sie ließ ihre Herzen höher schlagen, entlockte ihren Augen Thränen; aber wußten sie wohl immer warum? Vielleicht erscheint Einer, der viel mit ihnen verkehrt, sie besonders geliebt und bewundert hat, zu der Annahme berechtigt, daß sie nicht Künstler und Musiker genug, nicht genügend scharfsinnige Beurtheiler der künstlerischen Intentionen

Zwei reizende Gegenstücke erinnern an eine theokritische Landschaft, an einen rieselnden Bach und Hirtenflötentöne. Der Absicht, die Rollen unter beide Hände zweifach zu vertheilen, entsprang die doppelte Darstellung, deren Analogien und Kontraste in fast mikroskopischen Verhältnissen wunderbar erscheinen. Sie erinnern an jene wundervollen Gebilde der Natur, die im kleinsten Raum eine so erstaun=liche Zahlenmenge aufweisen. Man zähle nur die Noten des zuerst erwähnten Vorspieles; ihre Zahl beträgt gegen fünfzehnhundert, die kaum eine Minute aus=füllen. — Anderswo rollen Orgeltöne im weiten Domesraum, oder es erzittern im fahlen Mondlichte Friedhofsklagetöne, während Irrlichter geisterhaft vorbeihuschen. Dort wandelt der Sänger am Meeresufer, und der Athemzug des bewegten Elemen=tes umweht ihn mit unbekannten Stimmungen aus fernen Welten.

Es fehlt nicht an traditionellen Auslegungen mancher Schöpfungen Chopin's. Wer denkt da nicht gleich an das Prélude in Es=Dur, das an einem stürmischen Tage auf den Balearen entstand? Gleichmäßig und immer wiederkehrend fallen bei Sonnenschein Regentropfen herab; dann verfinstert sich der Himmel und ein Gewitter durchbraust die Natur. Nun ist es vorübergezogen, und wieder lacht die Sonne; doch die Regentropfen fallen noch immer! . . .

waren, um sich über den letzten Grund ihrer tiefen Bewegung beim
Anhören ihres Barden Rechenschaft zu geben. Aus der Weise, wie
Einige seine Kompositionen spielten, sah man, daß sie zwar stolz
auf Chopin als ihres Gleichen waren, aber keine Ahnung davon
hatten, daß seine Musik ausdrücklich von ihnen sprach, sie in Scene
setzte und dichterisch verklärte.

Eine andere Zeit, ein andres Geschlecht freilich war mittlerweile
herbeigekommen. Das Polen, das Chopin gekannt, hatte, tapfer und
galant zugleich, seine ersten europäischen Lorbeeren auf den Schlacht=
feldern des ersten Napoleon gepflückt. Es hatte mit dem schönen
unglücklichen Fürsten Joseph Poniatowski, der sich in die Fluten
der Elster stürzte, einen ritterlichen Glanz um sich verbreitet, und
noch immer scheinen jene Fluten erstaunt über die Kühnheit, mit
der sie ihn verschlungen, wie über den Weltruf, der sich an ihre
prosaischen Ufer knüpft, seit eine mächtige Trauerweide die berühmten
Manen überschattet. Das Polen Chopin's war noch das von Ruhm
und Lustbarkeit, Tanz und Liebe berauschte Polen, das helden=
müthig auf den Wiener Kongreß gehofft hatte und thöricht genug
auch unter Alexander I. noch hoffte. — Inzwischen war Kaiser
Nikolaus zur Regierung gekommen! — Ihre noblen, verfeinerten
Empfindungen, durch den drohenden Galgen in sich zurückgeschreckt,
lebten hinfort nur noch mit dem Tod in der Seele. Bald gingen
sie in einem Ocean von Thränen unter, wurden in Särgen erstickt,
in der bittern Noth der Verbannung, der Konfiskation, der Kerker
von Petrozawodsk, der sibirischen Bergwerke, der kaukasischen Sol=
datenröcke, der dreitausend militärischen Knutenhiebe vergessen. Wer
freilich unter den Eindrücken einer so düsteren Wirklichkeit, die Seele
von derlei Schreckensbildern erfüllt, dem Vaterland entflohen war,
vermochte, in Paris ankommend, den Faden der Erinnerungen
Chopin's nicht leicht da wieder aufzunehmen, wo er abgerissen
worden.

Gern hätten wir hier durch Analogie von Wort und Bild
die inneren Eindrücke verständlich gemacht, welche einer so auser=
lesenen Feinfühligkeit und Reizbarkeit entsprechen, wie sie glühenden
und leicht beweglichen, in ihrem Stolz tief verwundeten Naturen

eigen ift. Doch schmeicheln wir uns nicht, daß es uns gelungen wäre, eine so ätherische, duftige Flamme in den engen Raum des Wortes zu bannen. Wäre die Lösung dieser Aufgabe überhaupt möglich? Wird neben den machtvollen oder lieblichen Eindrücken, welche andere Künste hervorrufen, das Wort nicht immer matt und kalt, dürr und dürftig erscheinen? Äußerte eine Frau, deren Feder viel gesagt, gemalt, gemeißelt und gesungen hat. nicht oft mit Recht: „daß von allen Arten, ein Gefühl zum Ausdruck zu bringen, das Wort die unzulänglichste sei?" Wir bilden uns nicht ein, in diesen Blättern jene Weichheit und Kraft der Farbengebung erreicht zu haben, die erforderlich wäre, um die mit unnachahmlicher Leichtigkeit entworfenen Tonbilder Chopin's wiederzugeben.

Da ist Alles zart und fein, bis hinauf zur Quelle des Zorns und der Leidenschaft. Da verschwinden die freien, raschen Impulse. Bevor sie ans Licht treten, mußten sie alle die strenge Musterung einer fruchtbaren, geist- und anspruchsvollen Phantasie bestehen, die sie zusammenstellte und ihre Gestalt bestimmte. Sie alle wollen mit Scharfsinn erfaßt, mit Zartgefühl künstlerisch verlebendigt werden. Das eben, daß er sie mit fein wählerischer Hand erfaßte und mit wunderbarer Kunst verlebendigte, hat Chopin zum Künstler ersten Ranges gemacht. Nur wenn man ihn lange und ausdauernd studirt, seinem Gedanken durch all' seine vielfältigen Verzweigungen nachgeht, lernt man vollkommen verstehen und würdigen, wie er denselben förmlich sichtbar und greifbar zu machen verstand, ohne daß er je schwerfällig oder kalt erschiene.

Zu jener Zeit brachte ein befreundeter Musiker, ein entzückter und begeisterter Zuhörer, ihm täglich eine so zu sagen intuitive Bewunderung dar; denn erst viel später erschloß sich ihm das ganze Verständnis dessen, was Chopin gesehen und geliebt, was ihn in seinem Vaterlande erregt und entflammt hatte. Er hätte ohne Chopin, selbst wenn er Polen und die Polinnen kannte, wohl nimmer errathen, was Polen war und was die Polinnen und ihr Ideal sind. Hinwiederum hätte er Chopin's Ideal: Polen und die Polinnen. wohl nicht so zu verstehen vermocht, hätte er nicht seine Heimat aufgesucht und dort der Fülle von Hingebung, Großmuth und Heldenmuth, die das Frauenherz umschließt, bis auf den Grund geschaut. Alsbald begriff er, daß der polnische Künstler seine Verehrung des Genies dadurch kundgab, daß er es als Vorrecht der Geburt betrachtete.

Als Chopin's Aufenthalt in Paris sich mehr und mehr verlängerte, wurde er in Kreise hineingezogen, die weit abseits von denen lagen, in deren Mitte er aufgewachsen war. Sicherlich dachte er nie daran, den Umgang mit den schönen und geistvollen Beschützerinnen seiner Jugend aufzugeben, und dennoch — er wußte nicht wie es geschah? — kam eine Zeit, wo seine Besuche bei ihnen seltener wurden. Dem Kreise, in den er nun eingetreten war, war das polnische Ideal und vollends das Ideal irgend welchen Geburtsvorrechtes gänzlich fremd. Wohl begegnete er daselbst der königlichen Erscheinung des Genies, die ihn angezogen hatte. Aber sie versammelte keinen Adel, keine Aristokratie um sich, die im Stande gewesen wären, sie auf den Schild zu erheben und mit grünem Lorbeer oder funkelndem Perlendiadem zu krönen. Wandelte ihn einmal die Lust an, sich selber Musik zu machen, so redeten die Liebeslieder seines Klaviers eine Sprache, die Keiner rings umher verstand.

Berührte ihn vielleicht der Kontrast zwischen dem Salon, in dem er gegenwärtig war, und jenen anderen, wo man ihn vergeblich erwartete, zu peinlich, als daß er der bösen Macht zu entrinnen vermochte, die ihn in einer seiner vornehmen Natur so fremdartigen Umgebung festhielt? Oder dünkte ihm im Gegentheil dieser Kontrast nicht stark genug, um ihn dem Genuß unseliger Liebeslust zu entreißen, nun sein Vaterland ihm inmitten seiner verbannten oder unglücklichen Töchter nicht mehr jene magischen Feste zu bieten vermochte, wie er sie in seinen Jugendjahren geschaut? Wer von den Seinen hätte es denn gewagt, sich in jener Zeit an einem Feste zu betheiligen? Wer also von denen, die seine Landsleute nicht kannten, wußte und ahnte Etwas von der Welt, welche diese polnischen Sylphiden und Peris belebten und als züchtig fromme Zauberinnen beherrschten? Und hätte man auch wirklich ihre duftigen Schattenrisse mit staunendem Auge geschaut, was würden die, deren Haar und Bart so wenig von Pflege als ihre Hände von Handschuhen wissen, davon verstanden haben? Schnell hätten sie sich abgekehrt, wie wenn der zerstreut emporgerichtete Blick weißen oder purpurnen Wolken begegnet, die mit ihren wechselnden Farbentönen eine Landschaft am luftigen Himmelsgewölbe malen, die freilich den wüthenden Politiker sehr gleichgültig läßt.

Was mag Chopin fürwahr gelitten haben, als er den Adel des Genies und Talentes, dessen Ursprung sich in das göttliche Dunkel des Himmels verliert, seiner Hoheit freiwillig entsagen und „verbürgern", ja sich so weit vergessen sah, daß er den Saum seines Gewandes vom gemeinen Koth der Straßen beschmutzen ließ! Mit welch geheimer Angst mag sich sein Blick aus der unschönen, ihn bedrückenden Wirklichkeit der Gegenwart oftmals in die Poesie der Vergangenheit zurückgeflüchtet haben, wo er nur Entzücken, Leidenschaft und Anmuth um sich sah, die die Seele befriedigen und den Willen stählen, aber sie nie verweichlichen lassen! Beredter als alle menschlichen Worte wirkt die Zurückhaltung in einer Luft, wo man Feuer, aber ein belebendes, durch Tugend, Ehre, Geschmack, Vornehmheit der Wesen und der Dinge geläutertes Feuer einathmet. Gleich van Dyck vermochte auch Chopin nur ein einer höheren Sphäre angehörendes Weib zu lieben. Doch minder glücklich als der Lieblingsmaler des distinguirtesten Adels der Welt, verfiel er den Fesseln einer Macht, die den Bedürfnissen seines Wesens nicht entsprach. Er begegnete nicht dem vornehmen jungen Mädchen, das glücklich war, sich in einem von Jahrhunderten bewunderten Meisterwerk verewigt zu sehen, wie van Dyck die blonde liebliche Engländerin verewigte, deren schöne Seele in ihm erkannte, daß der Adel des Genies noch über dem des Stammbaums steht.

Lange Zeit hielt Chopin sich von den gefeiertsten Berühmtheiten der französischen Hauptstadt ziemlich fern; der laute Schwarm ihrer Anhänger war ihm lästig. Er seinerseits forderte weniger als sie die Neugier heraus, da sein Charakter und seine Gewohnheiten mehr wahre Originalität als augenfällige Excentricität bekundeten. Da wollte es das Unglück, daß er eines Tages vom Zauberbann eines Blickes getroffen ward, der, als er ihn seinen Flug zu den Wolken nehmen sah, sich ihm zuwandte und ihn in seine Netze fallen ließ. Man wähnte diese Netze wohl anfangs vom feinsten Golde und mit Perlen übersäet; aber jede ihrer Maschen ward für ihn zum Gefängnis, wo er sich mit giftgetränkten Banden gefesselt fühlte. Vermochte auch dies ätzende Gift seinen Genius nicht zu schädigen, es zehrte doch an seinem Leben und entrückte ihn vor der Zeit der Welt, seinem Vaterland, der Kunst!

VII.

Im Jahre 1836 hatte George Sand nicht nur »Indiana«,
»Valentine« und »Jacques«, sondern auch »Lelia«
veröffentlicht — eine Dichtung, von der sie später
sagte: „Wenn ich bedauere, sie geschrieben zu haben,
so ist es nur darum, weil ich sie nicht noch einmal schreiben kann.
In einer ähnlichen Geistesverfassung wie damals, würde es mir
gegenwärtig eine große Erleichterung gewähren, sie wieder anfangen
zu können"[1]. In der That, die Aquarellmalerei des Romans mußte
George Sand fad erscheinen, nachdem sie Meißel und Hammer des
Bildhauers geführt und diese gewaltige Statue modellirt hatte, der
in ihrer monumentalen Unbeweglichkeit ein verführerischer Reiz inne
wohnt und die bei längerer Betrachtung uns schmerzlich bewegt,
wie wenn, durch ein dem des Pygmalion entgegengesetztes Wunder,
eine lebendige Galathea durch den von Liebe erfaßten Künstler in
Stein verwandelt worden wäre, um ihre Schönheit vor Vergäng=
lichkeit zu schützen. Statt daß wir aber Angesichts der zum Kunst=
werk verwandelten Natur die Liebe sich der Bewunderung gesellen
sehen, verstimmt uns vielmehr die Wahrnehmung, daß Liebe in
Bewunderung übergehen kann.

Braune Lelia! Einsame Gegenden hat dein Fuß durchwandert,
düster wie Lara, zerrissenen Gemüthes wie Manfred, rebellisch wie

---

1) Lettres d'un voyageur.

Kain, so warst du; doch wilder, unbarmherziger, trostärmer noch als
Jene. Denn kein Männerherz fand sich, das weiblich genug fühlte,
um dich zu lieben, wie sie geliebt wurden, um deinen herben Reizen
den Tribut blind vertrauender Unterwerfung, stummer und heißer
Hingebung zu zollen, um seine Fügsamkeit unter den Schutz deiner
Amazonenkraft zu stellen! Heldenweib, wie jenes kriegerische Geschlecht warst auch du tapfer und kampfbegierig, und scheutest dich
nicht, dein sammetweiches Antlitz durch Sonne und Sturm bräunen
zu lassen, deine mehr geschmeidigen als kräftigen Glieder an Beschwerden zu gewöhnen und ihnen so die Macht ihrer Schwachheit
zu rauben! Wie jene Heldinnen mußtest auch du mit einem dich
blutig verletzenden Panzer die Brust bedecken, die, hold wie das
Leben, verschwiegen wie das Grab, dem Manne heilig ist, wenn
sein Herz den ausschließlichen undurchdringlichen Schild derselben
bildet!

Nachdem sie mit stumpferem Meißel dies Antlitz geglättet, dessen
Hoheit und Stolz, dessen düster umschatteter Blick und elektrisches
Haar an die griechischen Marmorbilder der Gorgone erinnern, deren
herrliche Züge und schöne, verhängniskündende Stirn wir bewundern, ob auch ihr sardonisches Lächeln das Blut erstarren macht —
suchte George Sand vergebens nach einer anderen Form für das
Gefühl, das ihre unbefriedigte Brust durchwühlte. Nachdem ihre
hohe Kunst diese Gestalt geschaffen, welche alle männlichen Tugenden in sich vereinte, um die einzig von ihr verschmähte: die Selbst-
aufopferung in der Liebe, zu ersetzen, die der Dichter als „das ewig
Weibliche" unter allen Tugenden am höchsten feiert; nachdem sie
Don Juan verdammen und doch eine Hymne auf das Genußver-
langen von dem Weibe singen ließ, das gleich Don Juan die
einzige Lust, welche das Verlangen stillen kann: die Entsagung,
verschmähte; nachdem sie, indem sie Stenio schuf, Elvira gerächt
und, mehr als Don Juan die Frauen erniedrigt, die Männer verachtet hatte — schilderte George Sand in den „Briefen eines Reisenden" die Abspannung und Betäubung, die den Künstler ergreifen,
wenn, obwohl er die ihn beunruhigende Empfindung in einem
Werke verkörpert, seine Phantasie doch fortdauernd in ihrem Banne

bleibt, ohne daß er sie in anderer Form zu idealisiren vermöchte.
Es sind dies Dichterqualen, die Byron wohl verstand, als er den
von ihm wieder auferweckten Tasso heiße Thränen weinen ließ, nicht
über Kerker und Ketten, die ihn fesselten, noch über seine körperlichen Schmerzen oder die Schmach der Menschheit; sondern darüber, daß sein Epos beendigt und er nun seiner Traumwelt entrückt,
der grausamen Wirklichkeit zurückgegeben sei.

Durch einen Chopin befreundeten Musiker, einen von denen,
die ihn bei seiner Ankunft in Paris aufs freudigste begrüßt hatten,
hörte George Sand zu jener Zeit häufig von diesem exceptionellen
Künstler sprechen. Mehr noch als sein Talent wurde ihr sein poetisches Genie gepriesen. Sie lernte seine Werke kennen und bewunderte ihre süße Schwärmerei. Sie erstaunte über den Gefühlsreichthum, der diese Dichtungen und Herzensergüsse edelster Art erfüllte.
Dazu kam, daß einige Landsleute Chopin's ihr von den Frauen
ihrer Nation mit einem Enthusiasmus sprachen, der ihnen bei diesem
Thema eigen ist und durch die frische Erinnerung an die im letzten
Kriege von ihnen bewiesene Opferfähigkeit noch erhöht ward. Aus
ihren Erzählungen und den poetischen Inspirationen des Künstlers
erkannte sie ein Ideal der Liebe, das sich zum Kultus der Frau
gestaltete. Sie glaubte, daß das Weib, vor jeglicher Abhängigkeit
und Unterordnung geschützt, sich in Polen zur Macht eines höheren,
dem Mann befreundeten Wesens erhebe. Freilich ahnte sie sicherlich
nicht, welch' eine Kette verschwiegener Leiden und Entsagung, Lang-
muth, Nachsicht und muthvoller Ausdauer dies Ideal geschaffen
hatte, das, stolz und resignirt, neben der Bewunderung die Weh-
muth des Betrachters weckt, wie jene rothblühenden Blumen, deren
Stiele, sich zu einem Netz langen grünen Geäders verschlingend, den
Ruinen Leben leihen. Aus dem bröckelnden Kitt morschen Gesteins
läßt sie Natur hervorsprießen, und über den Verfall menschlicher
Werke breitet ihr unerschöpflich sinniger Reichthum den Schleier der
Schönheit.

Als sie sah, daß der polnische Künstler, statt Porphyr und
Marmor mit seiner Phantasie zu beleben und wuchtige, weithin
leuchtende Schöpfungen hinzustellen, denselben vielmehr alle Schwere

benahm, ihre Contouren verwischte und nöthigenfalls selbst die
Architektur ihrem Boden entrückt hätte, um sie gleich den Luft=
schlössern der Fata morgana in die Wolken zu versetzen, fühlte sich
George Sand von der unfaßbaren Leichtigkeit dieser Gestalten nur
noch mehr zu dem Ideal hingezogen, das sie darin zu erblicken
meinte. Obgleich die Kraft ihres Arms wohl ausgereicht hätte, um
Gestalten in voller Körperlichkeit zu bilden, war ihre Hand doch
zart genug, um jene kaum sichtbaren Reliefs zu formen, in denen
der Künstler dem Stein nur den Schatten einer unverwischbaren
Silhouette anzuvertrauen scheint. Sie war der übernatürlichen Welt
nicht fremd; schien die Natur doch vor ihr, wie vor einer Lieblings=
tochter, ihren Gürtel gelöst zu haben, um ihr alle die Launen,
Spiele und Reize zu enthüllen, die sie der Schönheit verleiht.

Selbst die oft kaum wahrzunehmende Anmuth in den Bildun=
gen der Natur blieb ihr nicht verborgen. Sie, deren Blick unab=
sehbare Weiten zu umfassen liebte, verschmähte es nicht, die Farben=
pracht des Schmetterlingsflügels zu beobachten, das wunderbar
symmetrische Netzgewebe zu studiren, welches das Farrenkraut als
Baldachin über die Walderdbeere spannt, dem Rieseln des Bachs
im feuchten Rasen zu lauschen, wo sich das Zischen der „verliebten
Viper" vernehmen läßt. Dem Tanze der Irrlichter am Saum von
Sümpfen und Wiesen hatte sie zugesehen und die chimärischen Ziele
errathen, zu denen ihr verrätherisches Hüpfen den verspäteten Wan=
derer lockt. Sie hatte dem Koncert, das die Grille und ihre Freun=
dinnen in den Stoppeln des Brachfeldes anstimmen, ihr Ohr geliehen,
und die Bewohner der geflügelten Waldrepublik waren ihr ebenso=
wohl dem Namen als ihrem Federkleid und Gesang oder Klageruf
nach bekannt. Sie wußte, wie weich das Fleisch der Lilie, wie
blendend ihr Teint ist und verstand die Verzweiflung Genoveva's,
des in die Blumen verliebten Kindes, dem es nicht gelingen wollte,
ihrer holden Pracht zu gleichen[1].

In ihren Träumen besuchten sie jene „unbekannten Freunde",
die, „wenn sie angsterfüllt an verlassenem Ufer saß, ein reißender

---

1) André.

Strom auf mächtiger Barke herbeiführte. Dahinein schwang sie sich, um nach den unbekannten Ufern des Traumlandes zu schiffen, welches das wirkliche Leben nur wie ein Nebelbild an denen vorüberführt, die von Kindheit an die Zaubermuscheln kennen, die zu den glücklichen Inseln geleiten, wo Alle schön und jung sind, wo Männer und Frauen im lang herabwallenden Haar Blumenkränze tragen, seltsam geformte Becher und Harfen in der Hand; wo sie in Stimmen und Gesängen reden, die nicht von dieser Welt sind, und Alle die gleiche, himmlische Liebe erfüllt; wo silberne Becken die duftenden Wasserstrahlen auffangen, in chinesischen Vasen blaue Rosen wachsen, wo zauberische Fernsichten winken, wo man nackten Fußes auf sammtnen Moosteppichen wandelt und sich singend im balsamischen Grün des Hains verliert. —“ ¹)

So wohlbekannt waren ihr diese „unbekannten Freunde“, daß wenn sie dieselben wiedergesehen hatte, „sie den ganzen Tag nicht ohne Herzklopfen an sie zurückdenken konnte.“ In Hoffmann's Geisterwelt war sie eingeweiht. Hatte sie doch die Bilder der Todten lächeln ²) und manches Haupt von einem Glorienschein umflossen gesehen, wenn Sonnenstrahlen, wie ein Arm Gottes, leuchtend und unfaßbar, von wirbelnden Atomen umgeben, sich aus der Höhe eines gothischen Fensters herniedersenken. Hatte sie nicht im Gold- und Purpurglanz der untergehenden Sonne die hehrsten Erscheinungen erblickt? Keinen Mythus gab es im Reich des Phantastischen, dessen Geheimnis ihr nicht vertraut war.

So verlangte sie denn darnach, den Mann kennen zu lernen, den seine Flügel zu „jenen Gefilden trugen, die sich unmöglich beschreiben lassen und die doch irgendwo auf Erden, oder auf einem der Planeten existiren müssen, deren Licht wir beim Niedergang des Mondes so gern im Waldesdunkel betrachten.“ ³) Mit eigenen Augen wollte sie den sehen, der, nachdem er gleich ihr dies schönere Land entdeckt hatte, es nie wieder verlassen, nie wieder Herz und Phantasie zu dieser wirklichen Welt zurückwenden wollte, die den finnländischen

---

1) Lettres d'un voyageur.
2) Spiridion.
3) Lettres d'un voyageur.

Küsten vergleichbar ist, wo man den schlammigen Morästen und
Sümpfen nur entgehen kann, wenn man zum nackten Granit einsamer Felsen emporklimmt. Müde vom schweren Traum, den sie
Lelia nannten, müde, einem gewaltigen, aus irdischem Stoff gebilde-
ten „Unmöglichen" nachzusinnen, war sie begierig, dem Künstler zu
begegnen, der einem unkörperlichen, wolkenverhüllten, an das Über-
irdische grenzenden „Unmöglichen" schwärmend nachjagte.

Doch ach! bleiben diese Regionen auch von den Miasmen unserer
Atmosphäre befreit, unser Leid, unsere Verzweiflung dringen auch
in ihre Ferne. Wer sich zu ihnen aufschwingt schaut aufgehende,
aber auch erlöschende Sonnen. Eins nach dem andern schwindet
von den glänzendsten Gestirnen. Gleich leuchtenden Thautropfen
sinken die Sterne herab in das Nichts, dessen gähnenden Abgrund
wir nicht ermessen, und während sie die Weiten des Äthers, die
blaue Sahara mit ihren wandernden Oasen betrachtet, gewöhnt sich
die Einbildungskraft an eine Schwermuth, die keine Begeisterung
noch Bewunderung fortan zu bannen vermag. Die Seele versenkt
sich in diese Bilder, sie nimmt sie in sich auf, ohne doch selbst von
ihnen bewegt zu werden, wie die schlummernden Wasser eines Sees
Rahmen und Bewegung der Ufer auf ihrer Oberfläche wiederspiegeln,
ohne aus ihrer tiefen Ruhe zu erwachen. „Diese Schwermuth schwächt
selbst die freudigen Aufwallungen des Glückes durch die Ermattung
ab, welche die Anspannung der sich über ihre natürliche Sphäre
erhebenden Seele nach sich zieht. Sie bringt die Unzulänglichkeit
der menschlichen Sprache zuerst denen zur Empfindung, die sie
erforschen und beherrschen. Sie führt weit abseits von allen thätigen
und kämpfenden Neigungen, um im unendlichen Raum umherzu-
schweifen und sich auf abenteuerlichem Flug weit über die Wolken
hinaus ins Unermeßliche zu verlieren, wo man von der Schönheit
der Erde nichts mehr gewahrt, da man nur den Himmel schaut,
wo die Wirklichkeit nicht mehr mit der poetischen Empfindung des
Verfassers von „Waverley" betrachtet wird, sondern wo man, die
Poesie selbst idealisirend, das Unendliche, wie Manfred, mit seinen
eigenen Geschöpfen bevölkert."[1]

1) Lucrezia Floriani.

Fühlte Frau George Sand die tiefe Melancholie, den starren Willen, die herrische Exklusivität wohl voraus, die den Hintergrund solch' beschaulicher Gewohnheiten bildet und sich der Phantasie bemächtigt, welche sich in Träumen zu ergehen liebt, deren Urbilder weit außerhalb ihres natürlichen Lebenskreises liegen? Ahnte sie wohl, welche Gestalt für solche Naturen die Zuneigung des Herzens annimmt, und daß nur das gänzliche Aufgehen im Andern ihnen gleichbedeutend mit Liebe ist? Man muß, in gewisser Beziehung wenigstens, sich unwillkürlich nach ihrer Weise verschließen, um von Anbeginn das Geheimnis dieser verschlossenen Charaktere zu ergründen, die sich — wie manche Pflanzen, die ihre Blätter beim leisesten Windzug schließen und sie nur im Sonnenschein wieder öffnen — plötzlich in sich selbst zurückziehen. Man hat diese Charaktere, im Gegensatz zu denen, die „reich durch Überfluß" sind, „reich durch Ausschließlichkeit" genannt. „Begegnen und nähern sie sich einander," sagt die von uns angeführte Romandichterin, „so können sie sich doch nie miteinander verschmelzen; Eins von Beiden muß nothwendig das Andere vernichten und nur die Asche von ihm übrig lassen." Zarte Naturen, wie die des Meisters, dessen Leben wir vergegenwärtigen, gehen sich selbst verzehrend zu Grunde, da sie einzig den Bedürfnissen ihres Ideals gemäß leben können und wollen.

Chopin schien eine gewisse Scheu vor der Frau zu empfinden, die sich Andern ihres Geschlechts so überlegen zeigte und wie eine delphische Priesterin Dinge aussprach, von denen Jene Nichts wußten. Lange vermied er eine Begegnung mit ihr. Frau Sand wußte und ahnte — Dank der reizenden Einfalt, die zu den liebenswürdigsten Zügen ihres Wesens gehörte — Nichts von dieser Geisterfurcht. Sie kam ihm entgegen, und bald zerstreute ihr Anblick die Vorurtheile, die er bis dahin hartnäckig gegen die schriftstellernden Frauen gehegt.

Im Herbst des Jahres 1837 ward Chopin von den beängstigenden Anfällen eines Übels heimgesucht, das ihm fast nur die Hälfte seiner Lebenskräfte übrig ließ. Besorgniserweckende Symptome zwangen ihn, um der Strenge des Winters zu entgehen, zu einer

Reise nach dem Süden. George Sand, die sich den Leiden ihrer
Freunde gegenüber immer so aufmerksam und theilnehmend bezeigte,
wollte ihn nicht in einem Zustand, der die sorglichste Pflege erheischte,
allein reisen lassen. Sie entschloß sich ihn zu begleiten. Als Ziel
wählten sie die balearischen Inseln, deren gleichmäßig mildes Klima
in Verbindung mit der Seeluft sich namentlich für Brustkranke so
heilbringend erweist. Als Chopin abreiste, war sein Zustand ein so
beunruhigender, daß man in den Hôtels, in denen er nur ein paar
Nächte zugebracht hatte, mehr als einmal die Bezahlung des von
ihm benutzten Bettes verlangte, um es sofort zu verbrennen, da
man ihn in dem Stadium der Brustkrankheit glaubte, wo dieselbe
leicht ansteckend wirkt. Auch seine Freunde wagten kaum, als sie
ihn bei der Abreise so entkräftet sahen, der Hoffnung auf seine
Rückkehr Raum zu geben. Und dennoch! Obgleich er auf der Insel
Majorca, wo er sechs Monate, vom Herbst bis zum Frühjahr verweilte, eine lange und schmerzhafte Krankheit bestehen mußte, ward
seine Gesundheit dort doch so weit wieder hergestellt, daß sie mehrere
Jahre hindurch eine leidliche schien.

War es allein das Klima, was ihn dem Leben zurückgab?
Oder hielt ihn nicht vielmehr der höchste Reiz des Lebens fest?
Vielleicht blieb er nur leben, weil er leben wollte; denn wer mag
sagen, wie weit sich die Macht des Willens über unsern Körper
erstreckt? Wer weiß, welch' inneres Arom jener entfesseln kann,
um diesen vor Verfall zu schützen, welche Kraft er den erschlafften
Organen einzuhauchen vermag?. Wer weiß, wo die Herrschaft des
Geistes über die Materie ihr Ende findet? Wer will bestimmen, in
wie weit unsere Einbildungskraft unseren Sinnen gebietet, deren
Kräfte verdoppelt oder ihr Erlöschen beschleunigt, je nachdem sie ihre
Herrschaft durch lange und strenge Übung ausdehnt oder freiwillig
die vergessenen Kräfte vereinigt, um sie in einem einzigen Augenblick
zu koncentriren? Wenn die Spitze eines Krystalls die Strahlen der
Sonne auffängt, entzündet dann dieser zerbrechliche Focus nicht eine
Flamme himmlischen Ursprungs?

Alle Strahlen des Glückes vereinigten sich in dieser Lebens-
epoche Chopin's. War es ein Wunder, wenn sie die schwache Flamme

seines Lebens wieder aufachten und zu jener Zeit in ihrem lichtesten Glanze leuchten ließen? Die von den blauen Fluten des Mittel= meers umspülte, von Lorbeeren, Orangen= und Myrtenbäumen um= schattete Einsamkeit schien schon durch ihre Lage dem Verlangen der Jugend zu entsprechen, die voll naiver Illusionen und Hoffnungen von dem „Glück auf einer wüsten Insel" schwärmt. Dort athmete er die Luft, nach der die auf Erden heimatlosen Naturen so bitteres Heimweh empfinden und die man, je nach Art Derer, die sie mit uns theilen, überall und nirgends finden kann: die Luft jenes Traumlandes, das man, der Wirklichkeit und ihren Hemmnissen zum Trotz, so leicht entdeckt, wenn man es zu Zweien sucht; jenes Heimat= landes des Ideals, zu dem man mit dem Geliebten des Herzens flüchten möchte, mit Mignon ausrufend: „Dahin, dahin laß uns ziehn!"

Während der Dauer seiner Krankheit wich George Sand keinen Augenblick von der Seite des Freundes, der sie mit einer Hingebung und Dankbarkeit liebte, die, selbst als sie ihre Freuden einbüßte, nichts an Innigkeit verlor. Er blieb ihr treu, selbst als seine Liebe nur noch Schmerzen für ihn hatte; „schien es doch, als ob dieses zarte Wesen sich im Feuer der Bewunderung verzehrte... Andere suchen das Glück im Liebesgenuß. Finden sie es da nicht mehr, so stirbt auch die Liebe allgemach. Darin gleichen sie eben der großen Menge. Er aber liebte um zu lieben. Kein Leid schreckte ihn zurück. Wohl konnte er, nachdem er die Phase berauschenden Glückes erschöpft, in eine neue, die des Schmerzes treten; die des Erkaltens aber konnte nimmer für ihn kommen. Es wäre denn die des physischen Todeskampfes gewesen. Denn seine Liebe war sein Leben, und ob süß, ob bitter, es war ihm nicht gegeben, sich ihr nur einen Augenblick lang zu entziehen."[1]) Seit jener Zeit hörte George Sand in der That nie auf, für Chopin die Zauberin zu sein, die die Schatten des Todes von ihm hinweggebannt und seine Leiden in ein nie gekanntes Glück verwandelt hatte.

Um ihn zu retten und einem vorzeitigen Ende zu entreißen,

---

1) Lucrezia Floriani.

kämpfte sie muthig gegen seine Krankheit. Sie umgab ihn mit jener zart erfinderischen Fürsorge, die oft heilsamer als die Mittel der Wissenschaft wirkt. Tag und Nacht über ihn wachend, kannte sie weder Müdigkeit, noch Abspannung oder Langeweile. Weder Kraft noch Laune versagten ihr bei Erfüllung ihrer Aufgabe. Sie glich einer starken Mutter, die ihrem schwachen Liebling, der ihrem Herzen um so theurer ist, je mehr er ihre Sorge beansprucht, einen Theil der eignen Kraft magnetisch zu übertragen scheint. Endlich wich das Übel. „Der tiefe Trübsinn, der am Geist des Kranken nagte und keine ruhig befriedigte Stimmung in ihm aufkommen ließ, schwand allmählich. So blieb es dem verträglichen, liebenswürdig heiteren Charakter seiner Freundin überlassen, seine finstern Gedanken und Ahnungen zu verscheuchen, um sein geistiges Wohlbefinden aufrecht zu erhalten."[1]

Der düstern Sorge folgte das Glück, wie der Tag, der nach dunkler, schreckensreicher Nacht in siegreichem Glanze emporsteigt. So undurchbringlich wölbt sich zuvor die Finsterniß über den Häuptern, daß man sich auf ein nahes Ende vorbereitet und auf keine Rettung zu hoffen wagt. Da erspäht das geängstete Auge plötzlich einen Punkt, wo das Dunkel sich wie unter der Macht einer unsichtbaren Hand zu lichten beginnt. Der erste Hoffnungsstrahl dringt in die Seele. Man athmet freier, wie wenn man, in dunkler Höhle gefangen, endlich einen Lichtschimmer, sei er auch noch so ungewiß, wahrnimmt. Dieser unbestimmte Lichtschein ist der erste Anbruch des Tages, der so farblose Tinten um sich verbreitet, daß man vielmehr das Sinken der Nacht, das Erlöschen der ersterbenden Dämmerung zu schauen vermeint. Doch die Morgenröthe kündigt sich durch die kühlen Lüfte an, die, als gesegnete Vorläufer, die Botschaft des Heils in ihrem reinen Odem tragen. Balsamischer Blumenduft erfüllt die Luft wie mit neuem Hoffnungsleben. Ein früh erwachter Vogel läßt sein muntres Morgenlied ertönen, das tröstlich verheißungsvoll im Herzen wiederklingt. Kaum wahrnehmbare, doch untrügliche, sich immer mehrende Anzeichen dienen als

---

1) Lucrezia Floriani.

Gewähr, daß im Kampf zwischen Finsterniß und Licht, Tod und
Leben doch die Nacht am Ende unterliegen muß. Die Beklemmung
mindert sich. Hebt man den Blick zur bleiernen Himmelskuppel
empor, so glaubt man sie minder schwer und drückend; es ist als
habe sie ihre furchtbare Unbeweglichkeit verloren.

Nun mehren und verlängern sich nach und nach die schmalen
grauen Lichtstreifen am Horizonte. Unaufhaltsam wächst ihre Ausdehnung; sie durchbrechen das Dunkel, wie die Wasserfläche eines
Teiches die trockenen Ufer in regellosen Lachen überschwemmt.
Scharf abgegrenzte Gegensätze bilden sich. Wolkenmassen häufen sich
gleich Sandbänken an, als wollten sie den vordringenden Tag ein-
dämmen und zurückhalten. Aber mit der elementaren Gewalt des
Wassers durchbricht sie das Licht, es tilgt und verschlingt sie und
röthet sie, je weiter es emporsteigt, mit purpurnem Schimmer. Dies
Licht, das die Sicherheit im Schoße trägt, jetzt strahlt es in über-
wältigender und doch schüchterner Anmuth, vor deren keuscher Schönheit wir in stummer Dankbarkeit das Knie beugen. Der letzte
Schreck ist überwunden, der Mensch fühlt sich neu geboren.

Als ob sie aus dem Nichts erstanden, gewahrt nun das Auge
plötzlich die Gegenstände. Ein rosiger Schleier scheint sie alle gleichmäßig zu überdecken, bis das Licht ihn tiefer färbt, hier und dort
fast hochrothe Schatten bildet, indeß es auf andere Stellen einen
weiß strahlenden Wiederschein wirft. Mit einem Mal überflutet
der weite Lichtkreis das Firmament. Je weiter er sich ausbreitet,
um so glanzreicher erscheint sein Mittelpunkt. Die Dünste verdichten
und theilen sich, wie Vorhänge, nach rechts und links. Alles gewinnt
Athem, Leben und Bewegung, Alles singt und klingt; die Töne
mischen und kreuzen sich und klingen zu einem vielstimmigen Geräusch
zusammen. Die starre Ruhe weicht der Bewegung, die sich in
schnellem Kreislauf verbreitet. Es heben sich die Wellen des Sees
wie die von Liebe erfüllte Brust. Wie Thränen der Rührung perlen
die Thränen des Thaus zitternd hervor; eine nach der anderen sieht
man sie funkeln im feuchten Grase: Diamanten, die des belebenden
Sonnenfeuers harren. Immer höher und weiter aber öffnet sich im
Osten des Lichtes riesiger Fächer. Goldstreifen, Silberflimmer,

violette Franſen, Scharlachſchnüre bedecken ihn mit reicher Stickerei.
Braunrothe Reflexe überſprenkeln ſeine Falten.   Inmitten leuchtet in
rubinartiger Durchſichtigkeit das glühendſte Karmin, das, wie Kohlen=
feuer, in Orange übergeht, ſich zu einer Fackel und endlich einem
Flammenbouquet erweitert, das höher und höher, von Glut zu
Glut emporſteigt, bis es zuletzt in weißem Glanze ſtrahlt.

Und nun erſcheint er, der Gott des Tages! Die leuchtende
Stirn von Strahlen umfloſſen, ſteigt er langſam empor. Kaum aber
zeigt er ſich in ſeiner vollen Herrlichkeit, ſo ſchwingt er ſich auf, löſt
ſich los von ſeiner Umgebung und nimmt den Himmel in Beſitz,
die Erde weit unter ſich zurücklaſſend.

. . . .

Die Erinnerung an die auf der Inſel Majorca verlebten Tage
wurzelte feſt in Chopin's Herzen, wie das Andenken an ein ſeliges
Glück, das das Schickſal ſeinen Lieblingen nur e in m a l gewährt.
„Er war nicht mehr auf Erden. Er ſchwebte in einem Himmel von
goldenen Wolken und zauberiſchen Düften. Im Geſpräch mit Gott
ſchien ſeine reine Phantaſie zu ſchwelgen, und wenn an der Licht=
welt, in der er ſich ſelbſt vergaß, der Zufall zuweilen die kleine
laterna magica der Erdenwelt vorübergleiten ließ, überkam ihn ein
tiefes Mißbehagen, wie wenn ſich einem erhabenen Koncert der
ſchrille Klang einer alten Leier miſchte, und ein gemeines muſikali=
ſches Motiv die göttlichen Gedanken der großen Meiſter unter=
bräche."[1)] So oft er ſpäter jener Zeit gedachte, geſchah es mit
ſolch dankbarer Rührung, als ſpräche er von einer jener Wohlthaten,
die genügen, das Glück eines ganzen Lebens zu begründen. Es
ſchien ihm unmöglich, je anderwärts eine Seligkeit wiederzufinden,
in der die Zärtlichkeit des Weibes und die Geiſtesblitze des Genies
wechſelnd die Zeit beſtimmen, wie jene von Linné in ſeinen Glas=
häuſern zu Upſala aufgeſtellte Blumenuhr, die durch das aufein=
anderfolgende Erwachen der einzelnen Blumen — deren jede einen
andern Duft aushauchte und andere Farben entfaltete — die Stun=
den bezeichnete.

———————

1) Lucrezia Floriani.

Die herrlichen Gegenden, welche Dichterin und Musiker gemein=
sam durchstreiften, ließen in der Einbildungskraft der Ersteren den
lebhafteren Eindruck zurück. Auf Chopin wirkten die Schönheiten
der Natur, wenn auch nicht minder stark, so doch minder offen=
kundig. Sein Gemüth ward von denselben ergriffen und durch ihre
erhabenen oder sanften Reize unmittelbar harmonisch gestimmt, ohne
daß sein Geist sie zu analysiren und zu bestimmen, zu klassificiren
und zu nennen brauchte. Seine Seele fühlte sich im Einklang mit
den bewunderten Landschaftsbildern, ohne daß er sich vom letzten
Grunde jeden Eindrucks sofort Rechenschaft geben mochte. Als
echter Musiker begnügte er sich damit, den den geschauten Bildern
innewohnenden Gefühls= oder Stimmungsgehalt so zu sagen zu extra=
hiren; wogegen er die plastische Seite, das Malerische, das sich der
Form seiner einer geistigeren Sphäre angehörenden Kunst nicht assi=
milirte, anscheinend unbeachtet ließ. Je mehr er sich indessen (wir
können an ihm verwandten Naturen häufig dieselbe Wirkung beob=
achten) zeitlich und räumlich von jenen Bildern und Scenen ent=
fernte, bei deren lebendigem Anblick ihm innere Erregung die Sinne
verdunkelt hatte — wie Weihrauchwolken das Opfergefäß umhüllen
—, desto klarer und bestimmter traten ihre Umrisse vor seine Augen.
Während der folgenden Jahre sprach er von dieser Reise, dem Aufent=
halt in Majorca, den Ereignissen und Anekdoten, die sich daran
knüpften, mit der Begeisterung einer glücklichen Erinnerung. Da=
mals jedoch als er im Vollgenusse seines Glückes war, gab er sein
Glück nicht in trockenen Aufzeichnungen kund.

Warum auch sollte Chopin den Gegenden Spaniens, die zu
seinem poetischen Glück den Rahmen bildeten, eine eingehendere
Beobachtung schenken? Fand er sie nicht in den begeisterten Schil=
derungen seiner Reisegefährtin verschönert wieder? Wie durch rothes
Glas gesehen alle Gegenstände, ja die Atmosphäre selbst in flam=
menden Farben erglühen, so sah er, vom Wiederschein ihrer feurigen
Phantasie verklärt, das Geschaute von Neuem an sich vorüberziehen.
Denn war die so aufopfernde Krankenpflegerin nicht zugleich eine
große Künstlerin? Fürwahr, eine seltene Vereinigung! Wenn die
Natur, um ein Weib zu schmücken, den glänzendsten Geistesgaben

die Gefühlsinnigkeit und Hingebung gesellt, in der seine eigentliche,
unwiderstehliche Macht beruht — eine Macht, ohne welche das Weib
ein ungelöstes Räthsel bliebe —, so erneuert sich durch die Vermählung von Phantasieglut und Herzensreinheit in anderer Sphäre
bei ihm gleichsam das wunderbare Schauspiel der griechischen Feuer,
deren Leuchtflammen ehemals über der Untiefe des Meeres schwebten,
ohne in den Fluten zu versinken, in deren Spiegel sie ihre pur-
purne Pracht der himmlischen Anmuth des Azurs vereinten.

Aber vermag das Genie immerdar, sich zur Seelengröße der
Demuth, zu einer Opferfreudigkeit aufzuschwingen, die Vergangenheit und Zukunft, ja sich selber in zeitloser Treue zum Opfer darbringt und die der Liebe erst ein Anrecht auf den Namen „Hingebung" verleiht? Glaubt das Genie, selbst wenn es sich seiner
göttlichen Kräfte begiebt, nicht auch seine gerechten Ansprüche geltend
machen zu dürfen, wogegen die Macht des Weibes doch gerade darin
besteht, jeder persönlichen und egoistischen Forderung zu entsagen?
Kann der Königspurpur und die Flammenkrone des Genies unver-
letzt über dem azurnen Grund eines Frauenlebens schweben, das
nur mit den Freuden dieser Erde rechnet und auf keine höheren
hofft, das, vom Glauben an sich selber erfüllt, nicht an die Liebe
glaubt, die „stärker als der Tod" ist? Muß man, um die Forderungen des Genius mit den Entbehrungen der Liebe zu einem nahezu
überirdischen Ganzen zu vereinen, nicht in kampf- und kummervollen
Tagen und Nächten dem Chor der Engel manch' übermenschliches
Geheimnis abgelauscht haben?

Unter seinen köstlichsten Gaben verlieh Gott dem Menschen die
Macht, nach seiner Weise — nämlich nicht wie er als Schöpfer und
Urheber alles Guten, des Urstoffs und der Substanz, sondern wie
er als Bildner und Urheber alles Schönen — Gestalten und Har-
monien aus dem Nichts hervorzubringen, um in denselben seinen
Gedanken darzustellen und ein unkörperliches Gefühl in körperlichen
Umrissen zu verlebendigen, welche seine Einbildungskraft schafft,
und die entweder durch das Gesicht — den Sinn, der Erkennen
und Denken lehrt — oder durch das Gehör — den Sinn, der
Fühlen und Lieben nährt — erfaßt werden. Es ist dies die wahre

Schöpfung in der schönsten Bedeutung des Wortes, insofern die Kunst Ausdruck und Mittheilung einer Empfindung mittelst eines Eindruckes, ohne Vermittelung des zur Darlegung von Thatsachen und Beweisgründen nothwendigen Wortes ist. Weiter verlieh Gott dem Künstler (und hier wird auch der Dichter zum Künstler, denn der Form der Sprache, sei's Prosa, sei es Poesie, verdankt er seine Macht) eine andere Gabe, die der ersten entspricht wie das ewige Leben dem zeitlichen, wie die Auferstehung dem Tode entspricht: die der Verklärung; die Gabe, eine unvollkommene, schmerzzerrissene Vergangenheit in eine Zukunft unvergänglicher Herrlichkeit zu verwandeln, die so lange währt als die Menschheit selber.

Wohl darf die ihm verliehene göttliche Macht den Menschen wie den Künstler mit Stolz erfüllen! Beruht doch in ihr das Geheimnis der angeborenen Herrschergewalt des schwachen Menschen über die inkommensurable Natur, wie der berechtigten Überlegenheit des Künstlers über seines Gleichen. Aber der Mensch übt seine Herrschergewalt nur wahrhaft aus, wenn er das Gute innerhalb der Grenzen des Wahren erstrebt. Der Künstler rechtfertigt seine Überlegenheit nur dann, wenn er in die Form des Schönen das Gute einschließt. — Gleich der Mehrzahl der Künstler gefiel sich Chopin nicht in allgemeinen Abstraktionen. Mit der Philosophie des Schönen befaßte er sich nicht, er hatte nicht einmal viel davon reden hören. Wie alle echten und großen Künstler erreichte er das Ziel des Guten, zu dem der Denker nur Schritt für Schritt auf dem rauhen Pfad der Wahrheit emporklimmt, im raschen Flug durch das Strahlenreich des Schönen.

Der ihm völlig neuen Situation, die sich ihm auf Majorca eröffnete, gab Chopin sich mit einer Unkenntnis und mangelnden Voraussicht zukünftigen, schon im Keime vorbereiteten Herzeleids hin, wie wir sie Alle mehr oder weniger aus unseren Kinderjahren kennen, wo Mutterliebe uns blind vergötterte und unser Herz mit Glückseligkeit erfüllte, indeß sie den Keim zu seinem künftigen Unglück legte. Der Einwirkung unserer Umgebung sind wir Alle unterworfen, ohne uns davon Rechenschaft zu geben, und erst in viel späterer Zeit finden wir in unserem Gedächtnis das traute

Bild jeder Minute und jedes Gegenstandes wieder. Für einen im
höchsten Grade subjektiven Künstler wie Chopin aber kommt der
Moment, wo sein Herz ein gebieterisches Bedürfnis fühlt, das Glück,
das die Flut des Lebens hinweggespült, wieder zu empfinden, seine
Freuden von Neuem zu genießen und ihren Zauberrahmen wiederzusehen, indem man sie zwingt, aus dem dunklen Schatten der Vergangenheit, darin ihr farbenreiches Bild versunken, herauszutreten,
um sie endlich durch den geheimnisvollen Prozeß, welchen der Magne-
tismus des Herzens der Elektricität der Inspiration vermittelt und
den die Muse ihren Auserwählten lehrt, der lichten Unsterblichkeit
der Kunst zuzuführen.

Da wird jede Auferstehung zur Verklärung. Da kehrt Alles, was
zweifelhaft, gebrechlich, makelhaft, mehr empfunden als verwirklicht
war, was fast auf der Höhe seines Glanzes verdunkelt, auf dem
Gipfel seiner Entfaltung verunstaltet ward, in glorreicher, unvergänglicher Schönheit zurück. Nicht mehr an Zeit und Ort seiner
einstigen Existenz gebunden, lebt das solchergestalt Verklärte fortan
auf immerdar ein übernatürliches, unzerstörbares Leben, das Ge-
schlechter und Zeitalter überdauert und, kraft der ihm eigenen Gabe
der Allgegenwart, überall erscheint und in alle Herzen dringt.

Bemerkenswerth gewiß erscheint es, daß Chopin die Zeit des
höchsten Glückes, die der Aufenthalt auf Majorca in seinem Leben
bezeichnet, nie künstlerisch auferweckt und verklärt hat. Er enthielt
sich dessen, ohne weiter darüber nachgedacht oder vor dem Tribunal
seines Urtheils den Grund dafür angeführt, ja ohne sich selbst darnach gefragt und erforscht zu haben. Instinktiv unterließ er es.
Der angeborenen Ehrlichkeit und Aufrichtigkeit seiner Seele, die
unwürdige Paradoxen nie zu verführen vermochten, widerstrebte die
Verherrlichung eines Etwas, „was hätte sein können, aber nicht
war". Dem Sohne Polens, des Landes, wo Frauen und Männer
den letzten Blutstropfen vergießen, um die „Wirklichkeit" ihres „Ideals"
zu beglaubigen, galt jedes verfehlte, der Wirklichkeit entbehrende
Ideal als Fehlgeburt. Aber jede Fehlgeburt, die im Reich des
Lebens Tod bedeutet, kommt im Reich der Poesie nicht einmal ans
Tageslicht; ihren Namen kennt man nicht im Reich des Schönen.

Wie der Vogel im Walde fingt, wie der Bach im Wiefengrund
murmelt, wie der Mond die Nächte durchleuchtet, wie die Woge des
Meeres flimmert und der Lichtftrahl im Äther glänzt, fo natürlich
fang Chopin von den Eindrücken, dem Glück und der Begeifterung
feiner Jugend. Aber er erzählte uns nichts von feinem fremdartigen
Glück auf jener Zauberinfel, das er fo gern in die Sterne verfetzt
hätte und das doch fo bald fein Ende fand! Sich zu ihm zurück-
wendend, fah er die Fata Morgana, die feinen Horizont verfchönt
hatte, zerriffen, entftellt — wie konnte und mochte er fie da noch
befingen und idealifiren?

Um es in anderer Weife auszudrücken: Chopin hatte nicht das
Bedürfnis, diefe glühende Vergangenheit ins Leben zurückzurufen,
die ihr Feuer, ihren Glanz den füdlichen Breiten entlehnte, und
deren Flammen den bittern Pechgeruch des Vulkans aushauchten,
deffen Ausbrüche Schrecken und Zerftörung über lachende Hänge
breiten und mit ihren Lavaftrömen die Erinnerung unfchuldiger
Freuden auf ewig begraben. So ward fie, die die Poefie felber
zu fein meinte, nie im Gefang gefeiert; fie, die den Ruhm in fich
zu verkörpern glaubte, ward nicht verherrlicht; fie, die von der Liebe
meinte, daß fie wie ein Glas Waffer für Jeden zu haben fei, der
fie begehre, fah niemals ihre Liebe gefegnet, ihr Bild verehrt, ihrem
Andenken eine heilige Dankbarkeit dargebracht. Wie viele Frauen
dagegen, die nur zu „lieben und zu beten" verftanden, leben in den
Annalen der Menfchheit auf immerdar ein verklärtes Leben, mögen
fie nun Laura de Novès oder Eleonore d'Efte, Naufikaa oder Sa-
kontala, Julia oder Monima, Thekla oder Gretchen heißen!

Doch nein! Einmal, ein einziges Mal während feines Aufenthaltes auf jener feligen Infel verfetzte fich Chopin, durch Liebe,
Bewunderung und Dankbarkeit hingeriffen und überwältigt, mittelft
feines Zauberftabes in die reinen Regionen der Kunft — aber es
war eine Stunde der Herzensangft und Trübfal! George Sand
erzählt davon in ihren Berichten über diefe Reife, nicht ohne die
Ungeduld zu verrathen, die ihr bereits eine allzu ausfchließliche
Zuneigung einflößte, welche es wagte, fich fo weit mit ihr zu iden-
tificiren, daß fie bei dem Gedanken, fie zu verlieren, außer fich

gerieth; während sie selber doch sich das ungeschmälerte Eigenthums=
recht über ihre Person vorbehielt und ihr Leben durch die Luft an
Abenteuern rücksichtslos in Gefahr brachte. — Chopin konnte sein
Zimmer noch nicht verlassen, indeß Frau Sand viel in der Um=
gegend umherstreifte. In seiner Wohnung eingeschlossen, um vor
lästigen Besuchen sicher zu sein, blieb er dann einsam zurück. Eines
Tages hatte sie ihn verlassen, um in einem unbewohnten Theil der
Insel auf Entdeckungen auszugehen. Ein fürchterliches Ungewitter
brach los, eins jener südlichen Unwetter, die Alles zerstören und
die Grundfesten der Natur zu erschüttern scheinen. Chopin, der
seine geliebte Gefährtin inmitten dieser entfesselten Gießbäche wußte,
fühlte eine Unruhe, die sich bis zur heftigsten nervösen Krise steigerte.
Als jedoch die Elektricität, welche die Luft überfüllte, sich verzog,
ging die Krisis vorüber, und er erholte sich noch vor Wiederkehr
der unerschrockenen Spaziergängerin. Da er nichts Besseres zu thun
wußte, setzte er sich wieder ans Klavier und improvisirte das wun=
dervolle Präludium in Fis=Moll. Bei Rückkehr der geliebten Frau
fiel er in Ohnmacht. Sie war mehr gereizt als gerührt durch diesen
Beweis einer Anhänglichkeit, welche die Freiheit ihres Handelns,
ihr zügelloses Verlangen nach neuen, gleichviel wo oder wie gefun=
denen Eindrücken einschränken, ihr Leben binden, ihre Bewegungen
durch die Macht der Liebe fesseln zu wollen schien.

Tags darauf spielte ihr Chopin sein Fis=Moll Präludium vor.
Sie aber begriff nichts von der darin geschilderten Todesangst. Er
spielte es seitdem oftmals in ihrer Gegenwart; doch sie verstand
nicht und würde, selbst wenn sie es errathen hätte, absichtlich nicht
verstanden haben, welch' eine Welt von Liebe sich in dieser Seelen=
angst kundgab! Was war ihr, die eine solche Liebe weder zu
theilen, noch zu verstehen, noch zu schätzen vermochte, dieselbe werth?
Alles Unvereinbare, Entgegengesetzte, heimlich Antipathische zweier
Naturen, die sich nur durch eine plötzliche unnatürliche Anziehungs=
kraft vereinigt zu haben schienen, um sich nach langen Anstrengun=
gen mit der ganzen Gewalt heftigen Schmerzes und Überdrusses
abzustoßen, spricht sich in diesem Ereignis aus. Ihm brach der
Gedanke, daß er sie, die ihn dem Leben zurückgegeben, verlieren

könne, das Herz. Sie sah in einer abenteuerlichen Fahrt, deren
Gefahr nicht den Reiz der Neuheit aufwog, nur einen belustigenden
Zeitvertreib. Was Wunder nun, daß diese Episode aus seiner französischen Lebensperiode die einzige blieb, deren Eindruck sich in Chopin's
Werken wiederfindet? Hinfort theilte er sein Dasein in zwei Hälften.
Noch lange Zeit litt er unter dem Widerspruch der allzu realistischen,
wenig zartfühlenden Umgebung, in die sich sein sensitives Naturell
verirrt hatte; aber er flüchtete sich aus der Gegenwart zu den ätherischen Sphären der Kunst, zu den Erinnerungen seiner Jugend, zu
seinem geliebten Polen, das seine Gesänge allein nun unsterblich
machten.

Gleichwohl ist es dem unter seines Gleichen lebenden Menschen
nicht gegeben, sich dergestalt von den ihn umgebenden Eindrücken
loszureißen und über seine täglichen qualvollen Leiden zu erheben,
daß er in seinen Werken Alles, was er empfindet, vergißt, um nur
von dem, was er einst empfunden hat, zu singen. Darum möchten
wir annehmen, daß Chopin in seinen letzten Jahren einer Art
Thätigkeit oder vielmehr einem inneren Nagen anheimfiel, dessen er
sich selber nicht bewußt war; obgleich er wußte, daß der Genius
mehr als eines großen Dichters und Künstlers durch ähnliche Leiden
zerstört worden war. Große Seelen leben, um der Qual ihrer
irdischen Hölle zu entrinnen, in einer selbstgeschaffenen Welt. Wir
sehen es an Milton, Tasso, Camoëns, Michel Angelo u. A. Ist
aber ihre Einbildungskraft auch mächtig genug, sie über das Irdische
emporzutragen, so vermag sie doch nicht, sie von dem Pfeil zu
befreien, der ihre Brust durchbohrt. Weit ihre Flügel ausbreitend,
wie Erzengel, die auf diese Erde verbannt wurden, schweben sie
empor; aber selbst im Fluge fühlen sie die Schmerzen der vergifteten Wunde, die sie verzehrt. Daher hören wir das Weh verkannter
Liebe aus Milton's Paradies, hören wir Liebesverzweiflung aus
Sophronia's und Olinde's Scheiterhaufen, schmerzliche Empörung
aus der florentinischen Nacht heraus.

Nicht mit den Leiden jener andern großen Meister verglich
Chopin das seinige. Der außergewöhnliche Glanz des Geistesquells,
wo er es geschöpft, ließ ihn glauben, daß es eben mit Nichts zu

vergleichen sei. Allein mit seinem Leib, hoffte er, es genugsam zu
beherrschen, um seinen bleichen Wiederschein und Gespensterblick von
den luftigen, in Frühlings=Morgenfrische strahlenden Regionen fern
zu halten, wo er seiner Muse zu begegnen pflegte. Indessen so
fest er entschlossen war, nur das reine Ideal seiner Jugendbegeiste=
rung in der Kunst zu suchen, vermischte er ihm doch, sich selbst
unbewußt, Schmerzenslaute, die nichts mit jenem Ideal zu schaffen
hatten. Er quälte seine Muse, um komplicirte, raffinirte, unfrucht=
bare Leiden zum Ausdruck zu bringen, die sich in einer dramatischen,
elegisch=tragischen Lyrik selbst verzehrten, welche außerhalb der Natur
des Gegenstandes und seines Gefühlskreises lag.

Wir sagten es bereits: all' die seltsamen Formen, die in seinen
letzten Werken so lange Zeit die Verwunderung der Künstler erreg=
ten, stimmen mit seinen Inspirationen im Allgemeinen nicht überein.
Dem Liebesgeflüster, den Heldenklagen, den Jubelhymnen und
Triumphgesängen, die der polnische Meister in vergangenen Tagen
vernommen, mischen sie die Seufzer eines kranken Herzens, den
Aufruhr einer aus dem Gleichgewicht gebrachten Seele, den Zorn
eines irregeführten Geistes, die unaussprechlichen Eifersuchtsqualen,
die ihn in der Gegenwart bedrückten. Dennoch verstand er es so
gut, ihnen seine Gesetze vorzuschreiben, sie zu bemeistern und als
sieggewohnter Herrscher zu behandeln, daß es ihm, im Gegensatz zu
manchem Koryphäen der zeitgenössischen romantischen Litteratur, im
Gegensatz auch zu dem auf musikalischem Gebiet durch einen großen
Künstler gegebenen Beispiel, gelang, die Vorbilder und die geheilig=
ten Formen des Schönen nie zu verletzen, welches auch die Gemüths=
bewegungen waren, die er in ihnen niederlegte.

Er war fern davon. In dem unbewußten Drange, Eindrücke
wiederzugeben, die des Idealisirens unwerth waren, und dem Vor=
satz, die Muse nimmer zur Sprache der niederen Leidenschaften des
Lebens herabzuwürdigen, mit denen er seinem Herzen Berührung
verstattet hatte, erweiterte er die Mittel und Grenzen seiner Kunst
derart, daß keine seiner Errungenschaften von einem seiner recht=
mäßigen Nachfolger verleugnet und zurückgewiesen werden wird.
Denn so unsagbar er auch gelitten, niemals opfert er das Schöne

in der Kunst dem Bedürfnis, seinen Schmerz frei ausströmen zu
lassen; niemals wird sein Gesang zum Wehegeschrei; niemals vergißt
er seinen Gegenstand über seinen Wunden; niemals erlaubt er sich,
die brutale Wirklichkeit in die Kunst — die ausschließliche Domäne des
Ideals — zu übertragen, ohne sie zuvor ihrer Brutalität entkleidet
und zu der Höhe emporgehoben zu haben, wo sie sich zur Wahrheit
verklärt. Möge er Allen, welche die Natur mit einer gleich schönen
Seele, einem gleich edlen Genius begabte, als Beispiel voranleuchten,
wenn sie, wie er, vom Unglück ausersehen sind, einem Glücke zu
begegnen, das ihnen lehrt, das Leben zu verwünschen, einer Bewunderung, die ihnen lehrt, das Bewundernswerthe verachten, einer
Liebe, die sie mit Liebeshaß erfüllt!

So kurz auch die Lebensfrist schien, die Chopin bei der Schwäche
seiner Konstitution gesteckt war, sie hätte nicht noch durch seelische
Leiden verkürzt zu werden brauchen. Zärtlich und feurig zugleich,
voll feinsten, weiblich keuschen Zartgefühls, waren ihm unbesiegbare
Abneigungen eigen, die zwar die Leidenschaft ihn überwinden ließ,
die aber zurückgedrängt sich rächten, indem sie die zarten Fibern
seines Herzens wie glühende Eisendornen zerrissen. Er hätte sich
damit begnügt, inmitten der glänzenden Schattenbilder seiner Jugend,
die seine Beredtsamkeit heraufbeschwor, inmitten der herzzerreißenden
Schmerzen seines Vaterlandes zu leben, denen er in seiner Brust
eine edle Zufluchtsstätte bereitete. Nun fiel er, wie Mancher vor
ihm, jener momentanen Anziehungskraft zweier in ihrem Wesen ent-
gegengesetzter Naturen zum Opfer, die, sich von ungefähr begegnend,
eine reizvolle Überraschung empfinden, welche sie für ein dauerndes
Gefühl halten und sich demgemäß Täuschungen und Hoffnungen
hingeben, die sie nicht zu verwirklichen vermögen.

Beim Erwachen aus solchem Traume, der mit schrecklichem
Alpdrücken endet, bleibt immer die tiefer empfindende Natur gebrochen oder verblutend zurück; sie, die am rückhaltlosesten ihr
Hoffen und Lieben pflegte und es nie übers Herz gebracht hätte,
es einem Boden, den Veilchen und Maiblumen, Lilien und Rosen
umdufteten und nur Skabiose und Immortelle als Sinnbild der
Wittwenschaft und des Ruhmes verdüstern, zu entreißen, um sie

in ein Erdreich zu verpflanzen, wo die prächtige, aber giftige Euphorbia, der blüthenüberdeckte, aber todbringende Manzanillabaum wachsen. — Welch' eine verhängnisvolle Macht ward den schönsten Gaben des Menschen verliehen! Feuer und Verwüstung können sie mit sich führen, wie die Rosse des Sonnengottes, als Phaëton's zerstreute Hand, statt ihren heilbringenden Lauf zu lenken, sie dem Zufall überließ und die göttliche Ordnung des Himmelsgebäudes gefährdete!

VIII.

eit dem Jahre 1840 schwand Chopin's Gesundheit
unter beständigen Schwankungen mehr und mehr
dahin. Am wohlsten fühlte er sich während der
Wochen, die er mehrere Jahre hindurch allsommerlich
bei George Sand auf ihrem Landgut Nohant zubrachte, troß der
traurigen Eindrücke, die für ihn auf die auserwählt glückliche Zeit
ihrer spanischen Reise folgten.

Die Berührung der Schriftstellerin mit den Vertretern der
Öffentlichkeit, den ausführenden Bühnenkräften, wie mit denen, die
sie, ihren Verdiensten oder ihrer Vorliebe zufolge, auszeichnete, das
Durcheinander der Vorfälle und Meinungen mit seinen unvermeidlichen Reibungen war freilich seiner Natur innerst zuwider. Lange
versuchte er, die Augen davor zu schließen und nichts von alledem
zu sehen. Doch kam es am Ende zu Ereignissen, die, da sie sein
moralisches und gesellschaftliches Schicklichkeits- und Zartgefühl allzusehr beleidigten, schließlich seine Gegenwart in Nohant unmöglich
machten, obwohl es anfangs schien, als ob er dort mehr Erholung
als irgendwo genieße. Da er daselbst, sobald er sich von seiner
Umgebung zu isoliren vermochte, gern arbeitete, brachte er alljährlich
mehrere Kompositionen mit sich heim. Der Winter aber hatte regelmäßig eine Steigerung seiner Leiden zur Folge. Mit immer größerer
Anstrengung nur war er im Stande sich zu bewegen. Von 1846
zu 1847 ging er fast gar nicht mehr aus, da er keine Treppe steigen

durfte, ohne es mit den ärgsten Beklemmungen zu büßen. Fortan erhielt ihn nur die sorglichste Vorsicht und Pflege noch am Leben.

Gegen das Frühjahr 1847 verschlimmerte sich sein Zustand von Tag zu Tag, und er verfiel in eine Krankheit, von der er sich nicht wieder zu erheben glaubte. Noch einmal ward er gerettet; doch lebte er, durch ein ihn vernichtendes Ereignis im Innersten getroffen, nur noch mit dem Tod im Herzen weiter. Nicht lange überlebte er den in diese Zeit fallenden Bruch seiner Freundschaft mit George Sand.

Frau von Staël, die edle, gemüth- und geistvolle Frau, die nur den Fehler hatte, die Grazie ihrer Empfindung häufig durch die Schwerfälligkeit ihres Ausdrucks zu beeinträchtigen, äußerte einmal, als sie über der Lebhaftigkeit ihres Empfindens ihre Genfer Steifheit und Feierlichkeit vergaß: „In der Liebe giebt es nur Anfänge!"

Bittere Erfahrung über die Unzulänglichkeit des menschlichen Herzens, den Träumen der Einbildungskraft zu entsprechen, sobald man dieselbe sich selbst überläßt und sie nicht durch den bestimmten Begriff des Guten und Bösen, Erlaubten und Unerlaubten auf ihrer Bahn zurückhält, machte sich in diesem Ausruf Luft. Ohne Frage giebt es Gefühle, die sich am Rande des Abgrundes, den man das Böse nennt, mit genügender Herrschaft über sich selbst bewegen, um nicht hinabzufallen, selbst wenn der Saum ihres unbefleckten Gewandes an einem Dorn hängen bleibt oder vom Staub der viel betretenen Straße beschmutzt wird. So viele Stufen zeigt ja dieser gähnende Abgrund in seinem Innern, daß man behaupten darf, nicht zu ihm hinabgestiegen zu sein, wenn man nur seinen Außenrand berührte, ohne den Fuß auf dem sonnigen Weg des Guten straucheln zu lassen. Immerhin aber sind solch' verwegene Abschweifungen, wie Frau von Staël sagt, „nur Anfänge".

Warum? wird die Jugend fragen, die der entnervende Rausch des Schwindels verblendet. Warum? Weil, sobald die Seele die sicheren Gleise, welche ein Leben der Pflichterfüllung und Aufopferung schafft, verläßt, um die Düfte über dem Abgrund wohlgefällig einzuathmen, um sich an Wollustschauern zu ergötzen und der Bethörung preiszugeben, den auf solchem Grund erwachsenen Empfindungen keine Lebenskraft innewohnt. Nur wenn sie sich

13*

vom Boden losreißen und, der Anziehungskraft eines irdischen Ma-
gneten widerstehend, die Erde verlassen, um frei über ihr zu schweben,
vermögen sie ferner zu leben. Wesenlose Wesen, dafern das wirkliche Leben diesen Gefühlen nicht den unbegrenzten Horizont eines
geheiligten Glücks bietet, finden sie in der Reinheit ihrer Art und
den Vorrechten ihrer Abkunft nur eine Zuflucht, wenn sie Land und
Namen, Gestalt und Natur verändern und als schützende oder
dankende, aufopfernde oder wohlthätige Macht für die Harmonie
des moralischen oder physischen Lebens sorgen; — es sei denn, daß
diese Gefühle, zu den Sphären der Kunst aufsteigend, sich in einem
unrealisirbaren Ideal verkörpern oder, zu den Regionen des Gebets
empordringend, sich gen Himmel schwingen, nur die leuchtende Spur
der Erlösung und Sühne als einen Gruß aus der Höhe hinter sich
zurücklassend. Dann allerdings überlebt das, was an diesen Gefühlen
unsterblich war, immer ihre „Anfänge"; doch in einem überirdischen
verklärten Leben. Dann ist es eben etwas Höheres noch als die
geträumte Liebe, an die man glaubte!

Doch dies ist selten das Los der Liebe, die dem Rande des
Abgrundes entkeimt, wo man aus einem anfangs blüthenüberdeckten
Erdreich von Stufe zu Stufe hinabsteigt bis zu dem trüben Pfuhl
des Bösen. Denn bezeugt die auf dem Grenzgebiet — the border-
lands sagen die Engländer — hervortretende plötzliche Anziehungskraft mehr Feuer als Wärme, mehr Energie als Zartheit, mehr
Begierde als Begeisterung, so verliert man das Gleichgewicht und
stürzt von dem blumigen Abhang, den die dort Wandelnden nie zu
verlassen meinten, hinab in den Schmutz der Tiefe. Allmählich
erbleichen auch die sie erleuchtenden Strahlen der Liebe, welche nur
so lange rein bleibt, als sie unausgesprochen sich vor sich selbst
verbirgt — wie der Dichter das Wort: „Ich liebe!" mit Recht nur
dann ausspricht, wenn er alle anderen Ausdrücke dafür erschöpft
hat und sich seiner Verehrung bereits das Verlangen mischt. Die
Tage, die jenen ersten Schatten folgen, welche, man weiß nicht wie,
an einer Biegung des furchtbaren Abgrundes auftauchten, bringen
einen Gährungsstoff mit sich, den man für gesund hält; kaum gekostet aber verwandelt er sich in einen gräßlichen Schlamm, der

Übelkeit der Seele verursacht und sie auf immer verdirbt, wenn sie nicht augenblicklich verworfen und verdammt wird. Solche Liebe kam freilich nicht über bloße „Anfänge" hinaus!

Doch da eine derartige, der Höhe des blumigen Abhangs entsprossene Liebe sich immer in zwei Herzen zugleich spiegelt, erhält sich gewöhnlich das eine derselben, das sich auf den schlüpfrigen Boden hinauswagte, kürzere Zeit in der Zone des Lichts. Es strauchelt, fällt, sucht vergebens sich zu erheben, sinkt von Stufe zu Stufe hinab, tauscht ein hohes Ideal für eine ungesunde Wirklichkeit ein und verfällt in einen an Wahnsinn grenzenden Zustand, der mit dem Widerwillen der Übersättigung und der Unvernunft des Lasters zur verachtungsvollen Gleichgültigkeit oder zum Vergessen des Andern führt, welchem es zur ewigen Qual, wenn nicht zum ewigen Entsetzen wird. Was gab es auch in dieser Liebe weiter als „Anfänge"? — Und bleibt sie bei dem Einen auch immer erhaben und edel, in Gegenwart dessen, der vor dem Uneblen und Gemeinen nicht zurückschreckt, wird sie für ihn doch zur schmerzlichen Erinnerung, die, der Reue verwandt, sich zum nagenden Wurm verwandelt. Unerbittlich gräbt er sich in sein Herz hinein und läßt es bluten bis zum letzten Lebenshauch.

Zwischen dem polnischen Künstler und der französischen Dichterin hatten sich die „Anfänge", von denen Frau von Staël sprach, längst erschöpft. Sie hatten sich, bei dem Einen vermöge einer falschen Scham, welche Beständigkeit ohne Treue bewahren zu können meinte, bei der Andern kraft der Achtung für das einst in gold'nem Glanze strahlende Ideal, selbst überlebt. Genug, es kam der Moment, wo das unnatürliche Verhältnis, dessen Lebenskraft kein künstliches Mittel mehr aufzufrischen vermochte, die Grenze dessen zu überschreiten schien, was der Künstler seiner Ehre schuldig zu sein und unbemerkt lassen zu können glaubte. Was den Anlaß oder Vorwand zu dem plötzlichen Bruche gegeben wußte Niemand; man sah eben nur Chopin, nachdem er gegen die Heirath der Tochter des Hauses heftigen Einspruch gethan, Nohant eilig verlassen, um nie mehr dahin zurückzukehren.

Dessenungeachtet sprach er häufig und beharrlich von Frau

Sand, ohne die leiseste Erbitterung oder Beschuldigung zu äußern.
Er erzählte nicht von ihr, er vergegenwärtigte sie nur gleichsam.
Unaufhörlich erwähnte er, was sie that, wie sie es that, was sie
gesagt hatte und zu wiederholen pflegte. Die Thränen traten ihm
oftmals in die Augen, wenn er ihrer gedachte, die er verlassen
wollte und von der er sich doch nicht trennen konnte. Durfte er
einst die reizvollen Eindrücke, die seiner Liebe so zu sagen die Weihe
gaben, den antiken Korbträgerinnen vergleichen, welche die für das
Opfer bestimmten Blumen trugen, so setzte er jetzt, wo das Leben
des Opfers zur Neige ging, den Stolz seiner Liebe darein, die
Schmerzen des Todeskampfes über den Blumen, die ihn kurz zuvor
noch geschmückt hatten, zu vergessen. Es war, als wolle er noch
einmal ihren ganzen berauschenden Duft einathmen, noch einmal die
von brennendem Hauch geschwängerten, welken Blüthen betrachten,
die Durst erwecken, den die Berührung mit glühenden Lippen nicht
stillt, sondern steigert.

Trotz der Ausflüchte, die seine Freunde anwandten, um den
aufregenden Gegenstand seinem Gedächtniß fern zu halten, kam er
doch immer wieder darauf zurück, als wolle er sein Leben durch die
gleichen Gefühle zerstören, die es einst neu belebt hatten. Mit einer
Art bittersüßer Selbstpein gab er sich der Erinnerung an vergangene
Zeiten hin, ob sie nun auch ihres Glanzes beraubt waren. Es
war ihm ein letzter Genuß, seine nahe Auflösung zu fühlen, während
er die Vereitelung seiner letzten Hoffnungen betrachtete. Vergebens
suchte man seine Gedanken von der geliebten Frau abzulenken.
Immer und immer wieder sprach er von ihr; und wenn auch seine
Lippen sie nicht nannten, waren seine Träume nicht bei ihr? Es
schien, als schlürfe er das Gift mit gierigen Zügen, um es um so
kürzere Zeit einathmen zu müssen.

Soll man ihn beklagen oder bewundern? Wir müssen Beides
zu gleicher Zeit! Beklagen müssen wir ihn, wie alle die Unglücklichen, welche die Sirenen des Alterthums oder die Melusinen des
Mittelalters durch die Zauber ihrer Stimme, ihrer Gestalt, ihres
Lilienantlitzes, ihres Goldhaars ins Verderben lockten. Wer die
schmeichelnde Sirene, die böse Fee nicht kennt, weiß nicht, wie

beklagenswerth der von ihrem trugvollen Arm umschlungene Sterbliche
ist, wenn er plötzlich voll Entsetzen die menschliche Natur und
Geistesart in eine scheußliche Thiergestalt verwandelt sieht!

Zu bewundern aber ist er; denn unter den Tausenden von
Menschen, die ihren letzten Seufzer in Wollust oder Verwünschungen
oder Beschwörungen aushauchen, sind so wenige, die mit der
Achtung, welche man sich selber zollt — indem man die Erinnerung
an das zwar mit Unrecht, doch nicht unwürdig Geliebte ehrt —
die Achtung zu verbinden wissen, die man seiner Ehre schuldet,
indem man ein unehrenhaft gewordenes Band zerreißt! Freilich
erheischt dies einen männlichen Muth, der so vielen Helden abgeht.
Chopin bekundete denselben und bezeugte sich hiermit als echter
Edelmann, der Gesellschaft, die ihn in ihren Kreis aufgenommen,
wie der Frauen würdig, deren holder Augenstrahl ihn so oft getroffen. Er ließ keinen Vorwurf laut werden, ließ sich auf keine
Auseinandersetzungen ein. Während er das Ideal, das er in sich
trug, von einer verhaßten Wirklichkeit trennte, war er so unbeugsam
in seinem Entschluß, als weich im Andenken an seine Liebe.

Chopin fühlte es und sprach es oftmals aus, daß mit diesem
Liebesband zugleich der schwache Faden seines Lebens zerriß. Besser
freilich wäre es gewesen, hätte er, weniger unerfahren und unbe-
dacht, gleißnerischen Verführungskünsten gegenüber minder unvor-
bereitet, seiner innersten Natur und Neigung gefolgt und mit männlicher Kraft und Festigkeit das Truggespinnst kurzer Freuden und
langer Schmerzen zurückgewiesen, das die Alten so trefflich durch
das berühmte Gewand der Dejanira symbolisirten, welches, mit dem
Körper des unseligen Helden verwachsend, ihn jammervoll umkommen ließ. Wenn aber eine Frau dem edlen Alcides durch das feine
Netz ihrer Erinnerungen den Tod gab, konnte eine Frau nicht auch
den Tod eines so zarten Lebens, wie das unseres Dichter-Musikers,
herbeiführen, indem sie ihn mit einem ähnlichen Netz umstrickte?

Während Chopin's Krankheit im Jahre 1847 verzweifelte man
mehrere Tage an seinem Wiederaufkommen. Gutmann, einer seiner
hervorragendsten Schüler und der vertrauteste Freund seiner letzten
Lebensjahre, überschüttete ihn mit Beweisen seiner Anhänglichkeit;

seine Fürsorge und Aufmerksamkeit waren unvergleichlich. „Ist Gutmann auch nicht zu ermüdet?" fragte Chopin mit dem ihm eigenen Zartgefühl die Fürstin Marcelline Czartoryska, die in täglich besuchte und mehr als einmal fürchtete, ihn am nächsten Morgen nicht mehr lebend zu finden. Er zog seine Gegenwart jeder anderen vor; aber so sehr er sie zu verlieren fürchtete, lieber wollte er sie entbehren, als seine Kräfte mißbrauchen. Äußerst langsam nur schritt seine Genesung vor, und nur einem schwachen Hauch glich sein Lebensodem. Fast bis zur Unkenntlichkeit hatte sich sein Aussehen zu jener Zeit verwandelt. Der darauf folgende Sommer brachte ihm die scheinbare Besserung, welche die schöne Jahreszeit den Hinsterbenden häufig gewährt. Um nicht nach Nohant zu gehen oder, dafern er sich einen anderen Aufenthalt wählte, nicht die greifbare Gewißheit vor Augen zu haben, daß Nohant ihm kraft seines eigenen unerbittlichen Entschlusses verschlossen sei, wollte er Paris nicht verlassen. So beraubte er sich selbst der wohlthätigen Wirkung der Landluft.

Der Winter von 1847 zu 1848 war eine fortwährende traurige Wechselfolge von kurzer Besserung und erneuten Rückfällen. Gleichwohl beschloß er, im Frühjahr seinen alten Plan: eine Reise nach London, zur Ausführung zu bringen. Unter den Nebeln des nordischen Klimas hoffte er Befreiung von den ihn ohne Unterlaß umdrängenden Erinnerungen an den sonnigen Süden zu finden. Als die Februar-Revolution ausbrach, war er noch bettlägerig; doch schien er sich gewaltsam für die Tagesereignisse interessiren zu wollen und sprach mehr als gewöhnlich über dieselben. In Wahrheit aber behauptete nur die Kunst noch ihre unumschränkte Macht über ihn. In den immer kargeren Momenten, wo es ihm noch möglich war, sich mit ihr zu beschäftigen, erfüllte die Musik sein ganzes Wesen so völlig, wie einst, da er noch voll Leben und Hoffnung war. Sein intimster, treuester Gesellschafter blieb Gutmann, dessen sorglicher Pflege er sich bis an sein Ende am liebsten überließ.

Im Monat April hatte sich sein Befinden so weit gebessert, daß er ernstlich den Gedanken faßte, die beabsichtigte Reise zu unternehmen, um das Land kennen zu lernen, das er einstmals zu

beſuchen gedachte, als noch Jugend und Leben ihm ihr lächelndes
Angeſicht zeigten. Bevor er jedoch Paris verließ, gab er noch ein
Koncert bei Pleyel, einem ſeiner älteſten und liebſten Freunde, der
gegenwärtig durch den Eifer, mit dem er die Ausführung eines
Grabdenkmals für Chopin betreibt, ſeinem Gedächtnis eine pietät-
volle Huldigung darbringt. In dieſem Koncert hörte ihn ſein ebenſo
gewähltes als treu ergebenes Publikum zum letzten Male. Faſt
ohne das Echo ſeiner letzten Töne abzuwarten, reiſte er darauf
ſchleunigſt nach England ab. Es war, als wolle er ſich nicht durch
den Gedanken an ein letztes Lebewohl weich machen laſſen oder dem,
was er verließ, durch unnütze Schmerzen nur noch feſter verbinden.
In London hatten ſich ſeine Werke bereits ein verſtändnisvolles
Publikum gewonnen. Sie waren dort allgemein bekannt und bewundert[1]). Er verließ Frankreich in einer Geiſtesverfaſſung, welche

---

1) Seit mehreren Jahren ſchon waren Chopin's Kompoſitionen in England
ſehr verbreitet und beliebt. Die beſten Virtuoſen brachten ſie häufig zur Aufführung. In einer zu dieſer Zeit unter dem Titel: »An Essay on the works of
F. Chopin« bei Weſſel und Stappleton in London erſchienenen Brochüre finden
wir einige treffende Urtheile. Das Motto der kleinen Schrift iſt ſinnreich gewählt;
denn auf Niemand beſſer als auf Chopin laſſen ſich Shelley's Verſe aus Peter
Bell III. anwenden:

He was a mighty poet and
A subtle-souled psychologist.
(Er war ein großer Dichter
Und ſeiner Seelenkenner.)

Mit Begeiſterung ſpricht der Verfaſſer der Brochüre von dieſem „durch keine
Konventionalitäten gehemmten, durch keine Pedanterie gefeſſelten, originellen
Genius"; von den „Ergüſſen einer der Welt abgekehrten, ſchwermuthsvollen Seele,
von den muſikaliſchen Thränenfluten und Sonnenſtrahlen, der unvergleichlichen
Verkörperung flüchtiger Gedanken, der minutiöſen Zartheit", die den kleinſten
Skizzen Chopin's ſo großen Werth geben. „Eins", ſagt er, „iſt gewiß. Um
Chopin's ‚Präludien' und ‚Etüden' mit der erforderlichen Empfindung und in
der richtigen techniſchen Ausführung wiederzugeben, iſt ein vollendeter Pianiſt von
Nöthen. Um ſie aber völlig zu verſtehen und ihren zahlloſen, überaus beredten
Ausdrucksfeinheiten Leben und Sprache zu verleihen, braucht es einen Pianiſten,
der in nicht geringerem Maße zugleich Dichter, Denker und Muſiker iſt. Gemein-
plätze ſind in den Werken Chopin's inſtinktiv vermieden. Vergebens würde man
ein langweiliges Sujet oder eine verbrauchte Sequenz, eine veraltete Kadenz oder
Fortſchreitung, eine gewöhnliche Melodiephraſe oder Paſſage, eine magere Harmonie

die Engländer als low spirits bezeichnen. Das zeitweise Interesse an den politischen Umwandlungen, das er sich abgezwungen hatte, war längst verschwunden. Er war schweigsamer als jemals geworden; entschlüpften ihm aber in der Zerstreutheit ein paar Worte, so war es ein Ausruf der Klage. Bei seiner Abreise nahm seine Liebe für die wenigen Freunde, mit denen er noch verkehrte, jenen rührenden Ausdruck an, der sich mit dem Bewußtsein des letzten Abschiedes verbindet. Allem Übrigen gegenüber zeigte er sich immer gleichgültiger.

In London angekommen wurde er mit einer Begeisterung empfangen, die ihn elektrisirte und eine Zeit lang über seine Schwermuth Herr werden ließ. Man begann fast zu hoffen, daß seine Muthlosigkeit sich heben könne. Er selbst glaubte vielleicht oder stellte sich doch, als ob er es glaube, daß er sie zu überwinden vermöge, wenn er Alles, was hinter ihm lag, selbst seine alten Gewohnheiten, vergäße und die ärztlichen Vorschriften und Vorsichtsmaßregeln, die ihn an seinen krankhaften Zustand erinnerten, vernachläffige. Zweimal spielte er öffentlich und oftmals in Privat-Soiréen. Bei der Herzogin von Sutherland ward er der Königin vorgestellt, und nur um so eifriger begehrte man fortan in den vornehmsten Kreisen den Vorzug seiner Gegenwart. Er ging viel in Gesellschaft, begab sich spät zur Ruhe und setzte sich ohne Rücksicht auf seine Gesundheit allen Anstrengungen aus. Wollte er auf diese Weise unbemerkt das Ende seines Lebens herbeiführen? Wollte

---

oder eine kontrapunktische Ungeschicklichkeit in der Reihe derselben suchen, deren charakteristische Kennzeichen eine ebenso ungewöhnliche als edle Empfindung, eine so originelle wie glückliche Behandlung und eine in ihrer Neuheit und Frische zugleich kraftvolle und wirksame Melodik und Harmonik sind. Wir sehen uns in Chopin's Werken ein Zauberreich erschlossen, das bisher noch keines Menschen Fuß, außer dem großen Komponisten selber, betreten; gläubige Hingebung, der ernste Wille, sie zu verstehen und zu würdigen, sind unbedingt erforderlich, um dieser Musik Gerechtigkeit widerfahren zu lassen... Seinen Polonaisen und Mazurken gab Chopin die charakteristischen Züge, welche die Nationalmusik seines Vaterlandes von der aller andern Länder merklich unterscheidet: jene seltsame Idiosynkrasie, jene phantastische Wildheit, jene anziehende Mischung von Schmerz und Luft, die der Musik der nördlichen Volksstämme, deren Sprache sich in Konsonantenverbindungen gefällt, ihr Gepräge geben."

er sterben, ohne ein anderes Herz durch seinen Tod mit Gewissens-
bissen oder Genugthuung zu erfüllen?

Er reiste auch noch nach Edinburg, dessen Klima sich ihm besonders nachtheilig erwies. Bei der Rückkehr von Schottland fühlte
er sich sehr geschwächt. Die Ärzte riethen ihm, England so bald als
möglich zu verlassen; doch verzögerte er seine Abreise noch längere
Zeit. Wer mag sagen, was ihn zu diesem Aufschub veranlaßte?
.. Er spielte noch in einem zum Besten der Polen veranstalteten
Koncert, und dies war das letzte Liebeszeichen, das er seinem Vaterland sandte. Mit enthusiastischen Ehren- und Beifallsbezeigungen
umringten ihn seine Landsleute. Er sagte ihnen Allen Lebewohl;
aber sie glaubten noch nicht, daß es ein ewiges sein sollte.

Welche Gedanken ihn wohl auf der Heimfahrt geleiten mochten,
als er wieder übers Meer dahin, Paris entgegenfuhr, das jetzt so
wenig mehr dem Paris glich, das er vor siebenzehn Jahren gefunden
hatte, ohne es zu suchen? .. Bei der Rückkehr harrte seiner eine
traurige Überraschung. Dr. Molin, dessen geschickter Behandlung
er nicht nur seine Rettung im Winter 1847, sondern die Erhaltung
seines Lebens seit einer Reihe von Jahren allein zu danken glaubte,
starb plötzlich. Tief schmerzlich ward Chopin von diesem Verlust
berührt, und eine Entmuthigung überkam ihn schließlich, die bei dem
Einfluß, welchen die Gemüthsstimmung auf das Fortschreiten dieser
Krankheit übt, um so gefährlicher wirkte. Er behauptete, daß er zu
keinem anderen Arzt wieder Vertrauen fassen und keiner ihm Molin
ersetzen könne. Fortwährend wechselte er von nun an seine Ärzte,
mit Jedem unzufrieden und auf Keines Wissenschaft mehr bauend.
Ein Zustand innerster Erschlaffung bemächtigte sich seiner. Es war,
als sähe er nun sein Ziel erreicht; als habe er auch die letzten
Lebenshoffnungen erschöpft, da kein Band, das stärker als das
Leben war, keine Liebe, die den Tod besiegte, gegen diese bittere
Apathie mehr ankämpfte.

Seit dem Winter 1848 war Chopin nicht mehr im Stande
anhaltend zu arbeiten. Er legte wohl von Zeit zu Zeit an einige
Skizzen die nachbessernde Hand, doch gelang es ihm nicht, seine
Gedanken zu koncentriren. Damit sie nicht in verstümmelter oder

unfertiger Gestalt als seiner unwürdige nachgelassene Werke an die
Öffentlichkeit gelangten, ließ die Sorge um seinen Ruhm ihn das
Verbrennungsurtheil über sie sprechen. Nur ein letztes Nocturne
und ein ganz kurzer Walzer wurden als vollendete Manuskripte von
ihm hinterlassen.

In letzter Zeit beschäftigte ihn der Plan, eine Pianoforteschule
zu schreiben, in der er seine Gedanken über die Theorie und Technik
seiner Kunst, das Ergebnis seiner langjährigen Arbeiten, seiner
glücklichen Neuerungen und Erfahrungen niederzulegen gedachte.
Die Aufgabe war ernst und erforderte doppelte Anstrengung, selbst
für einen so emsigen Arbeiter als Chopin. Wollte er, als er sich
diesem trockneren Gebiet zuwandte, vielleicht selbst den Aufregungen
der Kunst entfliehen, die so mannigfaltig sind wie die Gefühle und
Dramen des Herzens, die sich in ihnen spiegeln? Nur noch eine
gleichförmige, ihn absorbirende Beschäftigung suchte er und verlangte
von ihr nichts weiter, als was Manfred von den Kräften der Magie
vergebens begehrte: „Vergessen!“ — jenes Vergessen, das weder Zerstreuung noch Betäubung zu gewähren vermögen, welche vielmehr
mit giftiger Arglist, was sie dem Schmerz an Zeit rauben, durch
Intensität zu ersetzen scheinen. In der täglichen Arbeit, die „der
Seele Sturm beschwört“, indem sie das Gedächtnis zwar nicht ver-
nichtet, aber doch einschläfert, wollte er Vergessenheit suchen. Suchte
doch auch Schiller, der wie Chopin trostloser Schwermuth und einem
vorzeitigen Tod zur Beute ward, Beruhigung in der Arbeit, die
er, als letzte Zuflucht in der Bitternis des Lebens, am Ende seiner
Dichtung „Die Ideale“ anruft:

> „Beschäftigung, die nie ermattet,
> Die langsam schafft, doch nie zerstört,
> Die zu dem Bau der Ewigkeiten
> Zwar Sandkorn nur für Sandkorn reicht,
> Doch von der großen Schuld der Zeiten
> Minuten, Tage, Jahre streicht.“

Chopin’s Kräfte aber reichten nicht mehr zur Ausführung seines
Planes aus; die Beschäftigung war ihm zu abstrakt, zu ermüdend.
Er gestaltete im Geiste die Hauptzüge des Ganzen, sprach auch zu
wiederholten Malen davon; die Verwirklichung seines Gedankens

aber wurde ihm unmöglich. Wenige Seiten nur wurden niederge-
schrieben, um das Vernichtungsschicksal der übrigen Skizzen zu theilen.

Endlich verschlimmerte sich das Übel so sichtlich, daß seinen
Freunden alle Hoffnung zu schwinden begann. Er vermochte das
Bett nicht mehr zu verlassen und sprach fast gar nicht mehr. Seine
Schwester, die auf diese Nachricht von Warschau herbeigeeilt war,
wich nicht mehr von seinem Krankenlager. Er gewahrte die Angst,
die schmerzlichen Befürchtungen um ihn her, ohne den Eindruck, den
sie ihm selbst erregten, zu verrathen. Mit männlicher Ruhe und
Ergebung unterhielt er sich von seinem Ende, indeß er vor Allen
und vielleicht vor sich selber zu verbergen trachtete, daß er dasselbe
selbst herbeigeführt oder doch beschleunigt hatte. Auch traf er noch
immer Veranstaltungen für die Zukunft. Wie er von je gern öfters
die Wohnung wechselte, so wählte er, seiner Gewohnheit getreu,
auch jetzt wieder eine andere, um, wie er sagte, den Unbequemlich-
keiten der gegenwärtigen zu entgehen. Er ordnete ihre neue Möbli-
rung an und beschäftigte sich auf das eingehendste mit den betreffenden Arrangements. Obwohl er schwer krank war und sich sicherlich
keiner Täuschung über seinen Zustand hingab, bestand er doch
darauf, die bezüglich der neuen Einrichtung getroffenen Maßregeln
nicht abzubestellen. In der That begann man bereits mehrere
Gegenstände zu räumen, ja es fügte sich, daß man selbst an seinem
Todestage verschiedene Möbel nach den Zimmern schaffte, in denen
er nicht mehr einziehen sollte.

Fürchtete er, daß der Tod sein Versprechen nicht halten, daß,
nachdem ihn seine Hand berührt, er ihn noch einmal auf der Erde
zurücklassen und das Leben ihm noch grausamer erscheinen würde,
wenn er es wieder aufnehmen müsse, nun alle ihn demselben ver-
knüpfenden Fäden zerrissen waren? Empfand er jene doppelte Einwirkung, welche manche höhergeartete Naturen am Vorabend von
Ereignissen fühlten, die über ihr Los entschieden; jenen Widerspruch
zwischen dem Herzen, das das Geheimniß der Zukunft ahnt, und
dem Verstand, der es nicht vorauszusehen wagt, so daß Worte und
Handlungen einander Lügen zu strafen scheinen, während sie doch
der gleichen Überzeugung entspringen? Wir glauben vielmehr, daß,

nachdem er sich von dem unwiderstehlichen Wunsch, dies Leben zu
verlassen, überwältigen ließ, nachdem er in England Alles gethan
hatte, um seine letzten Tage abzukürzen, er nun Alles fernhalten
wollte, was diese seine Schwäche verrathen konnte, die seine eigene
Lebensanschauung an jedem Andern als romantisch, theatralisch,
lächerlich verurtheilt haben würde. Er wäre erröthet, wie einer der
ihm verhaßten Melodramenhelden, wie ein Bocage auf der Bühne[1])
oder eine der ihm so verächtlichen Romanfiguren zu handeln. Konnte
er nun trotz alledem der verführerischen Lockung des Todes, dem
letzten Rausch der durch den bittern, schwindelerregenden Trank der
Verzweiflung Vergifteten nicht widerstehen, so suchte er doch sorg=
sam eine Schwäche zu verhehlen, die Allen gemeinsam ist, denen
Frauenhand eine Wunde schlug, von der man nur sterbend genest.

In Abwesenheit eines polnischen Geistlichen, der früher Chopin's
Beichtvater gewesen, sprach Abbé Alexander Jelowicki, einer der
angesehensten Emigranten, auf die Nachricht seiner schweren Erkran=
kung bei ihm vor, obgleich ihre Beziehungen sich während der letzten
Jahre gelockert hatten. Durch die Umgebung des Kranken dreimal
zurückgewiesen, kannte er denselben doch zu gut, um sich abschrecken
zu lassen und nicht sicher zu sein, daß er ihn, sobald er von seiner
Nähe wisse, vorlassen werde. Er wurde in der That, nachdem er
Mittel und Wege gefunden, ihn von seiner Gegenwart zu unterrichten,
unverzüglich angenommen. Zuerst war im Empfang des armen
sterbenden, des Lebensodems wie des Lebensmuthes beraubten Freun=
des eine gewisse Kühle, oder vielmehr eine aus innerer Unruhe hervor=
gehende Verlegenheit bemerkbar, wie man sie immer empfindet, wenn
man, sich ehedem zu Gott bekennend, sich ihm entfremdete und nun
mit einem seiner Diener in Berührung kommt, dessen Anblick schon uns
an seine väterliche Liebe und an unser undankbares Vergessen mahnt.

Tags darauf kam Abbé Jelowicki wieder und so alle Tage zur
selben Stunde; er that, als sei nie irgend welche Unterbrechung in
ihren Beziehungen eingetreten. In polnischer Sprache unterhielt er

---

1) Bocage, einer der hervorragendsten Schauspieler aus der Zeit von Mme Dor=
val, war einer der berühmtesten Repräsentanten der ausschweifenden Romantik und
als solcher eine Zeit lang in Nohant sehr gern gesehen.

sich mit ihm, als hätten sie sich Tags zuvor gesehen, als wäre nichts
in der Zwischenzeit vorgefallen, als lebten sie in Warschau statt in
Paris. Er erzählte ihm von all' den kleinen Begebenheiten im
Kreise der emigrirten Geistlichen, von den neuen Religionsverfol=
gungen in Polen, von den ihrem Kultus entzogenen Kirchen, den
Tausenden, die nach Sibirien geschickt wurden, weil sie ihren Gott
nicht verleugnen wollten, von den vielen Märtyrern, die durch Kugel
oder Knute den Tod erlitten, weil sie ihrem Glauben treu geblie=
ben! . . . Es läßt sich denken, wie sehr sich diese Erzählungen aus=
dehnen ließen. Waren sie doch sammt all' ihren Einzelheiten eine
immer rührender, tragischer und schrecklicher als die andere!

Täglich wurden die Besuche des Pater Jelowicki dem armen an
das Lager gebannten Kranken interessanter. Sie versetzten ihn auf
die natürlichste Weise, ohne jegliche Kraftanstrengung und Erschütte=
rung in seine heimatliche Atmosphäre. Sie verknüpften ihm Gegen=
wart und Vergangenheit und führten ihn gewissermaßen in sein
Vaterland, sein geliebtes Polen zurück, das er trauriger denn jemals:
blutüberdeckt, thränengebadet, gegeißelt und zerrissen, erniedrigt und
verhöhnt und dennoch unter dem verspotteten Purpur und der
Dornenkrone noch immer königlich, wiedersah. Eines Tages theilte
Chopin seinem Freunde ohne Umschweif mit, daß er seit langer
Zeit nicht gebeichtet habe und es zu thun wünsche. Es geschah
auch sofort, da Beichtiger und Beichtkind, ohne sich darüber zu
äußern, schon längst auf diesen großen und feierlichen Augenblick
vorbereitet waren.

Kaum hatte der Priester das letzte Wort der Absolution ge=
sprochen, als Chopin, wie befreit, tief aufseufzend und zugleich
lächelnd ihn nach polnischer Art mit beiden Armen umfaßte und
ausrief: „Haben Sie Dank, vielen Dank, mein Lieber! Ihnen ver=
danke ich's, daß ich nun nicht wie ein Schwein sterben werde (iak
swinia)!" Wir erfuhren die genaueren Umstände durch den Abbé
Jelowicki selbst, der sie später auch in einem seiner »Lettres
spirituelles« veröffentlichte. Er sagte uns, wie tief ihn der Ge=
brauch dieses gemein energischen Ausdrucks im Munde eines Mannes
erschüttert habe, der durch die Gewähltheit und Eleganz seiner Rede=

weife bekannt war. Mit diefem von feinen Lippen fo feltfam
klingenden Wort fchien er feine Seele von dem ganzen, unermeßlichen
Ekel zu entlaften, der fie erfüllte.

Von Woche zu Woche, von Tag zu Tag lagerten fich die
Schatten des Todes dichter über ihn. Die Krankheit näherte fich
ihrem Ende. Immer heftiger wurden die Leiden, immer häufiger
die Krifen, die einen letzten Kampf in nahe Ausficht ftellten. So=
bald fie ihm Ruhe ließen, fand Chopin feine Geiftesgegenwart und
Willenskraft wieder. Die Klarheit des Bewußtfeins und der Ge=
danken verließ ihn nicht bis ans Ende. Die Wünfche, die er in
fchmerzensfreieren Augenblicken ausfprach), bezeugen den ruhigen
Ernft, mit dem er dem Tod ins Angeficht fchaute. Zur Seite
Bellini's, mit dem er, während deffen Parifer Aufenthaltes, in in=
timem Verkehr geftanden, begehrte er zur Ruhe beftattet zu werden.
Bellini's Grab ift auf dem Friedhof Père-Lachaife neben dem
Cherubini's gelegen; der Wunfch aber, diefen letzteren, von früh
an von ihm bewunderten großen Meifter kennen zu lernen, war
einer der Beweggründe, die Chopin, als er 1831 Wien verließ, um
fich nach London zu begeben, beftimmten, über Paris zu reifen,
wo ihn fein Schickfal, ohne daß er es ahnte, fefthielt. Nun ruht
er zwifchen Bellini und Cherubini, jenen beiden fo verfchieden ge=
arteten Tongenien, denen Chopin fich doch gleicherweife näherte,
indem er die Gelehrfamkeit des Einen nicht minder fchätzte, als er
fich dem natürlich fortreißenden Zug und Feuer des Andern zuneigte.
Das melodifche Gefühl des Autors der „Norma" athmend, die har=
monifche Kunft des gelehrten Greifes, der „Medea" fchrieb, erftrebend,
trachtete er darnach, den fchwebenden Duft der Empfindung in großer,
erhabener Weife den Verdienften der vollendeten Meifter zu vereinen.

Mit der ihm bis zuletzt eigenen Zurückhaltung verlangte er
keinen feiner Freunde zum letzten Male zu fehen; aber er bezeigte
denen, die ihn befuchten, feine Dankbarkeit in der ergreifendften
Weife. Die erften Tage des Oktober ließen weder Zweifel noch
Hoffnung übrig. Der verhängnisvolle Augenblick nahte; der nächfte
Tag, die nächfte Stunde fchon konnte ihn bringen. Chopin's
Schwefter und Gutmann ftanden dem Kranken beharrlich bei und

wichen keinen Moment mehr von seiner Seite. Die Gräfin Delphine Potocka, welche von Paris abwesend war, kehrte auf die Nachricht von der augenscheinlichen Gefahr sofort zurück. Wer an dies Sterbebett trat, konnte sich von dem Anblick dieser schönen, in der Weihe des Augenblicks doppelt großen Seele nicht trennen.

Welch' heftige oder frivole Leidenschaften auch das Menschenherz bewegen, welche Gewalt oder Gleichgültigkeit es auch Angesichts plötzlicher Zufälle, die als die ergreifendsten erscheinen müßten, entfaltet, der Anblick eines langsam herannahenden schönen Todes offenbart eine imposante Majestät, die selbst die zu solch' heiliger Andacht am wenigsten gestimmten Gemüther rührt und erhebt. Der allmähliche Heimgang Eines der Unsrigen in das unbekannte Jenseits, die geheimnisvolle Bedeutung seiner Ahnungen und Offenbarungen, seiner Rückschau auf sein Denken und Thun auf der schmalen Schwelle, die Vergangenheit und Zukunft, Zeit und Ewigkeit trennt, bewegt uns tiefer als irgend Etwas auf dieser Welt. Die Katastrophen, die Abgründe, welche die Erde unter unsern Schritten öffnet, die Feuersbrünste, die ganze Städte mit ihrem Flammenband umschlingen, die elementaren Gewalten, denen das dem Sturm zum Spielzeug dienende zerbrechliche Schiff unterliegt, das Blut, das Armeen auf dem dampfenden Schlachtfeld vergießen, das schreckliche Beinhaus selbst, in das eine ansteckende Krankheit die Wohnungen der Menschen verwandelt: Alles das entfernt uns weniger von all' den unwürdigen irdischen Banden, „die vergehen, nachlassen und zerbrechen"[1], als der Anblick einer klar bewußten Seele, welche schweigend die vielgestaltigen Bilder der Zeit und die stumme Pforte der Ewigkeit überschaut. Der Muth, die Ergebung und Erhebung, die sie mit der unserem Wesen so widerstrebenden unvermeidlichen Auflösung vertraut machen, üben auf die Umstehenden eine tiefere Wirkung als das plötzlichste, gewaltsamste Ende, dem dieser Ausdruck des Schmerzes und der stillen Sammlung fehlt.

In dem Salon neben Chopin's Schlafgemach waren fortwährend einige seiner Freunde versammelt; Alle brängten sich wechselnd in seine Nähe, um, nachdem seine Sprache schon fast erloschen, einen

---

[1] »Qui passent, qui lassent, qui cassent.«

letzten Blick und Gebärdengruß noch von ihm zu empfangen. Die Unermüdlichste unter ihnen war die Fürstin Marcelline Czartoryska, die im Namen ihrer ganzen Familie und noch mehr in ihrem eigenen Namen, als die Lieblingsschülerin des Tondichters und Vertraute seiner Kunstgeheimnisse, täglich einige Stunden bei dem Sterbenden zubrachte. In seiner letzten Stunde verließ sie ihn erst, nachdem sie lange an der Seite dessen gebetet hatte, der nun aus dieser Welt der Täuschungen und Schmerzen in eine Welt des Lichtes und der Seligkeit hinüberfloh.

Sonntag, den 15. Oktober hatte er schmerzvollere und andauerndere Zufälle, denn je zuvor, zu erdulden. Er ertrug sie mit Geduld und großer Seelenstärke. Die eben gegenwärtige Gräfin Delphine Potocka war tief ergriffen, ihre Thränen strömten. Er sah sie am Fuß seines Lagers stehen. Groß, schlank, weiß gekleidet, den schönsten Engelsgestalten gleichend, die je ein frommer Maler ersann, durfte er sie wohl für eine himmlische Erscheinung halten. Als ihm die Schmerzen einen Augenblick der Ruhe gönnten, bat er sie zu singen. Man glaubte anfangs, er phantasire; aber er wiederholte seine Bitte dringlicher. Wer hätte gewagt, sich ihm zu widersetzen? Das im Salon stehende Klavier wurde an die Thür seines Schlafzimmers gerollt, und die Gräfin sang mit schluchzender Stimme. Thränen überfluteten ihre Wangen, und niemals sicherlich hörte man dies schöne Talent, diese viel bewunderte Stimme voll pathetischeren Ausdruckes singen.

Chopin schien weniger zu leiden, während er ihr lauschte. Sie sang die berühmte Hymne an die Jungfrau, welche Stradella das Leben gerettet haben soll. „Wie schön das ist! Mein Gott, wie schön das ist!" sagte er. „Noch einmal ... noch einmal!" Obwohl von der schmerzlichsten Aufregung überwältigt, hatte die Gräfin dennoch die Kraft, dem letzten Wunsch ihres Freundes zu willfahren. Sie setzte sich noch einmal an das Pianoforte und sang einen Psalm von Marcello. Chopin befand sich indessen schlechter. Alle wurden von Schreck ergriffen und sanken, von einer unwillkürlichen Regung hingerissen, auf die Knie. Niemand wagte zu sprechen; man vernahm nur die Stimme der Gräfin, die wie eine himmlische Melodie über dem Schluchzen und Seufzen schwebte, das ihre düstere Be gleitung bildete. Und die Nacht brach herein, und ein Halbdunkel breitete seine geheimnisvollen Schatten über diese traurige Scene. Chopin's Schwester kniete, in Gebet und Thränen versunken, an seinem Bett; sie verließ diese Stellung nicht mehr, so lange ihr geliebter Bruder lebte . . .

Während der Nacht verschlimmerte sich der Zustand des Kranken; am Montag früh aber befand er sich etwas besser. Als ob er im Voraus den geeignetsten Augenblick erkannt hätte, verlangte er ungesäumt nach Empfang der Sterbesakramente. In Abwesenheit des priesterlichen Freundes, der ihm seit ihrer gemeinsamen Verbannung verbunden war, wurde natürlich Abbé Jelowicki gerufen. Mit tiefer Andacht empfing er das heilige Abendmahl und die letzte Ölung in Gegenwart aller seiner Freunde. Dann winkte er Einen nach dem Andern derselben an sein Bett, um einem Jeden ein letztes Lebewohl zu sagen und Gottes Segen auf seine Wünsche und Hoffnungen herabzuflehen. Alle senkten die Knie und neigten das Haupt mit thränenfeuchtem Auge, die Herzen schmerzgepreßt und doch erhoben.

Immer peinvoller traten die Beklemmungen auf und währten den ganzen Tag über. In der Nacht vom Montag zum Dinstag sprach er kein Wort mehr, auch schien er die ihn umgebenden Personen nicht mehr zu erkennen. Erst gegen elf Uhr Abends fühlte er zum letzten Mal ein wenig Erleichterung. Abbé Jelowicki hatte ihn nicht verlassen. Kaum war Chopin der Sprache wieder mächtig, so wünschte er mit ihm die Litaneien und Sterbegebete herzusagen. Er that dies in lateinischer Sprache, mit vollkommen vernehmlicher Stimme. Dann ließ er sein Haupt auf Gutmann's Schulter ruhen, der ihm fortan bleibend zur Stütze diente, wie er ihm im ganzen Verlauf seiner Krankheit seine Tage und Nächte gewidmet hatte.

Eine krampfhafte Schlafsucht währte bis zum 17. Oktober. Gegen zwei Uhr begann der Todeskampf; kalter Schweiß entströmte seiner Stirn. Nach kurzem Schlummer fragte er mit kaum hörbarer Stimme: „Wer ist bei mir?" Darauf neigte er sein Haupt, um Gutmann's Hand, die es gestützt hatte, zu küssen, und hauchte mit diesem letzten Beweis von Freundschaft und Dankbarkeit seine Seele aus. Wie sein Leben Liebe gewesen, so war es sein Sterben auch!

Als die Thüren des Salons geöffnet wurden, drängten sich
Alle um die entseelte Hülle, und lange Zeit flossen die Thränen,
die man über ihn weinte.

Da seine Liebe zu den Blumen allgemein bekannt war, wurden
dieselben am andern Tag in solcher Fülle herbeigebracht, daß das
Bett, auf dem er lag, und das ganze Zimmer unter ihrer bunten
Blüthenpracht verschwanden. In einem Garten schien er zu ruhen.
Sein Antlitz hatte Jugend, Reinheit, ungewohnte Ruhe zurück=
gewonnen; seine durch langes Leiden entstellte jugendliche Schönheit
trat wieder hervor. Man hielt diese Züge, denen der Tod ihre
ursprüngliche Anmuth wiedergegeben, in einer Skizze fest, die später
modellirt und für sein Grab in Marmor ausgeführt wurde.

In seiner hohen Verehrung für Mozart's Genius hatte Chopin
die Aufführung seines Requiems bei seiner Bestattung erbeten. Sein
Wunsch ward erfüllt. Die Leichenfeier fand in der Kirche la Made-
leine am 30. Oktober 1849 statt, da sie, um eine des Meisters
wie des Jüngers würdige Aufführung des großen Werkes zu ver=
anstalten, bis zu diesem Tag verschoben worden war. Die ersten
Pariser Künstler beeiferten sich, an derselben Theil zu nehmen.
Mit dem Trauermarsch des Verklärten, der von Reber zu diesem
Zweck instrumentirt worden war, ward die Feier eröffnet. So
geleitete die Erinnerung an das Vaterland, die er in denselben
hineingeheimnißt hatte, den edlen polnischen Sänger auf seinem
letzten Wege. Zum Offertorium trug Lefebure Vély Chopin's be-
wundernswürdige Präludien in H= und E=Moll auf der Orgel
vor. Die Solopartien im Requiem hatten sich die Damen Viardot
und Castellan erbeten; Lablache, der im Jahre 1827 bei Beethoven's
Beerdigung das Tuba mirum desselben Werkes gesungen hatte,
sang es auch diesmal wieder. Meyerbeer, der damals an der Pauke
stand, führte jetzt mit dem Fürsten Adam Czartoryski den Trauer=
zug. Die Zipfel des Bahrtuches trugen Fürst Alexander Czartoryski,
der Maler Delacroix und die Musiker Franchomme und Gutmann.

o unzulänglich das hier Gesagte auch erscheinen mag, um unserem Wunsch gemäß von Chopin zu reden, wir hoffen doch, daß der Reiz, den sein Name geziemend ausübt, das hier Mangelnde ersetzen wird. Lediglich die Aufrichtigkeit des Schmerzes, der Hochachtung und Begeisterung, die wir für ihn empfinden, kann diesen dem Andenken seiner Werke und Allem, was ihm theuer war, gewidmeten Zeilen eine überzeugende und sympathische Wirkung verleihen. Sollen wir nun, zur Einkehr in uns selber gedrängt, zu der jeder Todesfall uns veranlaßt, welcher uns eines Genossen unserer Jugend beraubt und die ersten vom vertrauenden Herzen geschlossenen, aber diese Jugend überlebenden Bande zerreißt, noch einige Worte hinzufügen, so möchten wir dessen gedenken, daß wir im Laufe ein und desselben Jahres die beiden liebsten Freunde verloren, denen wir während unserer künstlerischen Wanderjahre begegneten.

Der Eine fiel als Opfer des Bürgerkriegs! Als tapferer, aber unglücklicher Held erlag er einem jammervollen Tod, dessen gräßliche Qualen gleichwohl seinen heißen Muth, seine unerschrockene Kaltblütigkeit und ritterliche Kühnheit keinen Augenblick zu dämpfen vermochten. Als jugendlicher Fürst von seltenem Verstand und außerordentlicher Thätigkeit, in dem das Leben mit dem Glanz und Feuer eines feinen Gases cirkulirte, mit hervorragenden Gaben ausgestattet, hatte er durch seine unermüdliche Energie bereits alle Hindernisse besiegt, um sich einen Wirkungskreis zu schaffen, wo seine Fähigkeiten sich im Wortgefecht und Staatsgeschäft mit gleichem Erfolg entfalten konnten, wie er seinen glänzenden Waffenthaten schon zu Theil geworden war. — Der Andere verzehrte sich langsam in seinen eigenen Flammengluten. Sein außerhalb der öffentlichen Ereignisse stehendes Leben war gleichsam ein körperloses Wesen, dessen Geheimnis wir nur in seinen uns hinterlassenen Tondichtungen auf die Spur kommen. In fremder Erde, die er, der ewigen Wittwenschaft seines Vaterlandes getreu, niemals als Adoptiv- vaterland anerkannte, beschloß er seine Tage: ein Dichter mit schmerzen- und kummerreicher, tief in sich verschlossener Seele.

Mit dem Tod des Fürsten Felix Lichnowsky ging uns das unmittelbare Interesse an der Bewegung der Parteien verloren, zu denen er in Beziehung stand. Chopin's Tod hingegen beraubte uns der Genugthuung, die uns eine verständnisvolle Freundschaft gewährt. Die warme Sympathie für unsere Empfindung und Kunst- anschauung, von der uns der so exklusive Künstler so viel unver- kennbare Beweise gab, würde, wie sie unsere ersten Bestrebungen und Versuche ermuthigte und kräftigte, uns auch in Zukunft manche herbe und ermüdende Erfahrung versüßt haben.

Da es uns beschieden ward, jene Freunde zu überleben, drängte es uns wenigstens, Zeugnis abzulegen von dem Schmerz, der uns erfüllt, und dies Zeugnis als Huldigung an dem Grabe des edlen Meisters niederzulegen, der unter uns lebte und dahin ging. Heuti- gen Tages, wo die Musik eine so allseitige und großartige Ent- wickelung gewinnt, scheint er uns in mancher Beziehung jenen Malern des vierzehnten und fünfzehnten Jahrhunderts vergleichbar, welche die Erzeugnisse ihres Genius auf den engen Raum eines Pergamentstreifens beschränkten, gleichwohl aber in ihren Miniaturen Züge einer so glücklichen Eingebung entfalteten, daß sie, die byzan- tinische Steifheit zuerst durchbrechend, die Vorbilder hinterließen, die Francia, Perugino, Raphael später auf ihre Staffelei- und Wandgemälde übertrugen.

———

Es gab Völker, bei denen man, großen Männern und Thaten zum Gedächtnis, Pyramiden aus Steinen errichtete, zu denen jeder Vorübergehende den seinen beitrug, sodaß dieselben unmerklich, als

das namenlose und gemeinsame Werk Aller, zu unerwarteter Höhe
anwuchsen. Mittelst eines ähnlichen Verfahrens werden auch in
unsern Tagen Denkmäler errichtet; nur daß man sich, statt an
Erbauung eines unförmigen Steinhaufens, vielmehr an Ausführung
eines Kunstwerks betheiligt, das nicht allein das stumme Andenken,
welches man ehren wollte, verewigen, sondern zugleich, mit Hilfe
der Poesie des Meißels, die Empfindungen der Zeitgenossen in
zukünftigen Geschlechtern wach erhalten soll. Die Subskriptionen,
welche eröffnet werden, um Menschen, die ihrem Land und ihrer
Zeit zum Ruhm gelebt, Statuen oder reiche Grabmäler zu errichten,
erzielen ein solches Resultat.

Alsbald nach Chopin's Hingang faßte Camillo Pleyel einen
derartigen Plan und veranstaltete, um ihm auf dem Père-Lachaise
ein Marmor-Monument ausführen zu lassen, eine Subskription, die,
der Erwartung gemäß, binnen Kurzem eine ansehnliche Summe ergab.

Wir unsrerseits aber gedachten unsrer langjährigen Freundschaft
für Chopin und der besonderen Bewunderung, die wir ihm seit seinem
Erscheinen in der musikalischen Welt entgegengebracht; wir gedachten
dessen, daß wir, Künstler wie er, ein häufiger und bevorzugter
Interpret seiner Schöpfungen waren; daß wir öfter als Andere die
Principien seiner Methode aus seinem Munde vernommen und uns
mit seinen Ansichten über die Kunst und seinen in ihr verlebendigten
Empfindungen durch jene Assimilation, wie sie zwischen Schriftsteller und Übersetzer besteht, gewissermaßen identificirt hatten.
Darum fühlten wir uns verpflichtet, zu der ihm bereiteten Huldigung nicht nur einen rohen Stein als namenlose Spende beizu-
tragen. Es dünkte uns, daß die Rücksicht der Freundschaft und
Kollegialität ein besonderes Zeichen unserer Trauer und Bewunderung erheischte; ja wir glaubten, uns einer Versäumnis gegen uns
selber schuldig zu machen, wollten wir auf die Ehre verzichten,
unsern Namen seinem Grabstein als Trauerzeichen einzugraben, wie
es denen gestattet ist, welche die Leere, die ein unersetzlicher Verlust
in ihrem Herzen zurückließ, nie wieder ausgefüllt zu sehen hoffen! ...

F. Liszt.